Stehvermögen

Stehvermögen

Eine Erzählung von
Peter Schierl-Montfort

Bibliografische Information der Deutschen Nationalbibliothek:
Die Deutsche Nationalbibliothek verzeichnet diese Publikation in der Deutschen
Nationalbibliografie; detaillierte bibliografische Daten sind im Internet über
dnb.dnb.de abrufbar.

Satz, Umschlaggestaltung, Herstellung und Verlag:
BoD – Books on Demand, Norderstedt
ISBN 978-3-7543-5465-0

Inhalt

Eingesperrt 11

Wieder draußen 47

Am College 50

Die Schönheit aus der letzten Reihe 64

Sprint in den Sommer 70

Patient 84

Zurück im Training 91

Auf der Suche nach Speed 99

Auf die lange Sprintstrecke 112

Bewährungsprobe 122

Der Sonne entgegen 133

Feinschliff 141

Olympiade 153

Lichtlosigkeit 171

Zurück auf der Bahn 178

Das Finale 185

24. Oktober 2022. *D.C., Superior Court*, Washington, D.C., USA.

Jeremiah »Jerry« Jones betritt den Verhandlungssaal. Gleich wird der Richter, Francis J. Roberts, sein Urteil über den Angeklagten fällen. Körperverletzung – der Staatsanwalt fordert 180 Tage Haft für den 20-Jährigen.

»Mr. Jones, Sie stehen jetzt zum dritten Mal vor mir. 2018, 2020 und jetzt – immer schön im Zweijahrestakt. Warum haben Sie sich nicht im Griff? Warum schlagen Sie auf andere Leute ein?«

»Euer Ehren, er hat angefangen. Ich habe doch nur meinen Freund George verteidigt«, entgegnete Jerry.

»Ach ja, Ihr Freund George«, lächelte der Richter zynisch. »Wenn man solche Freunde hat, braucht man keine Feinde mehr. Der feine Herr hat es nicht einmal der Mühe wert gefunden, heute hier zu erscheinen und auszusagen.«

Jerry blickte verlegen zu Boden.

»Sehen Sie, Herr Jones, da verlass ich mich doch viel lieber auf die Aussage von Officer Kowalski. Der hat genau gesehen, wie Sie zugeschlagen haben. Und die Verletzung des Opfers – Sie können sich glücklich schätzen, dass das Opfer nur eine blutige Lippe davongetragen hat.«

»Ich bleibe dabei, er hat angefangen. Er hat zuerst meinen Freund und dann mich provoziert und dann als Erster zugeschlagen. Ich habe in Notwehr gehandelt.«

»Die Indizien sprechen nicht dafür«, antwortete der Richter knapp, ehe er Jerry schuldig sprach und das Strafmaß verkündete. »Dieses Mal kommen Sie nicht mit Sozialstunden oder Bewährung durch. Ich verurteile Sie zu 180 Tagen Haft. Ich denke, die Auszeit wird Ihnen guttun. Vielleicht kratzen Sie ja noch einmal die Kurve und wir müssen uns nie wieder sehen – ich würde es mir wünschen. Die Verhandlung ist geschlossen.«

Mit hängendem Kopf, wie versteinert saß Jerry auf der Anklagebank. Erst als ihn der Pflichtverteidiger anschubste, um ein paar Dokumente zu unterschreiben, löste er sich aus seiner Sitzposition. Er war ein athletisch gebauter, mittelgroßer Junge, mit großen Augen und einem freundlichen Gesicht – ein gutaussehender junger Mann. Seine zahlreichen Schlägereien seit frühester Jugend hatten noch keine Kampfspuren im Gesicht hinterlassen. Dazu musste man schon genauer hinsehen – zum Beispiel auf den linken Handrücken, wo der Pflegevater beim damals 13-Jährigen Zigaretten ausgedrückt hatte.

Nachdem die Formalitäten erledigt waren, verabschiedete sich der Pflichtverteidiger mit einem knappen »Passen Sie auf sich auf«. Immer noch in Trance, ging Jerry zurück in seine WG, gelegen im Washingtoner Stadtteil Anacostia – einem der härtesten Viertel der Bundeshauptstadt.

Er hatte noch zwei Wochen Zeit, um seine Angelegenheiten zu regeln, dann musste er im *D.C. Detention Center* seine Haftstrafe antreten.

Eingesperrt

7. November 2022. Es war ein nasskalter Spätherbsttag in Washington, D.C. Mit mulmigem Gefühl näherte Jerry sich dem Knast.

Er hatte allerhand Schauergeschichten über das *Detention Center* gehört und nicht die geringsten Zweifel, dass sie nicht stimmen könnten. Auch die Rückfallquote sprach eine deutliche Sprache: 80 Prozent der Insassen würden nach ihrer Entlassung wieder mit dem Gesetz in Konflikt kommen. »Werden Sie nur ja keine Statistik«, hatte ihm sein Sozialbetreuer mit auf den Weg gegeben.

Am Schalter musste Jerry zur Identifizierung seinen Ausweis herzeigen. Das »Willkommen« des Beamten rang ihm ein müdes Lächeln ab. Dann wurde er ins Innere des *Detention Centers* geführt, ein Gefängniswärter nahm die Personalien auf und bat ihn, Geldbörse und Handy abzugeben. Wie erwartet, musste er sich splitternackt ausziehen und um sicherzugehen, dass er nichts Verbotenes bei sich hatte, untersuchte der Wärter auch noch alle Körperöffnungen.

Nach dem weiteren Prozedere, inklusive kalter Dusche, wurden ihm orangefarbene Gefängniskleidung, Bettwäsche und Waschsachen ausgehändigt. »Zelle 243, folgen Sie mir«, befahl ein weiterer Wärter. Ein kurzes Schlüsselraschen, dann erheischte Jerry den ersten Blick auf seine Unterkunft für die nächsten sechs Monate – es war offensichtlich eine Zweimannzelle, mit je einem Bett und einem kleinen Tischchen mit Sessel. Die Toilette hatte keine Brille, der Blick nach draußen war durch Gitterstäbe getrübt.

Ein Bett war bereits bezogen, also legte Jerry seine Sachen auf das andere. Die Tür schlug hinter ihm zu – wieder ein kurzes Schlüsselraschen, dann war Stille. Die Zelle war noch kleiner, als er das vermutet hatte, zumindest kam ihm das so vor. Es roch modrig, die Wand fühlte sich feucht an.

Wer würde wohl sein Zellennachbar sein? Er sah sich um. An der

Wand gab es ein paar Fotos, am Tisch lag ein Miniatur-Football aus Schaumgummi, offensichtlich zum Stressabbau gedacht, sowie eine Dose Cola, eine Packung Kartoffelchips, und eine angebrochene Tafel Schokolade der Marke »Royal Brown«.

»Royal Brown« war keine besonders gute Schokolade, dennoch war sie für ihn immer etwas Besonderes gewesen. Seine Mutter Mary-Jo hatte sie ihm manchmal vom Einkaufen mitgebracht und, nachdem sie gestorben war, Vater Jack. Als er mit 13 Vollwaise wurde und zu seinen Pflegeeltern, den Smiths, kam, gab es keine Schokolade mehr – zumindest nicht für ihn. Einmal hatte er genug, es reichte ihm, dass immer nur die leiblichen Kinder der Smiths Schoko bekamen; also nahm er sich einfach seinen Anteil, zwei Rippen. Als der Pflegevater davon erfuhr, setzte es dafür eine Tracht Prügel – wie so oft. Mit blutender Nase und Tränen in den Augen schwor er sich, dass er irgendwann von den Smiths davonlaufen würde. Ganz weit weg.

Wieder das Schlüsselrascheln. Der Wärter von zuvor öffnete die Tür. »Da Fred, das ist dein neuer Kumpan – Jerry«, stellte der Wärter, der übrigens Mr. Agostini hieß, die beiden Zellennachbarn vor.

»Hi, Jerry«, sagte Fred mit monotoner Stimme. Dabei blickte er zu Boden und wirkte, als ob er sich überhaupt nicht für seinen Mitbewohner interessieren würde. Fred arbeitete in der Wäscherei, sein Job war es, die Kleidungsstücke in die Waschmaschinen zu geben, danach in den Trockner und letztlich nach Insassennummern zu ordnen. Er hatte eine ausgesprochene Mathematikschwäche und war insgesamt ein miserabler Schüler gewesen. Nachdem er mit 15 ohne Abschluss aus der Schule gekommen war, musste er sich auf der Straße durchschlagen. Mittlerweile war er 21, wegen wiederholten Diebstahls saß er zum ersten Mal ein – zwei Monate hatte er schon hinter sich, sieben noch vor sich.

Jerry musterte Fred sorgfältig, und atmete bald erleichtert auf – sein Zellengenosse war ein schmächtiger, verschüchterter Kerl. Von ihm würde keine Gefahr ausgehen. Jerry schloss die Augen und schlief zwei Stunden durch, erst das Schlüsselrascheln weckte ihn wieder –

das Abendessen. An das Schlüsselrascheln, an das würde er sich hier gewöhnen müssen.

****

Jack ist auf dem Nachhauseweg. Wie immer, wenn der junge Witwer Geld von seinen Gelegenheitsjobs hat, hat er einen guten Teil davon in einer Bar ausgegeben. Und wie immer in solchen Fällen, ist er sternhagelvoll, als er zur Sperrstunde aus dem Wirtshaus torkelt. Er kann sich nur schwer auf den Beinen halten, die frische Oktoberluft scheint seinen Rausch noch zu verstärken.

Zwei Scheinwerfer kommen immer näher. Reifenquietschen, ein dumpfes Geräusch. Blut, ganz viel dunkles Blut. Sirenen, Ambulanz, keine Hoffnung mehr. Die Angehörigen, der 13-jährige Sohn Jerry wird benachrichtigt, mitten in der Nacht aus dem Schlaf gerissen. »Dein Dad hatte einen Unfall.«

****

Jerry schlief sehr schlecht in seiner ersten Nacht im Gefängnis. Wie so oft hatten ihn Albträume geplagt, wie so oft konnte er nach dem Aufschrecken aus diesen keinen Schlaf mehr finden. Es war jetzt sieben Jahre her – Alkoholiker hin oder her, sein Vater hatte das Herz am rechten Fleck gehabt, er tat alles ihm Mögliche für Jerry. Wie sehr er ihn immer noch vermisste.

Er merkte, wie der Tag anbrach, langsam wurde es heller. Um Punkt 6:30 Uhr schaltete sich als Weckruf Musik ein – »Islands in the Stream« von Dolly Parton und Kenny Rogers. Die Musik kam scheinbar aus der Wand, es gab keine Möglichkeit, die Lautstärke zu regulieren oder gar ganz abzuschalten. Es folgten zwei weitere Songs zur kollektiven Beschallung, dann war der gesamte Zellenblock wach.

Das Frühstück wurde in einem großen Essenssaal eingenommen. Aus mehreren Türen fanden sich die Gefangenen ein, es war ein bunter Mix

13

von Hautfarben und Altersgruppen. Er setzte sich zu einem Tisch mit mehreren anderen, vorwiegend jungen, Afroamerikanern.

»Vor denen da drüben, vor denen musst du dich in Acht nehmen«, sagte ein Mithäftling, der sich als Calvin vorstellte. »Das sind die Neonazis.« Jerrys Zellennachbar Fred, der auch am Tisch saß, nickte zustimmend.

Das Frühstück war nicht gerade appetitanregend – ein Klacks verklumpte Marmelade, ranzige Butter und ein weiches Stück Toastbrot. Dazu lauwarmer, wässriger Filterkaffee. Genauso wie Jerry es sich vorgestellt hatte. Widerwillig würgte er das Essen hinunter, dann tönte eine Pausenglocke – Signal für die Häftlinge, sich an ihren jeweiligen Arbeitsplätzen einzufinden.

»Jones, Sie haben einen Termin beim Direktor«, sagte ein Wärter.

Jeder Neuankömmling hatte einen Termin beim Direktor – dabei wurden einem noch einmal die Anstaltsregeln verdeutlicht und mitgeteilt, welche Arbeit man zugeteilt bekommen hatte. Jerry hatte als seine drei Wünsche Elektriker, Bibliothek und Wäscherei angegeben – die Wünsche der Gefangenen würden nur selten erfüllt, hatte ihm der Wärter noch gesagt, als er das Formular ausgefüllt hatte.

»Mit 13 von den Pflegeeltern weggelaufen, mit 14 aus dem ersten Jugendheim, mit 16 aus dem zweiten, mit 18 aus dem dritten. Herr Jones, es sieht ganz so aus, als hätten wir es hier mit einem Läufer zu tun«, sagte Direktor Baxter, ein korpulenter, halbglatziger Mitfünfziger. »Wir werden sicherstellen, dass Sie nicht von hier auch noch ausbüxen.«

Jerry blickte aus dem Fenster, er hörte dem Direktor scheinbar nicht zu.

»Elektriker wollen Sie also hier sein«, las Baxter aus Jerrys Akte. »Macht Sinn, immerhin haben Sie in dem Job ja schon gearbeitet – allerdings nie lange. Länger als drei Monate haben Sie es offensichtlich nirgendwo ausgehalten.«

Jerry mied den Blickkontakt mit dem Direktor. Er wünschte sich, dass die Unterredung nun endlich zu Ende sein würde.

»Leider haben wir bei der Elektrik nichts für Sie, auch nicht in der Bibliothek oder in der Wäscherei – zumindest vorerst nichts. Bis dahin werden Sie als Gebäudereiniger tätig sein. Ich wünsche Ihnen alles Gute, Herr Jones.«

****

»Gebäudereinigung, ha?«, stellte der Wärter rhetorisch fragend fest, ehe er Jerry zur Ausgabe der Putzutensilien brachte.

Julio, ein etwa 35-jähriger Latino, war der Boss der Putzbrigade, wie die gut 15 Häftlinge, die zur Gebäudereinigung eingesetzt waren, kollektiv genannt wurden. »Hier ist dein Anzug, da ist dein Eimer, und da dein Wischmopp. Los geht's! Und schau, dass du alles blitzblank machst.«

Jerry nickte. Als Erstes sollte er den Essenssaal putzen. Er war froh, erstmals seit seiner Ankunft im Gefängnis an einem Platz, der größer als zwölf Quadratmeter war, allein zu sein. Er dachte daran, was er machen würde, wenn er wieder draußen sein würde – eine Portion Hühnerkeulen bei Ohio Fried Chicken, das wäre jetzt ganz nach seinem Geschmack gewesen.

Aber, was sollte er nur machen, wenn er wieder draußen sein würde? Als High-School-Abbrecher war es schon schwer genug, einen einigermaßen akzeptablen Job zu finden. Dass er jetzt auch noch eine Haftstrafe im Lebenslauf stehen hatte, würde seine Chancen nicht gerade erhöhen.

Warum hatte er die Schule bloß abgebrochen? Drei Monate vor dem Abschluss. Er erinnerte sich daran, wie es dazu gekommen war. Er war das erste Mal verliebt gewesen und hatte eines Nachts den Zapfenstreich überzogen. Der Erzieher im Jugendheim hatte ihn daraufhin mit einem Ausgangsverbot für das folgende Wochenende belegt. Das ließ Jerry sich nicht gefallen, er lief davon, noch in der gleichen Nacht. Der Vater seiner Freundin ließ ihn nicht ins Haus, also rannte er weiter, bis er bei einem Freund unterkam. Der arbeitete als Elektriker und in dem Job begann auch Jerry – in das Jugendheim und in die Schule kehrte er nie wieder zurück.

»Geht das auch ein bisschen schneller, Jones«, herrschte ihn einer der Wärter an, der gerade vorbeikam. »Man könnte dir beim Putzen fast die Hose flicken, so langsam wie du bist, Mann.«

Jerry wandte dem Wärter einen verachtenden Blick zu. Wortlos tauchte er den Wischmopp in den Eimer, um ihn nass zu machen, dann klatschte er ihn auf den Linoleumboden und machte mit seiner monotonen Tätigkeit weiter. Was soll ich bloß mit meinem Leben anfangen?, fragte er sich.

****

Das Abendessen wurde wie immer in die Zellen serviert. Zellennachbar Fred fragte: »Was gibt es denn heute Schönes?«, als er sein Tablett in Empfang nahm.

Jerry lächelte nur müde. Wärter Agostini, mittlerweile Jerrys Lieblingswärter, lächelte kurz zurück, dann fragte er Jerry: »Spielst du eigentlich Baseball?«

»Ja, früher in der Schule.«

»Und, hast du einen guten Schlag?«

»Na ja, hält sich in Grenzen.«

»Vielleicht spielst du ja einmal mit, Junge.«

****

Donnerstag, 24. November 2022, *Thanksgiving*. Es hatte zum Abendessen tatsächlich Truthahn gegeben, mit pappigem Kartoffelpüree und Preiselbeersauce.

Jerry unterhielt sich noch ein wenig mit seinem Zimmerkumpel. Fred war nicht gerade eine Plaudertasche, aber nachdem er mitbekommen hatte, dass ihm Jerry gut gesonnen war, taute er langsam auf. Irgendwann zog er sein Hemd hoch und zeigte Jerry eine noch nicht verheilte Wunde. »Ein Messerstich vor zwei Monaten, das hat mir einer der Neonazis zugefügt. Zum Glück war es nur ein kleines Taschenmesser, sonst wäre ich heute nicht mehr hier.«

»Warum? Was hast du ihnen getan?«

»Nichts, natürlich. Ich bin ja nicht lebensmüde«, antwortete Fred. »Sie dachten, ich hätte sie bei den Wärtern verpfiffen, wegen unerlaubtem Waffenbesitz.«

Jerry schüttelte angewidert den Kopf.

Um Punkt 23 Uhr ging das Licht aus, so wie an jedem Abend, da gab es auch zu *Thanksgiving* keine Ausnahme.

Gegen 1:30 Uhr wachte Jerry plötzlich auf. Er bekam keine Luft. Er versuchte tief ein- und auszuatmen, aber es half nichts, die Atemnot blieb. Scheiße, verdammte, dachte er sich. Was mache ich nur?

»Fred, ich kriege keine Luft«, weckte er den Zimmernachbarn.

»Im Ernst?«

»Ja, im Ernst!«

»Soll ich den Notfallknopf drücken?«, fragte Fred nach.

»Ja, verdammt noch mal!«

Kurze Zeit später kamen die Wärter angerannt. Jerry atmete schwer, Schweißperlen standen ihm auf der Stirn, sein Puls war rasend schnell.

»Mach keinen Scheiß, Jones«, sagte einer der Wärter, während der andere die Rettung rief. »Verdacht auf Herzinfarkt!«

Die Rettungsleute verfrachteten Jerry in den Wagen und mit einem Wärter an Bord ging es in Richtung Notaufnahme des George-Washington-Spitals. Die Krankenpfleger legten Jerry eine Sauerstoffmaske an und schlossen in Windeseile das EKG an, die Maschine ratterte los. Mittlerweile war auch der diensthabende Arzt dabei, der das Resultat auswertete: »Ein völlig normales EKG. Wir werden noch ein paar Tests machen, aber eine erste Entwarnung kann ich schon mal geben.«

»Hast du dich etwa nur gespielt, Jones? War dir fad im Bau? Wolltest du einen Szenenwechsel?«, fragte der Wärter.

Jerry antwortete nicht, er schüttelte nur den Kopf. Es ging ihm mittlerweile schon wieder besser.

»Auch die Lungen und die Schilddrüse sind in Ordnung. Wir konnten nichts finden«, gab der Arzt Entwarnung. »Vielleicht war es eine Panikattacke.«

»Panikattacke«, schüttelte der Wärter ungläubig den Kopf, während er Jerry die Handschellen anlegte. Ein Wagen war bereits auf dem Weg zum Spital, um Häftling Nummer 45815 zurück in den Knast zu bringen.

****

Jerry verbrachte den Rest des *Thanksgiving*-Wochenendes vorwiegend in der Zelle. Er hatte keine Lust auf Spaziergänge im Hof oder gar Ballspiele, er wollte alleine sein. Die Episode mit der Atemnot ging ihm durch den Kopf – was war das nur gewesen?

Er hasste Spitäler, fast noch mehr als das Gefängnis. Als Achtjähriger war das noch nicht so – damals hatte er eine Blinddarmoperation gehabt, die Schwestern und Pfleger waren supernett gewesen und seine Mutter schenkte ihm als Belohnung für seine Tapferkeit ein ferngesteuertes Auto.

Mit zwölf begann er Krankenhäuser zu hassen, abgrundtief. »Junge, die Besuchszeit ist um«, diesen Satz konnte er nicht mehr hören. Jedes Mal, wenn er vom Krankenhaus nach Hause ging, hatte er instinktiv noch weniger Hoffnung, dass seine Mutter es noch schaffen würde. Der Brustkrebs war zu weit fortgeschritten, Metastasen in Leber und Lunge. Aber er wollte seinem Instinkt nicht glauben, auch seinem Intellekt nicht – irgendetwas, irgendwer wird meiner Mum helfen, sie wird wieder gesund, redete er sich jeden Abend vor dem Schlafengehen ein. Im Nebenzimmer rannte stets der Fernseher, die ganze Nacht lang. Das hatte auch etwas Beruhigendes, denn es übertönte das Schnarchen des Vaters, der allabendlich betrunken einschlief – auch er mit der Hoffnung, dass seine Frau es noch schaffen würde.

Am *Thanksgiving*-Feiertag 2014 waren Vater und Sohn bei der Mutter im Krankenhaus gewesen. Der Arzt zeigte sich erstmals wieder optimistisch, die Werte seien besser geworden, vielleicht könne sie in ein paar Tagen wieder nach Hause. »Bis morgen. Ich liebe euch, meine zwei Männer«, lächelte Mary-Jo, als sie sich an jenem Abend verabschiedeten. Es war das letzte Mal, dass Jerry seine Mutter sah. Noch in der Nacht fiel sie in ein Koma, eine Woche später war sie tot.

****

»Jones, du brauchst heute Morgen nicht mit der Putzbrigade ausrücken«, begrüßte ihn der Wärter am Montag beim Aufschließen der Zelle. »Du hast einen Termin beim Seelenklempner.«

Dr. Kirichenko, alias der Seelenklempner, war Anfang 60, mit schütteren, weißen Haaren, Dreitagebart und Hornbrille. »Nehmen Sie doch Platz, Herr Jones. Wie geht es uns denn heute?«

»Wie es Ihnen geht, kann ich nicht beurteilen. Mir geht es ganz gut.«

»Gut, das ist sehr gut, Herr Jones«, sagte der Psychologe, milde lächelnd. »Neulich ist es Ihnen nicht so gut gegangen. Panikattacke, steht da im Report. Worauf führen Sie das zurück?«

»Vielleicht auf den Umstand, dass ich eingesperrt bin«, antwortete Jerry sarkastisch.

»Ja, das ist natürlich eine belastende Situation. Aber wenn man im Leben Urvertrauen erfahren hat, kann einem auch das nichts anhaben. Wollen Sie, dass ich Ihnen dabei helfe, Ihr Urvertrauen zu finden?«

»Nicht wirklich.«

»Gut. Man kann das Pferd nur zur Tränke führen, man kann es nicht zwingen zu trinken.«

»Wow, ganz schön philosophisch. Und dafür haben Sie vier Jahre lang studiert?«

»Zehn Jahre, um genau zu sein«, antwortete Kirichenko knapp. »Und, was möchten Sie aus Ihrem Leben machen? Was ist der Sinn des Lebens für Sie? Wofür würde es sich für Sie lohnen, jeden Morgen aufzustehen?«

»Wollten Sie mir noch mehr mitteilen, oder kann ich mich dann vertschüssen? Ich habe nämlich einen dringenden Termin mit meinem Wischmopp, den möchte ich keineswegs versäumen.«

Kirichenko schüttelte den Kopf, während er in seinen Unterlagen »hoffnungslos« notierte.

****

Zurück bei seiner Arbeit, während er den Gang reinigte, kamen Jerry die Worte des Psychologen wieder ins Gedächtnis. Was sollte er tatsächlich aus seinem Leben machen? Er hatte keinen High-School-Abschluss, und es gab nichts, was ihn wirklich interessierte.

Er blickte auf die Wanduhr – zwei Stunden noch putzen. Am liebsten wollte er sich jetzt in seiner Zelle, unter dem Betttuch verkriechen.

»Hallo Jerry«, hörte er von hinten. Es war Agostini, der nette Wärter. »Heute gibt es wieder ein Baseballmatch. Mach doch mal mit, das bringt dich auf andere Gedanken.«

»Okay«, sagte Jerry. »Ich schaue es mir mal an.«

****

Im Hof des *Detention Centers* ging es dreimal die Woche zwischen 16:30 und 17:30 Uhr, also zwischen Arbeitsschluss und Abendessen, heiß her – beim Baseballmatch zwischen den »Roten« und den »Blauen«. Als Unterscheidungsmerkmal der beiden Teams dienten jeweils rote und blaue Armbinden.

»Du kannst bei den Roten mitmachen«, orderte der Referee, der gleichzeitig auch als Organisator des Matches wirkte, an. Jerry wurde als *Left Fielder* eingesetzt, in dieser Position hatte er auch in der Schule gespielt.

Joe, ein Koloss von einem Mann, trat für die Roten als *Pitcher* an – ein ambitionierter Wurf, doch der *Batter* der Blauen war auf dem Posten und erwischte den Ball mit voller Wucht.

Jerry startete wie von der Tarantel gestochen, in Windeseile näherte er sich dem Spielgerät und streckte seinen Handschuh entgegen. Kurz spürte er noch den Ball, merkte seinen Drall, dann entwischte er ihm auch schon wieder. Der *Batter* der Blauen führte seinen Run in aller Ruhe zu Ende – 1:0.

Jerry trafen nicht gerade wohlmeinende Blicke seiner Mitspieler, er beschloss, in Zukunft nicht mehr mitzuspielen. Aber heute musste er noch mit dabei sein, denn die Blöße, noch während des Matches aufzugeben, wollte er sich nicht geben. Er hoffte, dass der Ball nicht mehr in sein Terrain fliegen würde. Doch kurze Zeit später war es wieder so weit – Jerry musste losspurten. Wieder war er superschnell am Ball, und wieder ließ er ihn fallen. »Konzentrier dich, du Trottel«, raunte ihm ein Mitspieler zu.

Jerry hatte genug, er täuschte eine Verletzung vor und humpelte vom Platz.

»Das hast du gut gemacht«, sprach ihn ein älterer, etwa 70-jähriger Mithäftling an.

Jerry lächelte müde. »Welches Spiel hast du gesehen?«

»Ich meine nicht deine Fangleistung. Du weißt ja sicher selbst, dass du zwei linke Hände hast«, sagte der Alte, der sich als Morgan vorstellte. Er hatte graumeliertes Haar und wirkte für sein Alter ausgesprochen fit und drahtig. »Ich meine deine Laufleistung – du bist der geborene Sprinter. Du hast das Zeug zum Profiläufer.«

»Ich bin schon 20, zu spät, um als Profisportler noch in die Gänge zu kommen, würde ich meinen«, erwiderte Jerry.

»Das glaube ich nicht. Ich denke, das kann noch was werden. Da habe ich ein Auge dafür, ich war früher Leichtathletikcoach. Wenn du willst, trainier ich dich – das Angebot steht«, fuhr Morgan fort, ehe er vom Ruf des Wärters unterbrochen wurde. Man müsste nun endlich in die Zellen zurückkehren, sonst würde es Saures geben.

Es gab Donuts an jenem Abend, zwei Stück pro Häftling.

****

Jerry versuchte mehrere Male, in einem Buch über den früheren Baseballstar Joe DiMaggio zu lesen. Seine Gedanken glitten jedoch immer wieder ab – die Worte von Morgan kamen ihm ins Gedächtnis. »Du bist ein Sprinter. Du hast das Zeug zum Profi.« Was für ein alter Spinner, dachte Jerry.

Ja, er war immer schon schnell gewesen, das stimmte schon. Beim Baseball, im Schulsport und beim Wettlaufen mit Freunden war er immer der Schnellste gewesen. Dieses Talent kam ihm immer auch dann zugute, wenn ihm andere zu Leibe rückten.

Er starrte an die Decke der Zelle. Wie viele waren schon vor ihm hier gelegen und hatten da hochgestarrt? Wie viele würden noch nach ihm kommen? Er erinnerte sich, als er als 16-Jähriger nach dem Kino zurück ins Jugendheim fuhr. Ein etwa 40-jähriger Mann saß ihm in der U-Bahn gegenüber, die beiden waren alleine im Wagon. Irgendwann beugte der Mann sich nach vorne und begann Jerrys Knie zu streicheln. »Ich könnte das stundenlang machen«, sagte der Mann, während seine Hand immer weiter nach oben wanderte. Jerry war wie versteinert.

»Next stop, Waterfront.«

Jerry musste weg, so schnell er nur konnte. Blitzschnell riss er sich los und rannte aus dem Wagon, aus der Station, und die ganze Meile ins Jugendheim. Er drehte sich nicht einmal um.

****

Wie jeden Morgen fanden sich die Gefangenen um Punkt 7 Uhr zum Frühstück ein. Jerry war noch nicht richtig wach, wie automatisiert stellte er sich bei der Essensausgabe an und setzte sich zu seinen üblichen Tischnachbarn.

»Der alte Weiße winkt dir zu«, machte ihn Calvin auf Morgan aufmerksam. Beim Rausgehen aus dem Essenssaal kam Morgan dann auf Jerry zu. »Na, mein junger Freund. Hast du nachgedacht? Wann fangen wir mit dem Training an?«

»Moment mal«, sagte Jerry.

»Hier gibt es nicht viele Momente zum Nachdenken«, warf Morgan ein. »Zum Beispiel, jetzt haben wir höchstens noch drei Minuten, dann wischst du wieder den Boden auf und ich sitze in der Bibliothek und schlichte Bücher. Also, junger Freund – antworte einfach so schnell, wie du rennen kannst, und alles wird gut.«

»O.K. Wir können ja mal beginnen«, lächelte Jerry. »Du bist aber wirklich unnachgiebig.«

»Warte erst mal, was passiert, wenn ich dich beim Training in die Mangel nehme«, schmunzelte Morgan.

»Auf geht's! Eure Arbeitsplätze warten«, unterbrach ein Wärter das Gespräch.

Während er den Boden wischte und schrubbte, fragte sich Jerry, worauf er sich da eingelassen hatte. Wo und wann würde er hier überhaupt trainieren können? Was würden die anderen Gefangenen sagen? Und, war er wirklich gut genug, um ein Sprintprofi werden zu können? Was, wenn der Alte nur Mist gelabbert hatte, so wie es im Gefängnis viele gab, die sich wichtig machten?

Er war auf jeden Fall neugierig geworden und konnte kaum warten, Morgan wiederzusehen. Um Punkt 16:30 Uhr, zu Beginn der täglichen Frischluftzeit, trafen sich die beiden wie verabredet am Rande des Basketball-Courts.

****

»O.K., jetzt fangen wir also an«, sagte Morgan. »Ich kann verstehen, dass du unsicher bist. Aber, wie gesagt, ich habe ein Auge für Talente. Was aber nicht heißt, dass ich immer richtig liege.«

Jerry hörte aufmerksam zu.

»Als Erstes möchte ich gerne einmal sehen, wie schnell du über 100 Meter bist.«

»Was, jetzt schon? Ich habe doch gar nicht dafür trainiert.«

»Genau deswegen. Der Sprint ist nicht nur die faszinierendste aller Sportarten, er ist auch eine der unfairsten – wie hart jemand auch trainiert, Talent kann durch nichts ersetzt werden«, führte Morgan weiter aus. »Dass du Talent hast, wissen wir schon. Jetzt möchte ich gerne sehen wie viel.«

Morgan deutete auf die Laufstrecke. »Hier, von dieser Linie, bis da rüber – bis zum Wärterturm. Das sind genau 100 Meter, habe ich mindestens 20-mal abgemessen.«

»Ich weiß nicht, das ist mir peinlich. So viel Aufmerksamkeit erregen«, sagte Jerry.

»Was die anderen denken, muss dir vollkommen wurscht sein. Du läufst für dich, für dich allein und sonst niemanden. Ist das klar?«

Jerry nickte.

»Also, auf die Plätze. Fertig. Los!«

Jerry kam gut weg und sprintete so schnell er nur konnte. Die Mithäftlinge wurden aufmerksam, manche unterbrachen ihre jeweiligen Tätigkeiten. Auch die Wärter hielten kurz inne.

Jerry war im Ziel, Morgan drückte die Stoppuhr.

Morgan starrte auf die Uhr, man konnte keine Emotionen bei ihm erkennen.

»Und?«, fragte Jerry neugierig.

»Gut. Sehr gut sogar. Noch besser als erwartet.«

»Und die Zeit?«

»10,98 Sekunden. Auf Asphalt, ohne spezielle Schuhe, ohne Training – ja, das kann was werden.«

Jerry war verblüfft, dass er unter elf Sekunden geblieben war. Wie Morgan ihm gesagt hatte, galt diese Zeit gewissermaßen als Schallmauer. Wenn man die durchbrechen konnte, dann hatte man tatsächlich Talent. Und wenn man dann hart trainieren würde, dann könnte man es zu was bringen.

Er dachte auch an die Worte des Psychologen. Was wollte er aus seinem Leben machen? Wofür würde es sich für ihn lohnen, jeden Morgen aufzustehen? Erstmals fiel ihm eine Antwort auf diese Frage ein: Er wollte Profisprinter werden. Und nicht irgendeiner, sondern der Schnellste der Welt – er wusste, dass dieses Ziel weiter weg war als der Mond. Aber er wollte nach den Sternen greifen, der Gedanke, in irgendetwas der Beste zu sein, beflügelte ihn.

Er konnte kaum auf den nächsten Tag warten, auf das nächste Training mit Morgan, um seinem Ziel einen Schritt näher zu kommen.

****

»O.K., Sportsfreund. Ich weiß, du brennst darauf, die Laufbahn runterzuglühen. Aber vorher müssen wir ein bisschen Theorie machen«, sagte Morgan und dirigierte Jerry zu einer Parkbank in der Nähe des Basketball-Courts. Dort holte er einen Zettel Papier heraus, auf dem die folgenden Worte standen – Reaktionsschnelligkeit, Schnellkraft, Lauftechnik, Koordination, Sprintschnelligkeit, Sprintausdauer. »Das sind die Sachen, auf die es im Sprint ankommt. Und die werden wir trainieren.«

Als Erstes müsste Jerry die Lauftechnik trainieren, eine optimale Technik sei die Grundvoraussetzung für schnellere Zeiten. Morgan ordnete eine Reihe von Übungen an – Lauf mit Anfersen, Hopserläufe und Skipping, also Lauf mit hohem Knieheben.

Das Ganze ging natürlich nicht, ohne die Aufmerksamkeit der Mithäftlinge und Wärter zu erregen. Am Anfang war es Jerry noch peinlich, aber bald war er so sehr auf seine Aufgabe fokussiert, dass er die Blicke nicht mehr wahrnahm.

»O.K., jetzt widmen wir uns der Schnellkraft. Zehn Steigerungsläufe über 40 Meter, wenn ich bitten darf«, sagte Morgan. Zum Abschluss der Einheit ließ er seinen Schützling noch zehn Minuten um den Gefängnishof traben. Dabei bekam Jerry ein paar unflätige Zurufe zu hören – »Angeber«, »Schwuchtel«, »Nicht ganz richtig im Kopf« und so weiter. Ein Mithäftling deutete ihm den Vogel. Zu Jerrys Überraschung ließ ihn das alles kalt. Das Gefühl, endlich seine Berufung gefunden zu haben, war stärker als jede Angst vor sozialer Ächtung oder Schlägen durch die Mithäftlinge. »Ich bin ja nur noch fünf Monate hier«, sagte er sich. »Und dann brauche ich diese Typen nie wieder zu sehen.«

****

Der nächste Tag, 6:30 Uhr. Wie immer erklang der musikalische Weckruf in der Zelle. Jerry war vor Fred auf der Toilette. Vor einem anderen zu kacken war eines der unangenehmsten Dinge, die das Gefängnisleben so mit sich brachte.

Er war gerade mit seinem Geschäft fertig, als er das Aufschließen der Tür hörte. Zum Glück war es an jenem Tag wieder Agostini, der nette Wärter. »Ich habe gehört, dass du es am Hof krachen hast lassen. Die Kollegen haben mir gesagt, du bist richtig schnell. Und dass Morgan dich trainiert – eine gute Wahl, soviel ich weiß, war er früher einmal Proficoach«, sagte Agostini. Und, nach kurzer Pause: »Was willst du mit deinem Talent machen, wenn du hier rauskommst? Football?«

»Nein«, winkte Jerry ab. »Ich bin zwar ganz schön muskulös, aber so ein Riegel bin ich auch wieder nicht. Ich will Profisprinter werden.«

»Wäre es dafür nicht gut, zuerst in einem Collegeteam zu sein?«

»Weiß nicht.«

»Ich glaube schon«, sagte Agostini. »In jedem Fall wäre es meiner Meinung nach gut, wenn du deinen High-School-Abschluss nachmachst. Dir fehlt ja nicht mehr viel, nicht wahr?«

»Genau, nur die Abschlussprüfungen«, antwortete Jerry.

»Die kannst du hier machen. Wir bieten ja auch Klassen an, da kannst du dich auf das Examen vorbereiten«, erklärte der Wärter.

»Mr. Agostini, warum sind Sie eigentlich so nett zu mir? Sie haben doch nichts davon«, fragte Jerry.

»Ich glaube, dass du ein guter Junge bist und das Herz am rechten Fleck hast. Und außerdem habe ich selbst einen Buben, der ist nicht viel jünger als du. Wenn er einmal in der Scheiße sitzt, würde ich auch wollen, dass er gut behandelt wird.«

****

»Weiter, Jones! Keine Müdigkeit vorschützen, sonst kannst du dir das Mittagessen in die Haare schmieren«, herrschte ihn Wärter Kilroy an. »Und schau, dass ja alles blitzblank wird.«

Jerry dachte sich, dass die beiden Vorgaben – schnell zu putzen und gleichzeitig genau – sich wechselseitig ausschlossen. Er biss sich auf die Lippen, um nur ja nichts zu sagen, denn er hatte gehört, dass Kilroy Widerspruch überhaupt nicht dulden konnte und zum Jähzorn neigte. Leute seien von ihm schon für Kleinigkeiten in der Isolierungszelle gelandet, und da wollte Jerry auf keinen Fall hin. Er erweckte den Anschein, als ob ihn Kilroys Worte angestachelt hatten – scheinbar enthusiastisch tauchte er den Wischmopp in den Wassereimer und klatschte ihn auf den Boden. Dazu dachte er sich, dass Kilroy ihn mal konnte.

Nach dem Mittagessen war Jerry für eine Stunde von der Arbeit freigestellt. Er hatte einen Termin mit Dr. Reneberg, der Gefängnisschuldirektorin. Die Pädagogin sah sich Jerrys Schulunterlagen an, dann nickte sie mehrmals hintereinander. »Ja, Sie haben recht. Sie können Ihr High-School-Diplom machen, während Sie hier sind. Das geht sich aus. Das heißt, ich meine, theoretisch.«

»Was heißt das?«

»Dass Sie sich dahinterklemmen müssen, wenn Sie es schaffen wollen. Es wird Ihnen hier nichts geschenkt«, sagte die Direktorin.

»Das ist ja gut zu wissen. Ich war glatt dem Irrglauben aufgesessen, dass hier Milch und Honig fließen und einem die gebratenen Vögel zufliegen«, spottete Jerry.

Die Direktorin lächelte milde und schien Jerrys Antwort zu ignorieren. »Sie können morgen schon anfangen, Herr Jones. Unterricht, bis zum Examen. Dafür stelle ich Sie ab sofort jeden Nachmittag vom Putzdienst frei.«

Wärter Kilroy brachte Jerry zurück auf seinen Arbeitsplatz. »Heute Nachmittag kannst du noch einmal ordentlich putzen, bevor du mit deinem Schulversuch anfängst«, ätzte Kilroy. »Du glaubst doch nicht im Ernst, dass du den Abschluss schaffst, Jones. Oder?«

»Ich bin ein gläubiger Mensch, Sir«, antwortete Jerry.

»Na dann, Amen«, beendete Kilroy das Gespräch.

****

Jerry blickte ständig auf die Uhr. Endlich war es 16:30 Uhr geworden, Dienstschluss bei der Gefängnis-Putzbrigade. Er freute sich schon auf das Training mit Morgan.

»Das sind ja tolle Neuigkeiten«, sagte der Coach, als Jerry ihm von seinem schulischen Wiederbeginn erzählte. »Mit dem High-School-Abschluss stehen dir alle Türen offen.«

Für das Training an jenem Tag hatte Morgan Übungen zur Schulung der Reaktionsschnelligkeit zusammengestellt, die war für Sprinter von entscheidender Bedeutung, ermöglichte sie ihnen doch einen schnellen Start. »Am besten trainiert man die Reaktionszeit, indem man auf ein unerwartetes akustisches Signal so schnell wie möglich reagiert.«

Morgan bat Jerry, auf der Stelle zu traben. Wann immer er das akustische Signal – in diesem Fall das Zuklappen eines Buchs über den Olympiasieger Lindy Remigino – hörte, sollte er wie von der Tarantel gestochen reagieren und loslaufen.

»Klapp!«, schlug Morgan das Buch zu, und Jerry sprintete mit aller Kraft los.

»Das geht ja schon ganz gut«, lobte der Coach. »Jetzt proben wir gleich auch noch den Tiefstart. Also, wenn ich bitten darf.« Jerry ging in die Tiefstartposition.

»Auf die Plätze ... fertig ... und ...«, sagte Morgan, ehe er wieder das Buch zuklappte.

Jerry kam ausgezeichnet weg. Seine Reaktionszeit konnte sich auch noch sehen lassen, als Morgan begann, die zeitlichen Abstände zwischen »Fertig« und dem Zuklappen des Buches zu variieren. Wie vom Coach angeordnet, sprintete er nach jedem Start noch gut 20 Meter, um die Beschleunigungsphase auch gleich mit zu trainieren.

»Super!«, freute sich Morgan. »Und nur nicht vergessen: Bleib am Anfang noch schön in der Körpervorlage, bis dass du richtig auf Zug bist.«

Zum Training der Schnelligkeit bat Morgan seinen Schützling mit sprintmäßiger Armarbeit so schnell wie möglich auf der Stelle zu laufen. »Stell dir vor, du bist eine Nähmaschine, so schnell gehen deine Beine auf und ab. Tack – tack – tack.«

Zum Drüberstreuen musste Jerry dann noch skippen. Und auch bei dieser Übung ging es um die Schnelligkeit. »Bleib so kurz wie möglich am Boden, der ist brennheiß, du läufst über glühende Kohlen. Und schön die Knie heben, so hoch du nur kannst. Hopp – hopp – hopp«, feuerte ihn der Coach an.

Die Gefängnishofglocke beendete das Training. Jerry merkte, dass er gut gearbeitet hatte. Zufrieden streifte er sich seine Trainingsjacke über. Es war mittlerweile Mitte Dezember – zwar kein sehr kalter Winter in Washington, D.C., aber warm anziehen musste man sich allemal.

Hank, ein etwa 25-jähriger, glattgeschorener, muskelbepackter Weißer, war dennoch nur im ärmellosen Shirt unterwegs. Auf seinem rechten Oberarm prangte eine doppelte Siegrune, um seine politische Orientierung zu kommunizieren. Gemeinsam mit zwei seiner »Kameraden« war er ebenso wie Jerry auf dem Weg zurück in den Zellentrakt.

»Na, Neger. Bist du wieder schön nach der Peitsche deines Dompteurs gesprungen?«

Jerry ignorierte Hank. Auch dann noch, als der zum Gelächter seiner beiden Mitläufer »Husch, husch, husch, Neger in den Busch« sagte. Die drei Neonazis ahmten Schimpansen nach und fingen an Jerry zu schubsen.

»Auseinander, sofort!«, unterbrach eine Wärterstimme die angespannte Situation. Mr. Agostini. »Hank, wenn ich das noch einmal sehe, kannst du wieder Isolierungsluft atmen. Ist das klar? Das gilt auch für euch zwei Idioten, und für dich, Jones.«

Jerry war froh, als er in seiner Zelle war. »Wie war dein Tag?«, fragte ihn Zellennachbar Fred. Fast hätte Jerry sich in dem Moment im Knast zuhause gefühlt.

****

Jerry kam als einer der Ersten in den kleinen Vorlesungssaal, in dem er in den kommenden drei Monaten für sein High-School-Diplom lernen würde. Er sah sich den Syllabus an – Englisch, Mathematik, Physik und

Wirtschaft standen auf dem Programm, dazu Informatik und Spanisch als Wahlfächer. Naturgemäß gab es weniger Auswahlmöglichkeiten als in einer regulären High School, aber er war froh, seinen Abschluss nachmachen zu können.

Einige weitere Mitstreiter trudelten ein, insgesamt vielleicht zehn Leute – Afroamerikaner, Latinos, Weiße, Asiaten. Nun betrat die Direktorin, Dr. Reneberg, den Raum, mit zwei Männern im Schlepptau. »Gentlemen, willkommen in unserer kleinen, aber feinen High School. Ich werde Sie in Englisch und Spanisch unterrichten, Kollege Boardman in Mathematik, Physik und Informatik, und Kollege Herbertson in Wirtschaft. Wir freuen uns, diesen Weg mit Ihnen gemeinsam zu gehen – ein Weg, der für den einen kurz, für den anderen vielleicht etwas länger sein wird.«

Jerry hoffte, dass seiner kurz sein würde. Viel fehlte ihm ja nicht mehr zum Abschluss, hatte er doch damals die High School nur ganz knapp vor dem Diplom geschmissen. Als Wahlfach nahm er Informatik, denn in Spanisch hatte er bis auf »Olé«, »Hola« und »Hasta la Vista, Baby« überhaupt keine Vorkenntnisse – also keine realistische Chance, in drei Monaten auf Abschlussniveau zu kommen.

Informatik war auch insofern interessant, als dass es die einzige Möglichkeit war, hier hinter Gittern gelegentlich im Internet zu browsen. Jerry las gerne über erfolgreiche Sprinter der Vergangenheit, zum Beispiel Jesse Owens, der 1936 als vierfacher Olympiasieger Hitlers Olympiaparty in Berlin ordentlich versalzen hatte.

10,3 Sekunden. 10,3 Sekunden – das war die Zeit, die Jesse 1936 brauchte, um 100 Meter zurückzulegen. Mit den Schuhen und auf einer Aschenbahn jener Zeit. 10,3 Sekunden. Jerry prägte sich die Zahl ein. Wie schnell würde er jetzt wohl schon sein? Hatten die drei Wochen Training mit Morgan schon ihre Spuren hinterlassen?

Morgan lächelte verständnisvoll, als sein Schützling ihn das fragte. »Mein Junge, so schnell geht es nun auch wieder nicht. Aber vielleicht haben wir schon ein Zehntel runterfeilen können.«

»Also 10,88?«, fragte Jerry weiter.

»Um das rauszufinden, gibt es nur einen Weg. Der ist 100 Meter lang und reicht von hier nach dort. Also, auf die Plätze ...«

Jerry kam gut weg und nahm schnell Fahrt auf. Er fühlte, dass seine Schritte kraftvoll und dynamisch waren. Die letzten paar Meter hatte er Probleme, die Form zu halten, aber die Ziellinie erlöste ihn bald genug. »Und?«, rief er Morgan entgegen.

»10,88. Wie bestellt«, antwortete der Coach. »Wirklich erstaunlich. Wenn man bedenkt, dass du auf Asphalt gelaufen bist, keine Startmaschine hast. Und, mit dem Schuhwerk.«

Jerry blickte auf seine Laufschuhe, wenn man sie so nennen konnte. In Wahrheit waren es nur Sneakers, mit abgewetzten Sohlen und ein paar Löchern drinnen.

»Wie viel, glaubst du, muss man wegen der Rahmenbedingungen abziehen? Wie schnell wäre ich auf einer Tartanbahn mit optimaler Ausrüstung?«

»Schwer zu sagen. Ungefähr fünf Zehntel, würde ich sagen. Also, 10,40 Sekunden wären jetzt schon drinnen.«

****

Nach der nächsten Informatikstunde erlaubte Mr. Boardman seinen Schülern, wieder zehn Minuten im Internet zu surfen. Jerry googelte »10,40 Sekunden – 100 Meter« und checkte, welchen Platz er damit in der vergangenen Saison bei den US-Collegemeisterschaften belegt hätte. Er fand, dass er damit bis ins Semifinale, also unter die letzten 16 gekommen wäre – also gar nicht einmal schlecht. Gut drei bis vier Zehntel trennten einen damit von den schnellsten Collegeathleten und etwa fünf Zehntel von der Weltklasse.

Fünf Zehntel? Das war ungefähr die Reaktionszeit eines durchschnittlich schnell reagierenden Menschen. Ein Wimpernschlag, mehr nicht. Was war das schon?

In der Sprintwelt bedeuteten diese fünf Zehntel den Unterschied zwischen Medaillen und Fernerliefen, zwischen Millionen Sponsorenverträgen und gerade einmal durchkommen, zwischen ewigem Ruhm und Unbekanntheit.

Jahraus, jahrein arbeiteten weltweit hunderte bis tausende Profisprinter verbissen daran, ein paar Zehntel zu finden, die sie noch schneller rennen konnten – ein etwas schnellerer Start, je nachdem eine längere oder kürzere Schrittlänge, etwas mehr Stehvermögen, eine bessere Lauftechnik. Es gab viele Möglichkeiten, wo man den Hebel ansetzen konnte, und so wenig Zeit – denn nach ein paar Jahren, spätestens Anfang 30, würde man seinen Zenit überschritten haben.

Jerry wollte es dennoch probieren. Sein Fokus auf das Ziel, der schnellste Sprinter der Welt zu werden, gab ihm Kraft und einen ungeahnten Halt – auch wenn realistisch betrachtet sein Ziel unerreichbar war. Schließlich fehlte ihm eine halbe Sprintewigkeit auf die Zeiten der Allerschnellsten, und anstatt in einem Collegeteam oder als Profi zu trainieren, saß er hinter Gittern im *D.C. Detention Center*. Er hasste diese realistischen Gedanken, sie engten ihn ein. Wann immer sie zu prominent wurden, fing er sie wieder ein und sperrte sie weg. Die Hoffnung war sein Kerkermeister, sie verschloss jedes Mal gekonnt die Zelle, in der sich seine dunklen Gedanken und Selbstzweifel befanden. Am liebsten hätte er die Schlüssel weggeworfen, ganz weit.

Um 18:30 Uhr hörte er das Rasseln der Schlüssel. Mr. Agostini öffnete die Zellentür. Die Weihnachtsfeier des *Detention Centers* stand auf dem Programm. Der Essenssaal war mit ein paar Luftballons in roten, weißen und grünen Farben dekoriert. Als Festspeise gab es entweder Hühnchen oder Pasta, etwas saftiger und in der Tat auch besser zubereitet als sonst.

Gefängnisdirektor Baxter hielt eine kurze Ansprache, dann war der Pfarrer an der Reihe. Nächstenliebe. Friede. Was für tolle Konzepte, dachte Jerry. Seitdem er Waise war – bei den Pflegeeltern, in den Jugendheimen, auf der Straße –, hatte er die christlichen Werte nicht gerade im Überfluss erfahren. Für andere da zu sein war zwar unbestritten ein hehres Ziel, aber wie würde es einem nützlich sein? Würde er damit ein paar Zehntel schneller laufen?

Man wünschte sich gegenseitig frohe Weihnachten. Morgan legte seinen Arm um Jerrys Schultern und sagte nur »Mein Junge«. Dann erklang »Stille Nacht«. »So, meine Herren, das war's. Bitte kehrt jetzt in eure Zellen zurück«, beendete Direktor Baxter das weihnachtliche Zusammensein.

Jerry und Fred gingen in ihre 243er Zelle und warteten auf das Schließgeräusch. Plötzlich steckte Mr. Agostini seinen Kopf herein und bat Jerry, zur Tür zu kommen.

»Ein Vögelchen hat mir gezwitschert, dass du ein paar Laufschuhe brauchen könntest. Die sind für dich, Jerry. Frohe Weihnachten, mein Sohn«, sagte der Wärter.

Jerry hatte seit sieben Jahren nicht mehr geweint. Damals, nachdem auch noch sein Vater gestorben war, hatte er jeden Tag geheult, stundenlang. Irgendwann konnte er nicht mehr weinen, es fühlte sich an, als ob seine Tränenkanäle leer wären.

An jenem Abend, als ihm Mr. Agostini das Geschenk überreichte, drückte es ihn kurz, er fühlte einen Knoten im Hals. Er konnte seine Fassung aber bewahren, bedankte sich und wünschte ebenfalls frohe Weihnachten.

****

»Giopes« – abgekürzt für Giovanni Pescatori – stand auf seinen funkelnagelneuen Laufschuhen. Jerry kannte die Marke nicht, es war ein italienisches Produkt. Mit diesen Schuhen würde es sicher sehr viel besser sein zu laufen als mit seinen ausgelatschten Sneakers.

Morgan war ob des neuen Schuhwerks seines Schützlings auch angetan. »Die sind perfekt für den Asphaltbelag hier«, sagte er. »Komm, hauen wir rein.«

Über die Weihnachtsfeiertage hatten die Insassen täglich zwei Stunden Zeit am Gefängnishof – eine am Vormittag, eine am Nachmittag. Für Jerry bedeutete das doppelt so viel Training als sonst.

Morgan hatte ein anspruchsvolles Programm zusammengestellt, insbesondere zum Training der Schnellkraft und der Sprintausdauer.

»Damit du über die Feiertage keinen Speck ansetzt«, scherzte er. Es war mittlerweile kalt geworden, der Schneeregen machte es zuweilen unwirtlich am Hof – doch Morgan kannte kein Nachsehen. Besonders hatten es ihm Intervallläufe angetan – 400 Meter mit 60 Prozent Belastung, 300 Meter mit 70 Prozent, 200 Meter mit 80 Prozent, 100 Meter mit 90 Prozent. Danach gab es fünf Minuten Gehpause, dann wurde das Ganze wiederholt, fünfmal.

»Morgan, wann kann ich denn endlich wieder auf Zeit laufen?«, fragte Jerry zusehends ungeduldig nach den Trainingseinheiten.

»Nur Geduld«, tröstete Morgan. »Jetzt legen wir die Grundlagen für deine Form im Frühjahr, dann kommt die Erntezeit. Mach lieber nochmal 50 Liegestütze.«

Zu Silvester gab es eine kurze, schaumgebremste Party. Die Dekoration war noch die gleiche wie zur Weihnachtsfeier, außer dass ein paar der Luftballons mittlerweile die Luft ausgegangen war.

Jerrys Neujahreswünsche hatten allesamt mit seiner geplanten Karriere als Profisprinter zu tun, dazu müsste er es zuerst aufs College schaffen. »2023: Jerrys Running Career – from Fiction to Reality«, schrieb er auf einen Notizblock. Dann riss er die Seite ab und legte sie als Talisman unter die Einlage in seinem linken Schuh.

****

Am 2. Januar war erstmal Schluss mit Feiertagen. Jerry war wie an jedem Werktagmorgen mit seinen Putzutensilien ausgerückt, seine erste Station war der Essenssaal, wo er die Überreste der Silvesterfeierparty entsorgte – unter anderem auch die Luftballons der Weihnachtsdekoration.

»Jones, von deiner angeblichen Schnelligkeit kann ich nichts erkennen«, stichelte Wärter Kilroy. Jerry sagte nichts, er lächelte nur und hoffte, dass Kilroy einen anderen finden würde, an dem er seine Unzufriedenheit auslassen würde. Warum ist dieser Typ nur so ein Arschloch?, fragte sich Jerry, ehe er seinen Wischmopp wieder in den Wassereimer tauchte.

Nach dem Mittagessen drückte er wieder die Schulbank. Am besten gefiel ihm Mathematik, mit Nummern tat er sich leicht, auch wenn er am Pauken nicht wirklich Freude hatte – aber er wusste, dass der High-School-Abschluss sein Ticket zu einem Collegeplatz und damit zum Start seiner Sprinterkarriere sein würde. Also biss er die Zähne zusammen, wie bei einem harten Zirkeltraining.

Morgan führte ein taffes Trainingsregime, die Schinderei war manchmal kaum auszuhalten. Aber es gelang Jerry, den Blick auf das Big Picture zu behalten – wie ein Musterschüler setzte er die Vorgaben seines Coachs um, und erstmals in seinem Leben machte er Fleißaufgaben. Hieß es 50 Hampelmann-Sprünge, machte er 55; sollte er 80 Liegestütze machen, pumpte er 100. Er trainierte auch in der Zelle – Kniebeugen, Sit-ups bis zum Anschlag, und als besondere Übung verwendete er einen Stuhl als Art Bankpresse. Dazu legte er sich unter den Stuhl, auf dem oft Zellennachbar Fred als menschliches Gewicht saß, und stemmte ihn hoch.

Jerry merkte, wie er stetig stärker und schneller wurde. Ende Februar erhörte ihn Morgan endlich, er durfte wieder einmal 100 Meter auf Zeit glühen. Gespannt blickte er zu seinem Coach, der seinen Blick auf die Stoppuhr fixiert hatte – 10,75 Sekunden. Jerry war auf dem richtigen Weg.

****

Auch in der Schule klappte es nach Wunsch. In zwei Wochen würde Jerry die Gelegenheit haben, seinen Abschluss zu machen. Er paukte jeden Tag eifrig, vorzugsweise am Abend, wenn er wieder in der Zelle eingesperrt war. Seinen treuen Zellenkollegen Fred interessierte das Studieren weniger – während Jerry sich Formeln einprägte, lag er zumeist auf seinem Bett und hörte Musik.

Fred war Jerrys Nummer-eins-Fan. Er war stolz, mit dem mittlerweile im gesamten Knast berühmten Sprinter in einer Zelle zu wohnen. »Sag mal, wie schnell läufst du eigentlich, wie viele Kilometer pro Stunde?«, wollte er einmal von Jerry wissen.

»Das kann ich dir gleich sagen. Ich rechne es schnell aus – die Formel ist s=v.t, also Weg ist gleich Geschwindigkeit mal Zeit«, antwortete Jerry, ehe er im Handumdrehen das Ergebnis hatte. »34 km/h.«

»Wow, das schaff ich ja nicht einmal mit dem Rad«, sagte Fred. Dann ging wie jede Nacht pünktlich um 23 Uhr das Licht aus.

Auch wenn Jerry das Gefängnisleben hasste – er führte eine Strichliste, um immer auf einem Blick zu sehen, wie viele Tage er schon absolviert beziehungsweise noch vor sich hatte –, war er froh, immer etwas zu tun zu haben. Schule, Training und Lernen – auch das Arbeiten bei der Putzbrigade zählte dazu, wenngleich er dieser Tätigkeit nichts abgewinnen konnte. Das hatte insbesondere auch mit den Wärtern zu tun – mit Ausnahme von Mr. Agostini und ein, zwei anderen waren die meisten von ihnen den Gefangenen gegenüber feindselig eingestellt. Man musste auf der Hut sein, und in der Regel war Jerry das auch – allerdings nicht am Freitag, dem 10. März.

An dem Tag kam wieder einmal Wärter Kilroy vorbei, und wieder einmal stänkerte er in Richtung Jerry. »Jones, du Loser. Wie geht es dir heute?«

»Sicher besser als Ihnen, Sie frustrierter alter Sack«, schoss es aus Jerry heraus.

»Was hast du gerade gesagt, Jones? Wiederhol das doch noch einmal. Und laut bitte, damit alle es hören können.«

Jerry sagte nichts. Er wünschte, er könnte das Gesagte rückgängig machen. Aber es war zu spät.

»Dir ist doch klar, dass ich das melden muss«, sagte Kilroy. »Wir sehen uns dann beim Direktor.«

»Na, Jones. Bis jetzt hast du dich ja gut geführt. Ich höre, du bist akademisch und sportlich sehr aktiv, das ist sehr löblich«, eröffnete Direktor Baxter das Sechsaugengespräch, denn Wärter Kilroy war auch mit dabei. »Aber heute sind dir die Sicherungen durchgebrannt. Officer Kilroy sagt, du hättest ihn unflätig beschimpft. Kannst du mir sagen, warum du das getan hast? Welcher Teufel hat dich da geritten?«

»Ich hatte Angst, Sir. Angst, dass Officer Kilroy mir eine Ohrfeige geben würde«, antwortete Jerry.

»Du Armer«, warf Kilroy sarkastisch ein.

Der Direktor wartete ein paar Sekunden, dann sprach er sein Urteil: »Isolierungshaft übers Wochenende. Ich hoffe, du weißt dich glücklich zu schätzen. Eigentlich hätte ich dir mehr aufbrummen müssen, aber am Montag beginnen deine Abschlussprüfungen. Diese Chance will ich dir nicht nehmen.«

Jerry nickte instinktiv. Innerlich verfluchte er jedoch den Direktor, dessen Zynismus und den ganzen beschissenen Knast.

»Komm, Jones. Schau, dass du hier keine Wurzeln schlägst. Gehen wir!«, forderte ihn Wärter Kilroy auf.

Die Isolierungszelle war einiges kleiner als seine etatmäßige Bleibe, vielleicht acht Quadratmeter. Es gab kein Fenster nach draußen, und die Einrichtung war weniger als spartanisch – es gab lediglich ein Betonbett mit abgefuckter Decke und eine Toilette.

»Mr. Kilroy, kann ich bitte meine Lernunterlagen haben?«

»Das ist nicht möglich, Jones«, antwortete der Wärter kurz vorm Abschließen, ehe er noch einmal seinen aufgedunsenen Kopf in die Zelle steckte. »Musst dir die Zeit hier halt sonst wie vertreiben. Hol dir einen runter, das wird dich entspannen.«

****

Jerry ließ sich auf das Bett fallen. Es war knüppelhart, wie konnte man auf so etwas nur schlafen? Hieß das Gefängnis nicht auch *Correctional Facility*? Er fragte sich, was hier korrigiert werden sollte. Würde man aus diesen Mauern je als geläuterter Mensch herauskommen? Abgesehen davon, er hatte doch nichts Unrechtes getan, sagte er sich. Kilroy hatte ihn provoziert. »Kilroy, dieses fette Schwein«, fluchte er. Und er ärgerte sich über sich selbst, denn er hatte den Braten nicht gerochen, er war in Kilroys Falle getappt. Und jetzt saß er in diesem verdammten Loch und konnte sich nicht auf seine Abschlussprüfungen vorbereiten.

Er sprang auf, ging die vier Schritte von der Tür bis zur Wand. Und zurück, und zurück, und zurück. Er formte eine Faust und wollte schon gegen die Tür schlagen, im letzten Moment überlegte er es sich anders und schlug in seine linke Hand. Er erinnerte sich, als er von den Smiths in die Besenkammer gesperrt wurde, das war auch so ein Drecksloch ohne natürliches Licht, noch kleiner als diese Zelle.

Dunkle Gedanken klopften an die Tür, immer lauter. Ich scheiß auf euch, sagte er sich, ich lass euch nicht rein. Nie mehr. »Ich werde der schnellste Läufer der Welt«, suggerierte er sich. Er überlegte sich, was er hier trainieren konnte. Liegestützen, Hampelmann-Sprünge, Kniebeugen, Sit-ups – ja, das ging alles. Er begann mit je 50, dann eine kurze Pause. Das Ganze fünfmal. Er war froh, dass er eine Tätigkeit gefunden hatte, mit der er sich die nächsten drei Tage die Zeit vertreiben konnte.

»Mittagessen«, rief ein Wärter durch die kleine Durchreiche.

Was ist das wieder für ein Schlangenfraß?, fragte er sich. Lustlos würgte er die Frikadelle und das pappige Kartoffelpüree runter. Am besten waren noch die fünf Erbsen und drei Karottenstückchen, die der Form halber auch am Teller lagen, um die Gemüsecheckbox abzuhaken. 10,75 mit diesem Essen, dachte er sich. Wie schnell bin ich erst, wenn ich etwas Ordentliches zum Futtern bekomme?

Er hatte keine Bücher dabei, aber er wollte dennoch etwas lernen. Also versuchte er, im Kopf Trigonometrieaufgaben zu lösen und sich an Physikformeln zu erinnern. Zum Drüberstreuen, um sein Gehirn zu beschäftigen, multiplizierte er die Zahl Zwei mit zwei, und das Resultat, also vier, wieder mit zwei, und so weiter. Er war gerade bei 8,192, da hörte er wieder den Wärter. Es war jetzt Zeit zum Abendessen. Der Pudding, den er kredenzt bekam, war zwar auch keine Gaumenfreude, aber zumindest entschieden besser als das, was ihm zu Mittag vorgesetzt worden war.

Vor dem Schlafengehen schrieb er im Kopf noch einen Aufsatz, um sich für die Englischprüfung vorzubereiten. Angelehnt an »Die Möwe Jonathan« schrieb er über einen jungen Vogel, Bill, der unbedingt der beste Flieger sein wollte. Bill war ein Außenseiter, ein *Maverick*, der alles auf eine Karte setzte. Am Ende schaffte er es, er kämpfte sich durch einen Tornado und gelangte an einen sicheren Ort.

Um Punkt 23 Uhr ging das Licht aus. Es war stockfinster.

Der zweite und der dritte Tag in der Isolierungszelle liefen fast deckungsgleich mit dem ersten ab. Wieder versuchte er, ohne Lernunterlagen zu pauken. Er war erstaunt, wie gut es klappte, wie viel er offensichtlich schon in seinen Ganglien abgespeichert hatte. Gegen 22 Uhr überkam ihn eine angenehme Müdigkeit, und er schlief ein, noch bevor es in der Zelle dunkel wurde.

****

»Aufstehen, Jones!«, weckte ihn Kilroy am Montagmorgen. »Deine Zeit ist um. Du kommst wieder in deine Zelle.«

Zuvor musste er jedoch wieder mit seinen Putzsachen ausrücken, der Alltag hatte ihn wieder. Das heißt, so ganz alltäglich war diese Woche nicht – Jerrys Abschlussprüfungen standen auf dem Programm. Gemeinsam mit drei weiteren Kandidaten würde er jeden Tag auf Herz und Nieren geprüft werden, schriftlich und mündlich – am Montag in Englisch, am Dienstag in Mathematik, am Mittwoch in Physik, am Donnerstag in Wirtschaft und am Freitag in Informatik.

Obwohl er wusste, dass es nichts brachte, las er bis zur letzten Minute vor der Prüfung in seinen Lernunterlagen. Dann betrat Direktorin Dr. Reneberg den Raum, sie würde die Englischprüfung abhalten. Jerry freute sich, als er das Thema des Aufsatzes sah – über die Gründungsväter der USA, da wusste er allerhand dazu. Auch die mündliche Prüfung ging gut über die Bühne.

Danach traf er Morgan zum Training am Gefängnishof. »Ich habe gehört, dass du im Loch warst, Junge. Echt Scheiße«, sagte der Coach. »Und gerade zur Zeit deiner Abschlussprüfungen. Ich verstehe, wenn du heute einmal nicht trainieren willst.«

»Nix da, Morgan«, entgegnete Jerry. »Ich bin ein Mann auf einer Mission.«

»Na dann – zum Aufwärmen fünf Runden um den Hof, wenn ich bitten darf.«

****

Jerry hatte auch nach den restlichen Prüfungen ein gutes Gefühl. Gespannt wartete er auf den Montag der kommenden Woche, an dem die Resultate verkündet wurden. Der Studienraum war mit ein paar orangenen Luftballons, die von der Tafel baumelten, dekoriert worden. Erstmals ließ sich auch Gefängnisdirektor Baxter hier blicken, um den Absolventen die Urkunde zu überreichen. Aber, hatte Jerry es überhaupt geschafft?

Zuerst verlas Schuldirektorin Reneberg das Resultat von Mitstreiter Alejandro Buenavista – bestanden. Nun war Jerry an der Reihe – bestanden!

Jerry ballte seine Hände zu einer Faust und schüttelte sie, so wie ein Tennisspieler nach einem gelungenen Schlag. Mit federndem Gang ging er nach vorne, um sich seine Urkunde von Baxter abzuholen. »Gut gemacht, Jones«, sagte der kurz, als er Insassen 45815, Jeremiah George Jones, das High-School-Diplom übergab. Das gleiche sagte auch Dr. Reneberg, die ihm als nächstes die Hand schüttelte.

Bei der darauffolgenden Feier gab es Tee und ein paar trockene Kekse. Jerry nutzte die Gelegenheit und fragte Baxter, ob er denn jetzt einen anderen Job bekommen würde – zum Beispiel in der Bibliothek.

»Nein, Jones, das geht nicht. Das zahlt sich nicht mehr aus – in zwei Monaten bist du von hier draußen. Mach dir lieber Gedanken, was du danach machen willst.«

Das stand für Jerry schon längst fest. Aufs College wollte er, mit einem Leichtathletikstipendium. Aber so klar er dieses Ziel vor Augen hatte, so wenig wusste er, wie er das anstellen sollte.

»Als ehemaliger Häftling ist es sicher nicht leicht«, sagte Officer Agostini, der nach einem Familienurlaub wieder Dienst hatte. »Aber wo ein Wille, da ein Weg.«

Der Anfang des Wegs führte Jerry zu Curt Henman, der ihm als Bewährungshelfer für die Zeit nach seiner Entlassung zugeteilt worden war. »Schön, Sie zu sehen, Mr. Jones. Das machen nicht viele, dass sie proaktiv Kontakt mit ihrem Bewährungshelfer aufnehmen. Wie kann ich Ihnen helfen, Jerry?«

»Ich möchte aufs College, Sir. Und ein Leichtathletikstipendium.«

»Hm. Mr. Jones, es ist im Leben immer gut, nach den Sternen zu greifen. Aber gleichzeitig sollte man auch realistisch sein, was die kurz- und mittelfristigen Ziele betrifft. Sie haben doch vor Ihrer Zeit hier als Elektriker gearbeitet. Wäre das nicht etwas, um wieder auf die Füße zu kommen?«, erörterte Henman.

»Die Funkenschusterei in allen Ehren, aber ich habe hier meine Berufung im Leben gefunden. Ich will Profisprinter werden.«

»Aha, über welche Distanz laufen Sie denn, Mr. Jones?«

»Bis jetzt über die 100 Meter, aber ich kann mir auch vorstellen, die 200 Meter mit reinzunehmen.«

»Ich will ja nicht negativ sein, Jerry. Aber ich habe zwei Fragen: Erstens, sind Sie schnell genug? Und zweitens, wie wollen Sie es als Häftling anstellen, ein Stipendium zu bekommen?«

»Ich kann Ihnen nur die erste Frage beantworten: Ja, mein Coach sagt mir, dass ich schnell genug bin.«

»Schnell genug kann manchmal trotzdem nicht schnell genug sein, Jerry. Ich kannte einen Collegesprinter, der ist im ersten Jahr 10,80 Sekunden gelaufen und hat es dennoch nicht geschafft.«

»Und ich renne 10,75. Auf Asphalt, ohne Startmaschine, mit normalen Laufschuhen, und mit der Ernährung hier.«

»Hm, da ist was dran. Dann haben Sie wohl den Speed. Aber wegen der zweiten Frage: Wie wollen Sie ein Stipendium bekommen? Die Frage interessiert mich jetzt tatsächlich. Ich werde mich erkundigen, welche Möglichkeiten es gibt, und ich sage Ihnen dann Bescheid. So in drei Wochen. Wie hört sich das für Sie an?«

»Ausgezeichnet«, antwortete Jerry, auch wenn er ganz etwas anderes dachte. Er wusste, dass er sich auf Henman nicht verlassen sollte. Aber wer könnte ihm sonst zu einem Stipendium verhelfen?

Jerry erzählte seinen Vertrauten von dem Dilemma. Fred konnte ihm keine weiterführenden Tipps geben, die früheren Kontakte von Morgan waren entweder schon in Pension oder gar unter der Erde – aber Mr. Agostini hatte einen guten Ratschlag. »Ich habe gehört, dass eine Kongressabgeordnete aus Maryland sich sehr für den Collegesport einsetzt. Ich kann mich an den Namen gerade nicht erinnern. Ich bringe das mal in Erfahrung.«

Die Kongressfrau hieß Brenda McPherson. Sie kam aus dem Washington, D.C., angrenzenden Montgomery County, und war früher selbst Collegeathletin gewesen. Seit vier Jahren saß sie nun für Maryland im US-Kongress.

Wer nicht wagt, der nicht gewinnt, dachte sich Jerry – er zögerte nicht lange und schrieb ihr einen Brief.

****

Mit dem Wegfallen des Nachmittagsunterrichts war Jerry nun wieder Vollzeitgebäudereiniger. Nach Dienstschluss trainierte er wie gehabt mit Morgan, der mit den Fortschritten seines Schützlings sehr zufrieden war. Fast hätte sich so etwas wie Routine eingeschlichen, wenn nicht die Neonazis um Hank ihr Unwesen getrieben hätten – wann immer sich die Gelegenheit bot, stänkerten sie Jerry an.

Zum Glück hielten Officer Agostini und zwei bis drei weitere wohlgesonnene Wärter ihre schützende Hand über Jerry und verhinderten Schlimmeres. Aber wann immer die nicht wohlgesonnenen Wärter, wie zum Beispiel der Jerry so verhasste Kilroy, Dienst schoben, war Gefahr in Verzug. Dann galt es, besonders vorsichtig zu sein.

Dreimal die Woche wurde die Post zugestellt. Für Jerry war fast nie was dabei, außer das eine oder andere Schreiben des Bewährungsbüros, das die Verhaltensregeln nach der Entlassung erklärte. Der Termin rückte immer näher und damit nahm Jerrys Stresslevel langsam zu. Wie würde er bloß zu einem Stipendium kommen? Das neue Studienjahr begann bereits in fünf Monaten, und er hatte noch immer keine Bewerbung abgeschickt – er wusste nicht, an wen und wie er das Ganze überhaupt anstellen sollte. War er am Ende doch nur ein Träumer, ein Fantast? Sollte er sich vielleicht doch Arbeit als Elektriker suchen? Das wäre herausfordernd genug gewesen, schließlich war es kein leichtes Spiel, als Ex-Häftling einen Job zu finden.

Er sinnierte gerade wieder so vor sich hin, als er plötzlich einen der Wärter hörte. »Post für dich, Jones.«

Gespannt nahm Jerry das Kuvert in Empfang. Der Brief kam von Brenda McPherson, der Kongressabgeordneten. Er suchte nach der für ihn wesentlichen Information, und siehe da – Frau McPherson erklärte sich bereit, ihm zu helfen. Von den vier vorgeschlagenen Colleges klang für ihn die *University of Rockville* am interessantesten – die war unweit von Washington, D.C., und nachdem er sein bisheriges Leben im Großraum der US-Hauptstadt verbracht hatte, wollte er auch während der Collegezeit dortbleiben.

Die *Squirrels*, so hieß das Sportteam der Uni Rockville, waren zudem eine feste Größe im Collegesport, wie er aus dem Brief der Kongressabgeordneten erfuhr. Zunächst musste er sich jedoch einmal bewerben. Neben Frau McPherson bat er auch noch Officer Agostini, Dr. Reneberg und Morgan um Empfehlungsschreiben.

Sobald er seine Unterlagen zusammengestellt hatte, sandte er sie ab – adressiert an den Direktor des Sportprogramms der Uni Rockville. Er wusste, dass es als Häftling nicht leicht sein würde, ein Stipendium zu ergattern – eine Menge sprach gegen ihn. Aber er hatte auch zwei entscheidende Faktoren auf seiner Seite – die Unterstützung der Kongressabgeordneten und die 10,75 Sekunden über 100 Meter, die er schon gelaufen war.

****

Jerry und Morgan nutzten die Zeit intensiv. Jeden Tag ging es im Training im Gefängnishof zur Sache. Jerry fühlte, dass er immer besser in Schuss kam. Er fieberte erwartungsfroh seiner Entlassung aus dem Knast entgegen. Zugleich bereiteten ihm die Gedanken an das Danach Sorgen – was, wenn er kein Stipendium bekommen würde? Wenn ihn die Uni nicht aufnehmen würde? Er hatte noch keinen Plan B und wollte sich auch keinen zurechtlegen. Profisprinter – das war sein erklärtes Ziel, das wollte er erreichen. Aber wenn doch nur endlich dieser verdammte Brief von der Uni käme, sagte er sich. Jeden Tag vor dem Einschlafen sandte er ein Stoßgebet nach oben.

Am Freitag, dem 28. April 2023, wurden seine Gebete erhört. Der Brief war da, die Antwort, und unbeschreibliche Freude. Jerry wurde in das Leichtathletikteam der Squirrels aufgenommen, im kommenden Herbst würde er sein Studium mit einem Sportstipendium beginnen – als Studienfach würde er Buchhaltung belegen, Nummern lagen ihm. Allerdings müsste er noch eine Bedingung erfüllen: die angegebene Zeit von 10,75 vor Studienbeginn im Stadion der Uni bestätigen. Er war zuversichtlich, dass er das schaffen würde. Außerdem hatte er noch Zeit bis dahin. Zunächst galt es die letzten paar Tage im Gefängnis herunterzubiegen und einen guten Übergang in die Freiheit zu finden.

****

Die Zeit des Abschieds aus dem *Detention Center* war gekommen. Es würde Jerry nicht allzu schwerfallen, schließlich war es kein Hort der Happiness gewesen. Lediglich mit drei Personen hatte er nennenswerte Beziehungen aufgebaut – mit Zellenkumpan Fred, Officer Agostini und seinem Coach Morgan.

Am Tag vor der Entlassung hatten Jerry und Morgan ihr letztes gemeinsames Training im Gefängnishof. Bei aller Freude, die Mauern bald hinter sich zu lassen, würde Jerry das tägliche Ritual im Hof fehlen – und Morgan sowieso.

»O.K., Junge. Bevor wir hier noch ungebührend emotional werden, fangen wir doch mit 50 Hampelmannsprüngen an – und genau und schnell ausgeführt, wenn ich bitten darf«, läutete Coach Morgan das Abschlusstraining ein. »Und zu guter Letzt wollen wir natürlich wissen, was du draufhast, *Squirrelman*. Zeig noch einmal einen flotten 100er, Jerry.«

Jerry brachte sich in Position und wartete auf das Signal von Morgan. Endlich kam der Pfiff aus der Trillerpfeife, die als Ersatz für eine Startpistole herhalten musste. Jerry hatte den Blick geradeaus gerichtet, seine

Beine bewegten sich rhythmisch und schnell auf und ab, wie eine Nähmaschine auf vollen Touren. In perfekter Haltung ging er durchs Ziel. Das war gut gewesen, aber wie gut? Gespannt wartete er auf Morgans Auskunft. 10,70 Sekunden – neue persönliche Bestleistung und damit auch Hofrekord.

Jerry und Morgan strahlten um die Wette. Die Mühe hatte sich gelohnt – in fünf Monaten fast drei Zehntel von einer 100-Meter-Zeit herunterzufeilen, war kein Pappenstiel. Zumal unter den erschwerten Trainingsbedingungen.

»Ich werde dich vermissen, alter Mann«, sagte Jerry zu Morgan.

»Ich dich«, sagte Morgan kurz, seine Rührung unterdrückend. Dann legte er seinen Arm väterlich um Jerrys Schultern. »Also, hau schon ab. Zeig ihnen, was du draufhast, mein Junge.«

»Wird gemacht, Sir«, sagte Jerry, ehe er in Richtung Zellentrakt wegtrabte. Ein paar Mitinsassen beglückwünschten ihn zu seiner morgigen Entlassung.

Neonazi Hank und seine Mitläufer freuten sich weniger für Jerry, schon gar nicht über die neue 100-Meter-Zeit. Sie hatten die vergangenen Monate Jerrys Entwicklung stets argwöhnisch verfolgt. Der Gedanke, dass ein anderer – noch dazu ein Afroamerikaner – Erfolg hatte, war für sie nicht auszuhalten. Bislang war es ihnen noch nicht gelungen, Jerry eine Lektion zu erteilen, so wie sie das nannten. Die Zeit drängte. Kurz bevor Jerry das Innengebäude betreten konnte, stieß ihn einer von Hanks Handlangern in ein Eck – einer jener wenigen Orte im Gefängnis, der nicht durch eine Security-Kamera überwacht wurde.

Jerry wusste, was das bedeutete. Hank und drei seiner Kumpane zingelten Jerry ein. Als Bandenchef hatte Hank das Privileg des ersten Schlags, dann folgte der zweite, der dritte, und so weiter, alle ins Gesicht. Nach dem fünften ging er zu Boden, es folgten Tritte – zunächst in die Nieren, dann in die Hoden und letztlich gegen den Kopf. Wie in Trance hielt er zur Deckung die Arme über den Kopf. Endlich ließen sie ab. Er hatte sich nicht gewehrt, denn er hatte befürchtet, dadurch seine Entlassung zu gefährden.

Jerry war in einem armseligen Zustand. Wie ein alter Opa mühte sich der angeschlagene Modelathlet auf die Beine. Hoffentlich ist nichts gebrochen, sagte er sich. Wankend bewegte er sich in Richtung seiner Zelle.

»Was ist denn mit dir los? Was ist passiert?«, fragte Officer Agostini aufgeregt, als er Jerry herumtorkeln sah. Es brauchte keinen genaueren Blick, um zu erfahren, was passiert war – Jerry blutete aus der Nase und hatte eine aufgeplatzte Lippe. Ein Auge war stark gerötet und blutunterlaufen, das würde ein ausgewachsenes Veilchen werden. Zum Glück schien nichts gebrochen zu sein.

»Wer war das?«, wollte Agostini weiter wissen.

»Niemand, ich bin gestolpert.«

»O.K., ich habe verstanden, Junge.« Agostini wusste natürlich, warum Jerry schwieg. »Du brauchst es mir nicht zu sagen. Es war Hank und seine Truppe, nicht wahr?«

»Hank und seine Typen sind mir egal. Ich will nur hier raus und ihnen allen davonrennen.«

»Na dann, alles Gute, mein Junge. Mach's gut da draußen. Sosehr ich dich vermissen werde, ich hoffe, ich sehe dich nie wieder – zumindest hier drinnen«, verabschiedete sich Agostini mit einem Handschlag.

»Alles Gute Ihnen, Sir.«

Dann schloss Agostini zum letzten Mal Zelle 243 mit Jerry drinnen zu. Morgen nach dem Frühstück würde er wieder ein freier Mann sein.

Vor dem Einschlafen plauderte er noch ein wenig mit Zellenkumpan Fred. Der bat ihn, eine Papierserviette zu signieren. »Die verkauf ich dann, wenn du Olympiasieger bist.«

Jerry lächelte. Der Olympiasieg – der war weiter weg als der Mond. Aber er wollte bald schon in seine Umlaufbahn kommen.

Freitag, 5. Mai 2023, 9 Uhr früh. Nach 180 Tagen im *Detention Center* öffneten sich die Tore für Jerry. Es war ein heller, sonniger Tag.

Wieder draußen

Der erste Weg in Freiheit führte Jerry zu Ohio Fried Chicken (OFC), so wie er sich das ausgemalt hatte. Er bestellte sich Hühnerkeulen mit Pommes, die er genussvoll verschlang. Das Ganze spülte er mit einem dreiviertel Liter Cola runter. Er wusste, dass er auf derlei Eskapaden in Zukunft verzichten musste – als Hochleistungssportler würde er sich gesund ernähren müssen.

Zu seiner Verwunderung waren seine sieben Sachen noch in der WG, in der er vor seiner Inhaftierung gehaust hatte. Allerdings hatten die Mitbewohner gewechselt – von den drei Typen war lediglich Josh, ein nerdiger Onlinezocker, übrig geblieben. Dafür hatten sich zwei neue eingenistet. »Gott sei Dank muss ich nicht mehr lange hier wohnen«, sagte er sich. In drei Monaten schon würde er ein Zimmer am Campus der Rockville-Uni beziehen.

Zuvor galt es allerdings, einen Job zu finden, mit dem er sich bis dahin über Wasser halten konnte. Und, natürlich: er musste noch 10,75 Sekunden über 100 Meter bestätigen – das Limit, um ein volles Stipendium zu bekommen. Curt Henman, der Bewährungshelfer, konnte ihm bei der ersten Aufgabe helfen – durch seine Vermittlung konnte Jerry schon am ersten Tag nach der Entlassung einen Job als Küchenhilfe in einem Restaurant ergattern. Acht Stunden am Tag Tellerwaschen war zwar kein Traumjob, aber er würde die Rechnungen begleichen.

Daneben bereitete er sich auf seine Bewährungsprobe im Stadion der Rockville-Uni vor. Vor und nach der Arbeit trainierte er verbissen, zumeist in einem heruntergekommenen Baseballpark.

Anfang Juni war es endlich so weit – er wurde zum Test gebeten. Gewissenhaft packte er seine Ausrüstung zusammen, mittlerweile hatte er sich bereits Spikes zugelegt. Beim Sprinten auf dem sandigen Boden des Baseballplatzes hatte er sich schon von deren Wirkung überzeugen können, im Stadion würde er die Vorteile der Schuhe noch besser ausnützen können, da war er sich sicher. Er war insgesamt davon überzeugt, dass er die Aufgabe bewerkstelligen konnte – zugleich wollte er sich aber auch nicht in Sicherheit wiegen. Nein, hochfokussiert musste er an die Sache herangehen, nichts dem Zufall überlassen.

Nach einer gut einstündigen Anreise via U-Bahn und Bus kam Jerry im Flower-Stadion der Rockville-Universität an, der Heimstätte der Squirrels, so wie sich das Sportteam der Uni nannte. Es war ein brütend heißer Tag, das Thermometer hatte jenseits von 30 Grad Celsius angeschlagen.

»Du musst Jerry Jones sein, nicht wahr«, begrüßte ihn Fred Tucker, der Headcoach des Squirrels-Leichtathletikteams. Tucker begleitete Jerry in die Kabine. »Mach dich fertig. In einer halben Stunde steigt der Test.«

An der Wand hingen vergilbte und weniger vergilbte Fotos, die von den vergangenen Triumphen der Squirrels erzählten. Von der gewonnenen US-Mannschaftsmeisterschaft 1967, von Jeff Joiners Dreisprungweltmeistertitel 1991 und von Rose Matthews' Olympiasieg über 400 Meter 1996 in Atlanta.

Das war alles ehreinflößend und Jerry war nun doch nervös, als er die Laufbahn betrat. Nur ein paar Mal, bei Schulsportveranstaltungen, war er zuvor auf einer Tartanbahn gelaufen. Und nun musste er auf Knopfdruck eine Zeit von höchstens 10,75 Sekunden über 100 Meter sprinten.

»Also, Jerry. Ich darf dich an den Start bitten«, ordnete Coach Tucker an.

Jerry wählte Bahn 4. Er atmete tief durch, als er seine Position einnahm.

Tucker zückte die Stoppuhr, ein Unimitarbeiter gab das Startkommando. »Auf die Plätze, fertig, los!«

Jerry kam ideal weg, er spürte, wie ihm die Spikes Grip gaben und es ihm gelang, seine PS auf die Bahn zu bringen. Mit vorgestrecktem Kopf tauchte er über die Ziellinie. Er blieb noch ein paar Meter länger auf Zug, so als wollte er sichergehen, nur ja nicht zu früh abzubremsen.

Coach Tucker blickte auf die Stoppuhr. Eine lange Zeit. Verdammt, was ist los?, fragte sich Jerry. Hat es gereicht? Oder hat er etwa vergessen, das Ding mitlaufen zu lassen?

Endlich wurde Jerry erlöst. »10,43. Sensationell«, sagte Tucker sichtlich baff. »Willkommen bei den Squirrels.«

Jerry fühlte Erleichterung, Freude, Bestätigung. Die Heimfahrt nach D.C. wurde zu einem wahren inneren Triumphzug für ihn. Er konnte sich nicht daran erinnern, wann er zuletzt so glücklich gewesen war. Tagträumend blickte er aus dem Fenster der U-Bahn, bei rascher Fahrt hinaus in die Dunkelheit zwischen den Stationen. Er malte sich aus, wie es sein würde, das erste Mal unter zehn Sekunden zu laufen, und wie es sich anfühlen würde, eine Olympiagoldmedaille umgehängt zu bekommen. »Gewinner und damit Olympiasieger über 100 Meter – Jerry Jones, USA.« Er fand, das klang gut.

»Next stop, Union Station«, verkündete eine Audiodurchsage. Es war Zeit auszusteigen. Und seine Träume Wirklichkeit werden zu lassen.

Am College

Die Wochen bis zum Studienbeginn vergingen wie im Flug. Jerry war nach wie vor als Tellerwäscher tätig und vorwiegend damit beschäftigt, sich sportlich richtig in Schuss zu bringen.

Morgan hatte ihm noch im Gefängnis einen Trainingsplan zusammengestellt, den er mit eiserner Disziplin umsetzte. Er machte immer etwas mehr als gefordert, trainierte immer etwas härter. Aus dem Internet versorgte er sich mit sportwissenschaftlichen Erkenntnissen und lernte alles über gesunde Ernährung für Sprinter.

Am 19. August war es so weit. Ein topfitter Jerry packte sein Hab und Gut – einen Koffer und zwei Sporttaschen, das war alles. Im Gepäck befand sich freilich auch sein Sprinttalent und die Hoffnung, es ganz nach oben zu schaffen.

Sein erster Weg in der Uni führte ihn ins *Admissions Office*. Sein Zimmer wurde ihm zugeteilt, im sogenannten Wayne-Gebäude, benannt nach einem früheren Gouverneur Marylands. Auf diesem Campus würde er nun die nächsten vier Jahre residieren.

Es herrschte hektische Betriebsamkeit. Erstankömmlinge, zumeist in Begleitung ihrer Eltern, bewegten sich kreuz und quer auf der Suche nach ihren jeweiligen Unterkünften. Endlich fand er seine Herberge – Zimmer 243, im zweiten Stock des Wayne-Gebäudes. Er musste schmunzeln – 243, das war auch die Nummer seiner Zelle im Knast gewesen.

Jedes Zimmer hatte ein eigenes kleines Badezimmer, die Küche wurde mit drei anderen Studenten geteilt. Im Falle von Jerry waren das George, Mathematikstudent aus Wisconsin; Henry, Biologiestudent aus Texas; und, Frank aus Maryland, so wie Jerry Buchhaltungsstudent.

»In welcher High School warst du denn?«, wollte Frank wissen. Er war ein kleiner, untersetzter Kerl mit rötlichem Gesicht und blondem, gewelltem Haar.

»Das ist eine lange Geschichte, die erzähl ich dir ein anderes Mal«, antwortete Jerry ausweichend. Er wollte seinen Gefängnisbackground noch nicht am ersten Tag aus dem Sack lassen.

»O.K., wir haben ja noch vier Jahre Zeit zum Geschichten austauschen«, sagte Frank. »Lust, den Campus zu erkunden?«

»Sicher doch.«

Nach einer Runde über das Uni-Areal und einem ersten Besuch in der Bibliothek, machten Jerry und Frank im »Square 1«, einer von zwei Bars am Campus, Station. Da die meisten Studenten unter 21 Jahre alt waren, gab es nur antialkoholische Getränke.

»Darf ich dich auf einen *Nojito* einladen?«, fragte Frank.

Jerry nickte. Es war erst 19 Uhr, die Bar war aber schon gut besucht.

»Scheint ja ein echter Hotspot zu sein hier«, stellte er fest.

»Das will ich meinen«, unterstrich Frank, seinen Blick auf einen Tisch mit zwei Mädchen gerichtet. »Sollen wir uns vorstellen?«

»Nein, heute nicht«, antwortete Jerry.

»Mein Freund, man muss das Eisen schmieden, solange es heiß ist. Hat schon mein Großvater immer gesagt. Der war Farmer in Norddakota.«

Die beiden Jungs tranken ihre *Nojitos* aus und machten sich auf den Weg zurück in ihre Unterkunft.

Jerry und Mädchen. Das war eine Geschichte für sich. Er war lange sehr schüchtern gewesen, traute sich nicht, sie anzusprechen. Dann kam Brianna, seine erste Freundin – es war Liebe auf den ersten Blick. Beide erlebten das erste Mal miteinander. Ihr Glück war aber nicht von Dauer. Danach hatte er noch ein paar Flirts, aber alles blieb bei Ansätzen zu einer Liebesbeziehung stehen. Jetzt, nach seiner Entlassung aus dem Knast, hatte er sein Selbstvertrauen Frauen gegenüber komplett verloren – wer will schon mit einem Ex-Knacki ausgehen?, fragte er sich.

****

Montag, 21. August 2023. Vorlesungsbeginn an der Rockville-Universität. Jerry war froh, dass es endlich losging. Gut 30 Studenten, angehende Buchhalter, hatten sich zur Einführungsvorlesung versammelt – es waren viele verschiedene ethnische Gruppen vertreten, scheinbar die gesamte amerikanische Migrationsgeschichte abdeckend. Das Geschlechterverhältnis war ungefähr 50 Prozent – Jerry hatte mehr Mädchen erwartet, schließlich, so dachte er, waren die zumeist fleißiger und besser organisiert. Zwei entscheidende Leistungsfaktoren für Buchhalter.

Er hatte das Fach wie gesagt inskribiert, weil er mit Nummern ganz gut war, und weil er schließlich etwas inskribieren musste. Eine genaue Vorstellung, was er mit einem Buchhaltungsabschluss machen würde, hatte er nicht. Seine Gedanken kreisten vorwiegend um die Leichtathletik – er dachte an das erste Training am Nachmittag. Wie würde er aufgenommen werden? Würde er mit dem Coach zurechtkommen?

Jerry war der Erste, der sich in der Umkleidekabine einfand. Er kannte den Platz bereits von seinem Aufnahmetest vor ein paar Monaten. Wieder blickte er auf die Bilder an der Wand. Würde irgendwann eines von ihm dort hängen?

Schön langsam trudelten die Teamkollegen ein. Die alten Hasen – also jene, die bereits das zweite Jahr oder länger hier waren – wirkten locker, mit Kaugummi im Mund und ihren Sporttaschen lässig um die Schulter gehängt. Die Newcomer, so wie er, streckten schüchtern und ehrfürchtig ihre Köpfe in die Kabine, so als würden sie eine Basilika betreten.

Auch der Körperbau gab Auskunft über seine zukünftigen Kollegen – lange, schlaksige Hochspringer; kräftige, fast schon korpulente Werfer; gertenschlanke, langbeinige Langstreckenläufer; und, muskulöse, mittelgroße Sprinter, so wie er. Coach Tucker stellte Jerrys Sprintkollegen vor – Julio, Dave, Aaron, Fabrizio und Al. Insgesamt standen also sechs Sprinter im Kader der Squirrels.

Zunächst wurden allerhand Fotos gemacht. Vom gesamten Collegeteam, das waren gut 80 Athleten und Athletinnen; von den Sprintern und Sprinterinnen; von den Sprintern alleine; und, letztlich Porträtfotos. Danach wurden medizinische Tests durchgeführt, gemessen und gewogen – Jerry maß 1,80 Meter und brachte 74 Kilogramm auf die Waage, durchschnittlich. Aber mehr als diese Werte zählte, wie schnell man seine Beine bewegen konnte und wie viel Einsatz man bereit war zu geben.

Als Leichtathlet war man zwar ein Einzelkämpfer, aber es gab Staffelläufe und schließlich ging es auch um Mannschaftsmeisterschaften. Das Teambuilding war daher wichtig, und so war die erste Aufgabe auch eine Kennenlernübung – Jerry und Julio bildeten ein Paar und erzählten sich gegenseitig von ihren Backgrounds.

Danach musste jeder Partner das, was ihm sein Gegenüber erzählt hatte, zusammengefasst wiedergeben. Also, erzählte Julio: »Jerry kommt aus Washington, D.C. Er sieht gerne Star-Wars- und Marvel-Filme. Er studiert Buchhaltung im ersten Jahr und hat ein Sportstipendium. Er hat erst während des letzten Jahres mit dem Leistungssport begonnen.«

»Danke, Julio«, sagte Coach Tucker. »Jerry, willst du nicht noch etwas hinzufügen? Vielleicht willst du uns sagen, wo du mit dem Laufen begonnen hast?«

Jerry war völlig baff und konsterniert. Was bildete sich der Coach nur ein? Vor versammelter Mannschaft auf Jerrys Background hinzudeuten, das war keine feine Sache. Aber jetzt hatte der Trainer die Teamkollegen neugierig gemacht, es gab kein Zurück mehr.

»Also, ich«, stammelte Jerry. »Ich, na ja, ich meine. Also, ich … ich habe im Gefängnis angefangen. Aber um klarzustellen: es war keine schwere Straftat, ich habe keinen umgebracht. Es war nur eine Schlägerei, ich habe einen Freund verteidigt.« Dann stand er auf und ging aus dem Raum. So hatte er sich die erste Mannschaftszusammenkunft nicht vorgestellt. Er lief zurück in seine Unterkunft und verbarrikadierte sich.

Das Handy klingelte. Coach Tucker war dran. Jerry hob nicht ab. Auch das zweite und das dritte Mal nicht. Dann kam eine Textnachricht. »Hallo Jerry, hast du fünf Minuten Zeit, um zu sprechen?«

»Fünf Minuten?«, fragte sich Jerry. Wie kann man so etwas in fünf Minuten ausdiskutieren? Er textete dennoch »ja« zurück.

»Also, Jerry«, begann der Coach. »Ich sehe an deiner Reaktion, dass ich einen wunden Punkt erwischt haben muss. Glaube mir, das wollte ich nicht. Ich wollte nur sicherstellen, dass wir im Team eine Atmosphäre des Vertrauens haben. Irgendwann würden es die anderen ja doch erfahren, und da dachte ich, es sei besser gleich zu Beginn.«

Jerry schüttelte den Kopf. »Wissen Sie, was es heißt, wenn die Türe hinter einem zuschließt? Wissen Sie, was es heißt, wenn man mit 13 Vollwaise wird? Können Sie sich vorstellen, durch welche Scheiße ich schon musste?«

Tucker schwieg eine Weile, dann entschuldigte er sich. »Es tut mir leid. Ich hätte das vorher mit dir absprechen sollen.« Er streckte Jerry die Hand entgegen.

Jerry überlegte seine Optionen. Wenn er es je schaffte, würde es eine lange Zeit brauchen, Vertrauen zu diesem Coach aufzubauen. Aber, war da irgendjemand sonst, dem er mehr vertrauen konnte? Er schüttelte die Hand des Coachs.

»Also gut, Jerry. Morgen geht das Training los. Und zeig uns, was du draufhast.«

****

Jerry war nervös, als er sich zum Training ins Stadion aufmachte. Wie würden die Sprinterkollegen auf seine Vergangenheit reagieren? Anspannung lag in der Luft, die Athleten zogen sich wortlos um. Coach Tucker blickte einigermaßen belämmert aus der Wäsche, seine Teambuilding-Maßnahme war offensichtlich nach hinten losgegangen.

Endlich brach Julio das Schweigen. »Jerry, was auch immer war. Du bist jetzt hier, die Uni hat dich aufgenommen. Und ich für meinen Teil möchte das auch machen. Nochmals, willkommen bei den Squirrels.«

»Ja, willkommen«, wiederholten die anderen Kollegen.

»Gut, Burschen. Schön, dass wir das so gut geklärt haben. Dann kann es ja losgehen«, verkündete Coach Tucker. »Zum Aufwärmen beginnen wir mit einem Lauf im gemächlichen Tempo, damit ihr euch den Rost von den Beinen lauft. Fünf Runden, also zwei Kilometer.«

Jerry genoss den Zuckeltrab auf der Stadionrunde. Es war ein herrlicher Spätsommertag, die Sonne stand hoch, keine Wolke war zu sehen. Neben der relaxenden Wirkung bot ihm die Aufwärmübung auch die Gelegenheit, seine Mitstreiter genauer zu beobachten. Julio war Puerto Ricaner, untersetzt und mit 1,70 Metern relativ klein. Er war ein extrovertierter, umgänglicher Typ. Man hatte den Eindruck, dass für ihn der Spaß am Laufen im Vordergrund stand – jedenfalls strebte er keine Karriere als Profisprinter an.

Auch der rotblonde, sommersprossige Dave war mehr oder weniger Hobbyathlet – mit Zeiten von knapp unter elf Sekunden über 100 Meter hätte er auch wenig Chancen gehabt, den Sport zum Beruf zu machen.

Aaron und Fabrizio waren da schon ambitionierter – beide liefen regelmäßig unter 10,50 und hatten ebenso wie Jerry ein volles Sportstipendium. Aarons Vorfahren stammten so wie jene von Dave aus Irland, Fabrizio war Italoamerikaner. Gemeinsam mit Al bildeten sie den Kern der Mannschaft. Al, so wie Jerry Afroamerikaner, war zweifelsohne das Aushängeschild; mit Zeiten von knapp über zehn Sekunden zählte er zur nationalen Spitzenklasse. Der amtierende Studenten-Weltmeister im Staffelsprint war im letzten Collegejahr, auf dem Sprung ins Profilager.

Nach dem Aufwärmen ließ Tucker seine Mannschaft Lauftechnik trainieren – Skipping, Laufen mit Anfersen, Hopserläufe, und so weiter. All das kannte Jerry schon von seinen Trainingseinheiten mit Morgan. Was er nicht kannte, war Krafttraining mit richtigen Hanteln – die wurden im Gefängnis immer von jenen, mit denen man am besten nicht zusammenkrachen durfte, benutzt. Also waren sich Jerry und Morgan einig gewesen, die Hanteln nicht anzurühren.

Beim ersten Training im Kraftraum, so wie die Sprinter das mit allen modernen Foltermitteln ausgestattete Fitnessstudio nannten, staunte Jerry nicht schlecht – ob beim Bankdrücken, bei der Beinpresse oder bei den Kniebeugen, seine Teamkollegen brachten erstaunliche Gewichte zur Hochstrecke.

Er tat sich sichtlich schwer, mit den anderen mitzuhalten. »Unglaublich, eigentlich«, stellte Coach Tucker fest, »dass du im Kraftbereich solche Defizite aufweist. Hätte ich nicht geglaubt. Aber eigentlich ist das eine gute Nachricht.«

»Warum?«

»Weil das heißt, dass du noch viel Luft nach oben hast, dein Potential noch lange nicht ausgeschöpft ist. Mit anderen Worten: Wenn du erstmal richtig Kraft hast, wirst du wirklich schnell werden.«

Das klang plausibel für Jerry.

»Aber eines ist natürlich auch klar: mit zu viel Kraft und Muskeln wird man wieder langsamer. Bei einem Sprinter muss natürlich die Schnelligkeit stimmen, die ist das A und O.«

»Aha«, sagte Jerry. »Ich verstehe.« Dann legte er sich wieder auf die Bank, um die Langhantel nach oben zu drücken – er führte die Wiederholungen relativ schnell aus, versteht sich.

****

Jerrys Terminkalender war ungemein dicht. Von Montag bis Freitag hatte er jeden Tag Vorlesungen, vorwiegend am Vormittag, denn die Nachmittage waren fürs Training reserviert. Die Abende galten dann wieder dem Lernen. Am Samstag wurde ebenfalls trainiert und je nach Notwendigkeit studiert. Einzig der Sonntag war trainingsfrei – zumeist war er dann so müde, dass er nicht viel unternahm. Es war ein einsames Dasein, aber irgendwann würde er die Früchte ernten können, davon war auch Coach Tucker überzeugt.

Mittlerweile hatte sich Jerry eine Meinung von Tucker gebildet, er schätzte ihn als technisch top, menschlich flop ein. Wobei Tucker kein schlechter Mensch war, er war einfach nur ein eigenartiger Zeitgenosse, dem zuweilen scheinbar jegliche Empathie fehlte. Aber, was soll's, dachte sich Jerry zweckoptimistisch, ich muss den Typen ja nicht heiraten, er muss mich nur schneller machen.

Und schneller wurde Jerry tatsächlich, rasend schnell – schon bei seinem ersten Wettkampf für die Squirrels, bei einem Saisonausklang Ende September, rannte er 10,21. »Gratuliere, damit bist du in der nationalen Elite angekommen«, stellte Tucker fest.

Damit hatte Jerry sich auch als zweitschnellster Sprinter der Squirrels etabliert. An Al war noch kein Herankommen, aber der Abstand wurde sukzessive kleiner. Al wirkte darüber nicht happy, hatte aber auch kein wirkliches Problem damit – sein Ego war beinahe grenzenlos.

Jerrys Selbstvertrauen verbesserte sich auch stetig – zumindest im sportlichen Bereich. Im akademischem wollte es noch nicht so richtig laufen. »Meine Wissenslücken sind einfach noch zu groß«, vertraute er seinem Mitbewohner Frank an, der mittlerweile auch schon über Jerrys Vergangenheit hinter Gittern Bescheid wusste. »Du darfst nicht vergessen, ich war lange Zeit weg von der Schule und bin erst über den Schnellsiedekurs im Knast wieder zurück zum Lernen gekommen.«

Auch wenn ihn das Studieren nicht wirklich interessierte – Jerry musste einen akzeptablen Notenschnitt halten, sonst hätte er beim Sport eine Wettkampfpause einlegen müssen. Die Uni war da eisern. Fast so eisern wie Jerry, der jede Nacht noch Sonderschichten paukte, um seinen Schnitt halten zu können. Gegen Weihnachten kam er endlich besser in Tritt, er schrieb seine ersten B's und C's.

Weihnachten – der Gedanke an das Fest der Liebe machte ihm Angst, fast mehr noch, als in einem dunklen Loch eingesperrt zu sein. Die Kollegen machten sich allesamt auf zu ihren Familien. Jerry wusste nicht wohin, also blieb er einfach am Campus. Statt Weihnachtskekse zu futtern, schlürfte er rohe Eier und Proteinshakes. Wie ein Berserker schuftete er im Fitnessstudio und spulte sein tägliches Laufpensum ab. Er merkte, dass er auf dem richtigen Weg war, aber es war hart. Fast jeden Abend schlief er zusammengesackt vor dem Fernseher ein, zu müde, um sich noch ins Bett zu schleppen.

Am Weihnachtsfeiertag telefonierte er mit Morgan im Gefängnis. »Schön, dass du gut angekommen bist, mein Junge«, sagte sein alter Coach.

»Vielen Dank, Morgan. Wann kommst du noch mal raus?«

»In vier Jahren, bei guter Führung.«

»Na, dann benimm dich schön.«

»Du bist viel zu frech für so einen Grünschnabel«, scherzte Morgan. Kurze Zeit später war die Leitung tot. Den Gefängnisinsassen waren maximal zehn Minuten Telefonat erlaubt, da gab es auch zu Weihnachten keine Ausnahme. Jerry sagte dennoch noch einmal »Merry Christmas« in den Hörer, auch wenn Morgan ihn nicht mehr hören konnte.

****

In der zweiten Januarwoche hatte die Warterei ein Ende – die Ferien waren endlich vorbei, Jerry freute sich auf die erste Teamtrainingseinheit, die in der Halle stattfand. »Jungs, ihr wisst, in der Halle gibt es keine 100 Meter. Hier müsst ihr nur 60 laufen«, sagte Tucker. »Und das machen wir jetzt gleich mal.«

Die sechs Teamkollegen brachten sich in Position, Jerry war auf Bahn drei. Der Startschuss! Jerry kam etwas spät weg, hatte eine halbe Schrittlänge Rückstand auf Al und Fabrizio. Er ließ sich aber nicht aus dem Konzept bringen und holte sukzessive auf. Bei 40 Metern schob er sich an Fabrizio vorbei, und mit einem beherzten Finish schloss er auf Al auf. War er vielleicht sogar schneller gewesen?

Es dauerte eine Weile, bis der Computer das Resultat ausspuckte, endlich war es da: »Jerry – 6,55, Al – 6,56, Fabrizio – 6,64«, verkündete Coach Tucker, auch die anderen drei waren unter 6,80 Sekunden geblieben. 6,55 – Jerry war knapp am Maryland-College-Rekord vorbeigeschrammt. Al versuchte erfolglos zu verbergen, dass er sauer war – bis jetzt war er der unumstrittene Platzhirsch bei den Squirrels gewesen.

»Super Leistung, Jerry«, gratulierte Coach Tucker. »Auch ihr, Jungs. Schön, dass ihr alle gut in Schuss seid. Das werden wir bei den Meisterschaften gut brauchen können.«

Mit Meisterschaften bezog sich Tucker auf die Maryland- und auf die US-Hallenmeisterschaften für Collegeathleten. Auch wenn die Freiluftsaison eine höhere Wertigkeit hatte, ein gutes Abschneiden bei den

Hallenwettbewerben war trotzdem das Ziel – nicht nur um etwaige Titel einzuheimsen, sondern vor allem auch um dem Selbstvertrauen einen weiteren Schub zu geben.

8./9. März 2024 – die US-Collegehallenmeisterschaften in Reno, Nevada. Jerry markierte sich dieses Datum im Kalender. An dem Tag würde er sich erstmals mit der nationalen Sprintspitze messen können. Mit an Besessenheit grenzender Hingabe bereitete er sich auf den Event vor. Sein Mitbewohner Frank versuchte mehrmals vergeblich, ihn zum Ausgehen zu überreden. »Ich würde ja gerne ins Kino oder in die Disko, aber ich kann nicht«, blieb Jerry standhaft.

Zwei Wochen vor dem Rennen in Reno sicherte sich Jerry den Sieg bei den Maryland-Meisterschaften, knapp vor seinem Teamkollegen Al. Es war sein erster Sieg bei einer Meisterschaft, es fühlte sich gut an und machte Lust auf mehr. Es gab ihm auch noch einen weiteren Boost, der ihn noch gewissenhafter und härter trainieren ließ.

Wie ein hypernervöses Rennpferd wartete er auf den Tag der Abreise nach Reno, um endlich zu sehen, wo er im nationalen Vergleich nun wirklich stand. Neben ihm und Al hatten sich auch Fabrizio und Aaron für den Event qualifiziert. Coach Tucker war selbstverständlich auch mit an Bord, als der große Vogel vom Baltimore-Washington International Airport in Richtung Nevada abhob.

Es war Jerrys erstes Mal in einem Flugzeug. Er hatte ein etwas mulmiges Gefühl, gab sich nach außen hin aber abgeklärt und cool. Gegenüber der Konkurrenz, und das waren seine Teamkollegen ja letztlich, Schwächen zu zeigen war für einen Sprinter nicht empfehlenswert, das wusste er mittlerweile schon – schließlich spielte sich am Topniveau das meiste im psychologischen Bereich ab. Vielleicht, so dachte er, haben deshalb so viele Sprinter eine Macke. Vielleicht war der Sprint tatsächlich eine maßgeschneiderte Sportart für Neurotiker, wie es Coach Mussabini im legendären Film »Chariots of Fire« formuliert hatte.

»Chariots of Fire« – Jerry hatte diesen alten Schinken schon gut 20-mal gesehen, die Titelmelodie von Vangelis hatte er ständig in den Ohren. Und die Geschichte von Harold Abrahams, der Hauptfigur im Film, im Kopf. So wie Abrahams war auch Jerry ein Außenseiter. Und so wie Abrahams 1924, wollte auch er Olympiasieger werden.

****

Die *All Sports Arena* in Reno war gerammelt voll. Die Elite des US-Collegesports hatte sich eingefunden, um die besten Hallenleichtathleten zu ermitteln. Coach Tucker lotste seine Mannen zum Wettkampfbüro, wo die Startnummern ausgegeben wurden – Jerry hatte Nummer 119 zugeordnet bekommen.

Er war tief konzentriert, als er zu seinem Vorlauf auf die Bahn kam, nahm seine fünf Kontrahenten nur am Rande war. Sein Blick war auf die große Schaumgummimatte am Ende der Strecke gerichtet – die war dort, um den Sprintern nach dem Zieldurchlauf beim Abbremsen zu helfen. »Auf die Plätze, fertig, los!«

Jerry kam ideal weg, wie die Daten später zeigten, mit einer perfekten Reaktionszeit – nur neun Hundertstelsekunden nachdem der Startschuss erfolgt war, kam er aus den Startblöcken. Er blieb in der gewünschten Körpervorlage, bis dass er genügend Fahrt aufgenommen hatte. Nach 20 Metern hatte er bereits eine Schrittlänge Vorsprung, die er gegen Ende des Rennens noch ausbaute. Mit geballter Faust und großer Erleichterung sprang er gegen die Schaumgummimatte – die erste Runde war geschafft.

Jerry konnte auch den Zwischenlauf für sich entscheiden und qualifizierte sich für das Semifinale am nächsten Tag, ebenso wie Teamkollege Al. »Jetzt hat sich die Spreu vom Weizen getrennt. Morgen geht es ans Eingemachte«, sagte Tucker.

Jerry hatte Schwierigkeiten mit dem Einschlafen. Gedanken an die nächsten Rennen beschäftigten ihn – eine Mischung aus Anspannung und Vorfreude. Was war möglich? Würde er es ins Finale der besten Sechs schaffen? Es war weit nach Mitternacht, als er endlich einschlief.

»Na dann, hau ordentlich rein«, ermutigte ihn Coach Tucker schulterklopfend. Das Starterfeld in Jerrys Semifinallauf hatte sich gewaschen – Jeff Miller, der amtierende Studenten-Weltmeister, war mit dabei, ebenso wie Ralph Benson, ein früherer Juniorenweltmeister.

Jerry hatte wieder einen ausgezeichneten Start. Aus dem Augenwinkel sah er, dass auch Miller gut weggekommen war. Die beiden waren gleichauf, man konnte den Gewinner mit freiem Auge nicht ausmachen – das Zielfoto musste entscheiden. Miller vor Jones – Jerry hatte sich also als Zweiter für das Finale am Nachmittag qualifiziert.

Das zweite Semifinale konnte Roderick Payne für sich entscheiden, Jerrys Teamkollege Al kam als Dritter ebenfalls weiter. »Gut gemacht, Burschen«, zollte Tucker Lob.

Jerry suchte sich das gemütlichste Plätzchen, das er in der 5.000 Zuschauer fassenden Arena finden konnte. Gegen eine Bande gelehnt, hörte er Musik. Queen war seine Lieblingsband, »I Want to Break Free« und »We Will Rock You« seine Lieblingssongs. Nebenbei nahm er verschiedene Finalentscheidungen der anderen Disziplinen, die sich vor ihm abspielten, wahr. Zwischendurch blickte er auf die Uhr – wie langsam drei Stunden vergehen können, dachte er sich.

Endlich war es Zeit zum Aufwärmen für das Finale. Er versuchte, sich ganz auf sich und die bevorstehende Aufgabe zu konzentrieren, aber es gelang ihm nicht so recht – so beobachtete er beiläufig seine Kontrahenten. Sein Blick blieb an Roderick Payne, dem Schnellsten in den bisherigen Läufen, hängen – der Student der Mountain-Hill-Universität und Sohn eines Milliardärs machte einen arroganten Eindruck auf Jerry.

»Und nun kommen wir zum Finale über die 60 Meter der Männer. Auf Bahn eins läuft Al Heyman von der University of Rockville; Bahn zwei – Ralph Benson von der Texas State; Bahn drei – Roderick Payne, Mountain Hill; Bahn vier – Jeff Miller, Harvard; Bahn fünf – Jerry Jones, Rockville; und Bahn sechs – Marion Henderson, Princeton«, verkündete der Hallensprecher.

Die Rockville-Teamkollegen machten ordentlich Wirbel für Jerry und Al: »Go Squirrels, go!« Coach Tucker zeigte seinen beiden Schützlingen das Thumbs-up-Zeichen. Als der Starter die Kontrahenten aufrief, sich in Position zu bringen, wurde es plötzlich still. Die sechs Finalisten saßen in ihren Startblöcken und warteten auf den erlösenden Schuss. Henderson zuckte ein bisschen zu schnell und preschte zu früh weg – Fehlstart, zurück an den Start. Benson passierte das Gleiche – wieder zurück an den Start. Jerry schüttelte die Beine durch, ehe er wieder in die Startposition ging. Jetzt nur schön konzentriert bleiben, sagte er sich.

»Bumm!« – endlich ging die Post ab. Jerry kam etwas zu spät weg, wenn auch nicht dramatisch. Als sein Blick geradeaus gerichtet war, sah er zwei Rücken vor sich, die langsam kleiner wurden. Bei 50 Metern schnupfte er den ersten der beiden, und auf den letzten Metern schob er sich an den zweiten heran – aber es reichte nicht mehr. Payne kam vor Jerry ins Ziel, Miller holte Bronze. Al musste sich mit Platz fünf zwischen Benson und Henderson zufriedengeben.

Seine Teamkollegen fielen ihm um den Hals, selbst Tucker brachte so etwas Ähnliches wie eine Umarmung zustande. Dann ging es schnell zum Flughafen, um den Rückflug nach Baltimore zu erwischen. Nach einem kleinen Abendsnack schaltete die United Airlines-Crew im Flugzeug das Licht aus, die Kollegen rund um ihn schlummerten schön langsam ein. Er war zu aufgeregt, um einzuschlafen, er hielt seine Silbermedaille in der Hand und dachte an seine Eltern. Jetzt nur nicht abheben, sagte er sich, während der Flieger durch die amerikanische Nacht flog.

****

Das Uniradio hatte es schon verkündet, im Intranet war davon zu lesen – Jerry war jetzt ein Star am Campus. Gemeinsam mit Julie Rogers, die über 400 Meter Bronze geholt hatte, wurde er vom Rektor empfangen. Nach verschiedenen Fotoverpflichtungen und einem etwas verkrampften Plausch bei Kaffee und Keksen war er froh, in Richtung seiner Buchhaltungsvorlesung abdampfen zu können. Auch dort war ein großes Hallo, als er den Vorlesungssaal betrat. »Ich schätze, jetzt bist du berühmt«, flüsterte ihm Freund Frank ins Ohr.

Jerry war froh, als der Professor das Interesse endlich wieder auf die Vorlesung lenkte. Er war mittlerweile ein ganz passabler Student geworden und manchmal ertappte er sich dabei, dass ihm die Materie sogar Spaß machte – das ist wohl die Definition von Langeweile, dachte er sich dann, wenn einer Buchhaltung spannend findet. Dabei hatte er sich vor allem durch seinen eisernen Trainingsfleiß einen hartnäckigen Ruf als Spaßbremse erarbeitet.

»Aber heute Abend kommst du mit ins Kino, keine Widerrede«, sagte Freund Frank nach der Vorlesung.

»Also gut, aber in die erste Vorstellung – um 22 Uhr will ich zuhause und im Bett sein.«

»Na schön, Cinderella«, schmunzelte Frank.

Die Schönheit aus der letzten Reihe

Frank deckte sich mit Popcorn und einem Eimer voll Softdrink ein, Jerry nahm stilles Wasser. »Sportler«, sagte Freund Frank gespielt verächtlich.

»Sportler«, lächelte Jerry und prostete Frank zu. »Mal sehen, in welchen Schinken mich du da mitnimmst. Eine romantische Komödie, na ja, das kann ja heiter werden.«

Der Film hieß »Headline« und handelte von einem jungen Journalisten, der unsterblich verliebt ist und erst durch Einnahme einer Zauberformel den Mut aufbringt, seiner Flamme die Liebe zu gestehen. Jerry und Frank machten es sich in der vorletzten Reihe gemütlich, die Show konnte beginnen.

Jerry hatte nicht viel von dem Plot erwartet, er war also positiv überrascht, dass er den Film lustig fand und sogar des Öfteren laut lachen musste. Hinter ihm lachte jemand noch viel öfter und noch viel lauter – mehr als ein Lachen war es so etwas wie ein Scheppern, so sehr zerkugelte sich die hinter ihm sitzende Person. Irgendwann wollte er wissen, wer das denn war. Er drehte sich um und – Bumm! Da war sie – braune Augen, dunkelbraune, lange Haare, und dieses Lachen, dieses herzhafte, unbeschwerte Lachen. Glücklicher Bastard, dachte Jerry an den Typen, der sich *Boyfriend* der unbekannten Schönheit aus der letzten Reihe nennen durfte.

Jerry konnte nicht anders, als sich immer wieder nach ihr umzudrehen, er war hin und weg. Irgendwann bemerkte sie es und lächelte ihn an. Jerry lächelte verlegen zurück, dann blickte er wieder in Richtung Film. Sein Herz schlug höher und er dachte noch einmal an den Glücksritter, der der Freund der Unbekannten war.

Ende gut, alles gut – der junge Journalist aus dem Film hatte seiner Flamme im großen Showdown ein Liebesgeständnis über den Lautsprecher eines Baseballstadions gemacht. Hollywood halt, dachte Jerry.

Während der Abspann runterlief, machten sich Jerry und Frank auf in Richtung Ausgang. Ein kleiner Stau hatte sich gebildet, sie kamen nur langsam voran.

»Ich bin Jenny«, tippte ihm die unbekannte Schönheit auf die Schulter.

Jerry war perplex. »Aha, angenehm dich zu treffen, Jenny. Ich bin Jerry.«

»Dir hat der Film nicht gefallen, nicht wahr?«, fragte Jenny.

»Wie kommst du darauf?«

»Ich weiß nicht«, zuckte Jenny mit den Schultern.

Jerry überspielte seine Unsicherheit mit einem augenzwinkernden Lächeln.

»Ich geh dann schon mal vor«, sagte Frank. Jerry nickte.

Die Freundinnen von Jenny waren ebenfalls schon auf dem Weg nach draußen, während sich Jerry und Jenny wortlos gegenüberstanden, eine ganze Weile lang. Endlich brach Jenny die Stille: »Was machst du?«

»Ich stehe im Ausgang eines Kinosaals.«

»Ich meine natürlich, was du sonst so machst, ich meine, was studierst du?«

»Buchhaltung, und du?«

»Medizin, im ersten Jahr. Zuvor habe ich Biologie abgeschlossen«, sagte Jenny. »Sag, bist du immer so gesprächig?«

»Manchmal verschlägt es mir die Sprache«, antwortete Jerry.

»Und wie kann man die wiederfinden?«

»Bei einem Kaffee vielleicht, das könnte helfen«, nahm sich Jerry ein Herz. »Morgen Abend?«

»Warum nicht, texten wir uns zusammen«, sagte Jenny, während sie ihm ihre Visitenkarte gab. »So da, jetzt muss ich aber schauen, dass ich meine Freundinnen noch erwische. Gute Nacht!«

»Gute Nacht, ich freue mich«, verabschiedete sich Jerry und freute sich dabei so, als ob er das erste Mal 10,0 gelaufen wäre.

****

Jennifer Fletcher Mondragon, Studentin, stand auf der Visitenkarte. J-E-N-N-I-F-E-R – buchstabierte Jerry laut. Er freute sich riesig auf den Kaffee mit Jenny, gleichzeitig war er angespannt und nervös. Im Unterricht passte er nicht richtig auf und selbst im Training war er nicht ganz bei der Sache. Verdammt Jones, sagte er sich, reiß dich zusammen. Nichts und niemand sollte ihn von seinem Ziel abhalten, nicht einmal die bezaubernde Jenny.

Endlich war der Abend des Rendezvous gekommen, Jerry warf sich in Schale und legte Parfüm an. Er war ein paar Minuten vorher dort, der Duft des röstfrischen Kaffees hatte etwas Beruhigendes. Da kam sie auch schon, Jenny, ganz leger, in Flip-Flops und mit dem gleichen einnehmenden Lachen wie beim ersten Treffen. »Hi! Hast du schon bestellt?«

»Hallo, ich wollte auf dich warten.«

»Wow, ein echter Gentleman. Dass es so etwas noch gibt.«

Jenny bestellte sich einen Cappuccino und Jerry einen Americano.

»Americano«, sagte Jenny. »Ich frage mich manchmal, was das ist, ein Americano.«

»Na, ich, zum Beispiel, bin ein Americano.«

»Ja, und ich eine Americana. Aber, ich meine, wo kommen wir her?«

»Ich bin aus Washington, ein echter D.C.-Mann. Geboren und aufgewachsen dort.«

»Ich komme aus Bayville, Wisconsin. Hast du sicher nie gehört. Ganze 984 Einwohner.«

»Und deine Eltern, woher kommen die?«, wollte Jerry wissen.

»O.K., wie viel Zeit hast du?«

»Kann ich dir nicht sagen, ich habe keine Uhr dabei«, lächelte Jerry und deutete auf sein uhrloses Handgelenk.

Jennys Mutter war eine Latina aus Mexiko, der Vater stammte aus einer englischen Familie, hatte aber auch irische, deutsche, italienische und französische Wurzeln. »Wir sind ein bunter Mix«, lachte sie. »Einer meiner Urgroßväter war Bierbrauer in Dublin, bevor er nach Amerika ausgewandert ist, stell dir mal vor. Und wie sieht es bei dir aus?«

Jerry war verwirrt. Wollte Jenny ihn auf den Arm nehmen oder war sie geschichtlich wirklich so unbeleckt? Er nahm das Letztere an und erklärte daher: »Da gibt es nicht viel zu erzählen. Meine Vorfahren waren Sklaven aus Westafrika. Und nach dem Bürgerkrieg Schafzüchter im Süden.«

»Ich verstehe«, sagte Jenny. Dann war es für einen Augenblick still.

Nach dem Kaffee gingen die beiden eine Runde auf dem Campus spazieren. »Du, wegen vorhin, das tut mir leid«, sagte Jenny.

»Schon klar, kein Problem«, beschwichtigte Jerry. »Da gibt es etwas, das ich dir noch sagen muss: Ich war im Knast, sechs Monate wegen einer Schlägerei mit einem Typen – ich hatte nicht angefangen. Ich hoffe, das spielt keine Rolle.«

»Bei was sollte das denn eine Rolle spielen?«, fragte Jenny.

»Ich weiß nicht, nur so.«

»Sieh mal, Jerry – ich mag dich. Deine schönen Augen, dein Lächeln, auch deine Schüchternheit. Und, nein – es spielt keine Rolle. Ich meine, nicht für mich. Du bist ein netter Junge«, gestand Jenny, ehe sie Jerry einen Kuss auf die Wange gab.

Jerry war etwas verlegen, nach ein paar Sekunden gab er ihr ebenfalls einen Kuss. Er stellte sich dabei etwas tollpatschig an, Jenny musste lachen. »Es scheint, dass wir auf dem Gebiet noch etwas üben müssen.«

Jerry erwiderte ihr Lachen und gab ihr noch einen Kuss.

»Na ja, wer sagt's denn: Übung macht den Meister«, schmunzelte Jenny. »Aber alles schön der Reihe nach. Ich muss jetzt zurück in meine Kemenate, morgen habe ich eine Prüfung.«

»O.K., bis bald«, sagte Jerry, und dann etwas später. »Sind wir jetzt Boy- und Girlfriend?«

Jenny musste wieder lachen. »Ja, ich schätze. das kann man so sehen. Also, gute Nacht, Romeo.«

»Gute Nacht, Cinderella.«

****

»Guten Morgen, Jerry. Happy heute?«, fragte Frank seinen Mitbewohner, der sich pfeifend das Frühstück zubereitete. »Ich nehme an, es ist nicht Vorfreude auf den Volkswirtschaftslehrekurs«, bohrte er weiter.

»Deine Annahme ist teilweise richtig«, schmunzelte Jerry. Er war bis über beide Ohren verliebt, da machte alles mehr Spaß – inklusive VWL-Kurs. Und das Training sowieso.

»Es gefällt mir gut, dass du so konzentriert arbeitest«, lobte ihn Coach Tucker. »Das ist die Einstellung eines Champions.«

Jerrys Trainingseifer spiegelte sich auch in seinen Leistungen wider. Er hatte mittlerweile Al den Rang als schnellster Squirrel-Sprinter abgelaufen, was dieser zähneknirschend zur Kenntnis nahm: »Mann, bin ich froh, wenn ich von hier weg bin.« Er hatte bereits einen Vertrag mit der Sportschuhmarke Gear in der Tasche und würde ab dem Sommer Profi sein. Regelmäßig gegen Jerry den Kürzeren zu ziehen hatte jedoch bereits Spuren an der Psyche hinterlassen – Al's Selbstvertrauen war angekratzt und er überlegte mittlerweile, den Sport ganz hinzuschmeißen.

Al's Beispiel verdeutlichte für Jerry, wie schnell es im Sport gehen kann, und wie wenig Zeit man hat, seine Marke zu hinterlassen. Diese Erkenntnis ließ ihn noch härter trainieren, noch mehr Einsatz geben. Tucker musste ihn des Öfteren einbremsen: »Weniger ist manchmal mehr. Mach dir mal ein schönes Wochenende mit deinem Mädel.«

An einem wettbewerbsfreien Samstagfrüh Anfang Mai beherzigte Jerry den Ratschlag des Trainers – Jenny und er fuhren zum *Deep Creek Lake*, dem größten Binnensee Marylands, gut drei Autostunden von Rockville entfernt. Sie bezogen in einer rustikal eingerichteten Blockhütte Quartier und machten eine ausgiebige Wanderung, ganz ohne Sport konnte es für Jerry nie sein. Und auch Jenny hatte Freude daran. Am Abend saßen sie am Steg und ließen ihre Füße in das kühle Seewasser baumeln.

»Was erwartest du dir vom Leben, Jerry Jones?«

»Zufriedenheit und Glück.«

»Wie definierst du Zufriedenheit? Was brauchst du, um glücklich zu sein?«

»Erfolg im Sport. Ich will es ganz nach oben schaffen, Jenny.«

»Findest du das nicht ein bisschen engstirnig? Warum bedeutet dir der Erfolg so viel?«

»Ich dachte, das hätten wir schon einmal besprochen: Ich habe keine andere Wahl. Dort wo ich herkomme, hat man nicht den Luxus, bei einem Glas Sherry über die Armut der Welt zu philosophieren«, reagierte Jerry gereizt.

»Man braucht nicht zu philosophieren. Man kann ja auch einfach etwas machen«, sagte Jenny.

»So wie du, nicht wahr?«, sagte Jerry, noch gereizter als zuvor. Dann besann er sich und sah rüber zu seiner Freundin. »Sorry, Jenny. Lassen wir das bitte. Ich finde es ganz toll, dass du Medizin studierst und damit wirklich auch für andere etwas machen wirst. Aber bitte lass auch mich so sein, wie ich bin. Lass mich der schnellste Läufer der Welt werden und ich verspreche dir, dann bin ich ein verträglicher Zeitgenosse.«

Jerry entschärfte die Situation zusätzlich, indem er mit dem Auge zwinkerte und Jenny mit Seewasser bespritzte. Das ließ sie sich nicht gefallen – sie spritzte zurück und irgendwann landeten beide im See. Sie lachten und küssten sich. »Verdammt, Jerry Jones. Warum habe ich dich nur so lieb?«

Sprint in den Sommer

Der Rest des Mais verging wie im Flug. Jerry brachte alle Uniprüfungen unter Dach und Fach und trainierte wie ein Besessener – immer auf der Suche, wo er noch ein paar Hundertstel finden konnte, die ihn schneller machen würden.

Bei einem Meeting Anfang Juni in Richmond, Virginia, passte dann alles zusammen – die Temperatur, ein noch erlaubter Rückenwind, eine ideale Reaktionszeit am Start, und die Vorbereitung sowieso. In Summe ergab das 10,03 Sekunden – eine Weltklassezeit, selbst der nüchterne Coach Tucker stieß einen lauten Freudenschrei in den lauwarmen Frühsommerabend. »Unfassbar! Jetzt bist du in Des Moines!«

Des Moines, Iowa, war der Schauplatz der US-Leichtathletikmeisterschaften in jenem Jahr – und gleichzeitig auch der Trials, der Ausscheidungsrennen für die Olympiade, die in Paris stattfinden würde.

Jerry schlief die Nacht vor der Abreise nach Des Moines bei Jenny, die in einer kleinen Wohnung in der Nähe des Uni-Campus wohnte. »Du wirst mir fehlen im Wilden Westen«, sagte Jerry. »Zum Glück sind es nur vier Tage, dann bin ich wieder zurück.«

»Wie ist das eigentlich bei euch Sprintern? Ähnlich wie bei den Boxern – also kein Sex vor dem Wettkampf erlaubt?«

»Davon hab ich noch nichts gehört oder gelesen. Ich glaube, das ist kein Problem – im Gegenteil, man muss vor dem Start relaxed sein. Außerdem ist das erste Rennen erst übermorgen«, schmunzelte Jerry.

****

Jerry musste um halb sechs Uhr früh aus den Federn, um Richtung Flughafen abzudampfen. Er gab Jenny einen zärtlichen Kuss auf die Stirn. »I love you.«

»Love you, too«, murmelte sie schlaftrunken zurück, ehe sie sich wieder in die Decke wickelte und weiterschlief.

Jerry schulterte seine Sporttasche und seinen Koffer und checkte sein Telefon – sein Uber wartete bereits vor dem Haus. Am Flughafen stieß er auf Coach Tucker und die restlichen Squirrel-Athleten, die sich für Des Moines qualifiziert hatten. Von seinem Sprintteam war nur Aaron dabei, Al konnte verletzungsbedingt nicht teilnehmen.

Jerry gelang es, im Flugzeug noch ein wenig zu schlafen, er war gut ausgeruht, als er sein Quartier im Golden-Tiger-Hotel von Des Moines bezog. Er relaxte sich bei einem gemütlichen Waldlauf und schaute am Ort des Geschehens vorbei – dem Drake-Stadion. Dort würden in den kommenden Tagen die Trials über die Bühne gehen.

Das Stadion fasste 15.000 Zuschauer und war ein wahres Schmuckkästchen. Arbeiter waren damit beschäftigt, es noch netter herauszuputzen, dazu zog ein mähender Roboter monoton seine Runden, um dem Rasen im *Infield* einen Kurzhaarschnitt zu verpassen.

Jerry ging auf die hellblaue Tartanbahn, zum 100-Meter-Start. Von hier würde er ab morgen seinen ersten Angriff auf die nationale Spitzenklasse lancieren. Welche Zeit war drinnen? Hatte er eine Chance, ins Finale der schnellsten Acht zu kommen, oder sich gar für die Olympiade zu qualifizieren?

Er aß gemeinsam mit Aaron und ein paar weiteren Squirrels zu Abend. Es wurde kaum gesprochen, die Anspannung war greifbar – als Athlet konnte man sich nur alle ein bis zwei Jahre für ein globales Großereignis, also Weltmeisterschaft oder Olympiade, qualifizieren. Das ergab also bei einer Karrieredauer von zehn Jahren maximal acht Möglichkeiten, seinen Traum wahr werden zu lassen, und nirgendwo sonst war es so schwer wie in den USA – dem Land mit den besten Leichtathleten, und der größten Leistungsdichte.

Irgendjemand aus der Gruppe schlug vor, sich zur Ablenkung gemeinsam noch einen Film anzusehen – »Meuterei auf der Bounty« mit Anthony Hopkins und Mel Gibson. Jerry konnte nicht so recht in die Welt des 18. Jahrhunderts eintauchen und noch ehe die Bounty in Südseegewässern schipperte, war er im Bett. Wichtige Tage standen bevor, da wollte er gut ausgeschlafen sein.

****

Nach einem leichten Frühstück fuhr Coach Tucker mit seinen beiden Schützlingen ins Drake-Stadion – die Organisatoren von USA Track & Field, also des US-Leichtathletikverbandes, hatten einen Shuttlebusservice eingerichtet, der Athleten und Betreuer von ihren Unterkünften abholte.

Der Austragungsmodus der 100-Meter-Meisterschaft war simpel – es gab 32 Starter, die zunächst in fünf Vorläufen gegeneinander antraten. Die besten 21 liefen dann in den drei Semifinalläufen gegeneinander, aus denen wiederum die acht Finalisten ermittelt wurden – und von diesen acht würden sich die sechs Schnellsten für die Olympiade qualifizieren.

Aaron kam im ersten Heat an die Reihe. 10,40 reichten für den fünften Rang, jedoch nicht fürs Weiterkommen ins Semifinale. Mit hängendem Kopf, ein nasses Handtuch um den Nacken gewickelt, saß er in der Kabine. »1.000 Meilen geflogen, nach kaum mehr als 10 Sekunden ausgeschieden – scheißkurzer Auftritt, würde ich sagen.«

Jerry saß daneben, dass sein Teamkollege ausgeschieden war, hatte er nur am Rande mitgekriegt, während er sich für seinen Heat vorbereitete. Er checkte noch einmal, ob seine Spikesstollen richtig angezogen waren. »Fertig?«, fragte Coach Tucker.

»Fertig.«

Jerry hatte Startbahn vier zugelost bekommen, ein gutes Omen für ihn, denn diese Zahl mochte er besonders gern. Er erkannte Jack Orbison unter seinen Mitstreitern, Staffel-Olympiasieger und ehemaliger 100-Meter-Weltrekordler – das war ein echter Kapazunder. Auch Richardson, Roberts und Gutierrez waren schnelle Jungs, alle schon mal 10,0 oder knapp darüber gelaufen – also ungefähr Jerrys Kragenweite. Alles war möglich.

Jerry kam nicht richtig in die Gänge, bei 30 Metern lag er nur an der fünften Stelle. Dann zündete er aber wie ein Turbomotor und schob sich noch auf den zweiten Platz hinter Orbison, der Aufstieg in das Semifinale war also geglückt. Auch die Zeit konnte sich sehen lassen: 10,07, und das mit leichtem Gegenwind. »Da geht noch mehr«, ermutigte ihn Coach Tucker.

Nach dem Rennen ließ er sich vom mitgereisten Squirrel-Masseur Oscar aka »Mister Iron Hands« ordentlich durchkneten. Er stieg auf Oscars Versuche, ein Gespräch zu beginnen, nicht ein, stattdessen lag er ruhig auf dem Massagebett, die Augen zum Fenster gerichtet. Hoffentlich komme ich morgen besser weg, sagte er sich. Gegen Ende der Massage schlief er kurz ein, worauf Oscar noch etwas fester knetete. »So da, an den Muskeln kann es jedenfalls nicht liegen, falls du ausscheidest«, sagte Oscar. »Viel Glück für morgen!«

»Ich scheide nicht aus«, sagte Jerry.

✳✳✳✳

Die drei Semifinalläufe fanden unmittelbar nacheinander statt. Die Karten waren neu gemischt. Jerry fand sich im zweiten Lauf wieder, selbstverständlich standen nur Topläufer am Start. Er war erstaunlich ruhig und trichterte sich ein, den Start nur ja nicht wieder zu versemmeln.

»Auf die Plätze, fertig ...«

»Fehlstart, Bahn 3, Jerry Jones«, verkündete der Starter.

Jetzt durfte nichts mehr schiefgehen. Wieder das Startritual, der Schuss – und die sieben Kontrahenten spurteten um den Finaleinzug. Die schnellsten zwei kamen automatisch weiter, der dritte nur unter Umständen – also, falls er zumindest schneller als einer der Drittplatzierten aus den beiden anderen Semifinalläufen war. Jerry wollte sich nicht auf Rechnereien einlassen.

Voran auf weiter Flur lief der große Favorit Rick Williams, seines Zeichens amtierender Weltmeister über die 100 Meter, einem sicheren

Start-Ziel-Sieg entgegen. Dahinter wetterte ein großes Duell um den zweiten Platz – Ponticelli, Collins oder Jerry? Wer hatte die Nase vorn? Es war mit freiem Auge nur schwer zu erkennen, der Videoassistent musste nachhelfen, das Zielfoto wurde analysiert. Es dauerte eine gefühlte Ewigkeit, dann wurde endlich das Ergebnis angezeigt – Jerry streckte die geballte Faust nach oben, er war Zweiter geworden und damit sicher im Finale.

Das Finale fand noch am selben Abend statt, er hatte ein paar Stunden Zeit, sich vorzubereiten. Wieder gönnte er sich eine Massage von Iron Hands Oscar. Er hatte jetzt eine 6:8 Chance, sich für die Olympiade zu qualifizieren. Es muss einfach klappen, sagte er sich optimistisch. Gleichzeitig war er vor dem alles entscheidenden Rennen hypernervös, das hatte er bei den Runs vorher nicht in der Intensität gefühlt – es ging um viel für Jerry.

Am Weg zurück ins Stadion lief ihm ein Reporter des »Iowa Express« über den Weg. »Was erwarten Sie sich vom heutigen Rennen?«

»Viel.«

»Rechnen Sie sich Chancen für die Olympia-Qualifikation aus?«

»Ja, sicher.«

»Was glauben Sie, war das Entscheidende für Ihren rasanten Aufstieg? Ich meine, vor einem Jahr waren Sie noch im Knast, und jetzt kratzen Sie an der Tür des Laufsportolymps.«

Das saß. Woher weiß dieser Typ von meiner Vergangenheit?, fragte sich Jerry. »Das Entscheidende sind Blut, Schweiß und Tränen«, sagte er, ehe er sich von dem Fragesteller wegbewegte und in die Umkleidekabine lief – dort hatten Journalisten keinen Zugang.

*****

Eine gute halbe Stunde vor dem Rennen betrat Jerry die Aufwärmzone. Die Frage des Journalisten geisterte ihm immer noch im Kopf herum und belastete ihn – nur zu gern hätte er seine Vergangenheit in eine Truhe gegeben, den Deckel drauf, zugesperrt und den Schlüssel weggeworfen. Natürlich wusste er, dass es irgendwann publik geworden wäre – aber warum gerade jetzt? Seine Nervosität vor dem Finale war auch so schon groß genug, da brauchte er nicht noch einen lästigen Reporter zum Nachhelfen.

Während er Stretchingübungen machte, versuchte er auf andere Gedanken zu kommen, um zu verhindern, dass ihm das Herz noch mehr in die Hose fiel. Doch es half nichts, er konnte seine Augen nicht von den Konkurrenten abwenden. Den extracoolen Topfavoriten Williams kannte er schon aus seinem Semifinallauf, ebenso Ponticelli, ein *Freshman* von der New York University. Ein alter Bekannter war auch mit dabei – der arrogante Payne, gegen den er bei der Collegehallenmeisterschaft das Nachsehen gehabt hatte. Mit zur Schau gestellter Lässigkeit unterhielt Payne sich mit seinem Betreuer, erst drei Minuten vor dem Start zog er die Spikes an. Collins von der Arizona State University kaute schmatzend Gummi, Gutierrez wirkte aufgekratzt und fahrig, Orbison meditierte in einer Ecke, und Nelson hörte mit geschlossenen Augen Musik.

»Meine Herren, zum Start bitte«, unterbrach ein Offizieller Jerrys Beobachtungen. Die acht Finalisten bewegten sich in Richtung Startlinie. Jerry war auf Bahn 7, neben Payne und Nelson.

»Auf die Plätze, fertig ...« Falscher Alarm – Frühstart Gutierrez.

Noch einmal mussten alle runter in die Startposition, Augen geradeaus und warten auf den großen Moment.

Wieder zuckte Gutierrez zu früh. Zwei Fehlstarts, damit war er aus dem Rennen. Der von der Sportschuhfirma Victor gesponserte Athlet verabschiedete sich mit einem kräftigen Tritt gegen eine LED-Werbebande in Richtung Kabine.

Die restlichen sieben Kontrahenten brachten sich nochmals in Position. Zwei Fehlstarts zehren an den Nerven, Jerry hatte Mühe, seine Anspannung in positive Energie umzuwandeln. Reiß dich zusammen, sagte er sich, während er auf den Startschuss wartete. Es war fast still im Stadion, die letzten Sonnenstrahlen blinzelten herein.

Endlich, die Erlösung – der Startschuss, bumm, und ab ging die Post. Wie erwartet zog Williams vorne weg, Orbison heftete ihm an den

Fersen. Dahinter waren Payne und Jerry gleichauf, gefolgt vom 200-Meter-Spezialisten Nelson, Collins und Ponticelli. 20 Meter vor dem Ziel schob Jerry sich an Payne vorbei. Jetzt nur nicht aufstecken, sagte er sich. Instinktiv streckte er beim Zieleinlauf den Kopf nach vorne. Es hatte gereicht – dritter Platz hinter Williams und Orbison. Damit war er nicht nur für die Olympiade in Paris qualifiziert, sondern als Zugabe auch noch für das 100-Meter-Einzelrennen. Die Zeit: 9,97 Sekunden – neue persönliche Bestleistung für Jerry.

Die Kontrahenten klatschten sich gegenseitig ab, einzig Payne beteiligte sich nicht an dem Ritual. Er war augenscheinlich sauer, dass er von Jerry geschlagen worden war, sagte aber nichts dergleichen, einzig: »So what.«

Mit den Medaillen um den Hals und Blumen in der Hand begaben sich die drei Erstplatzierten auf die Ehrenrunde. Teamkollege Aaron rief Jerry ein aufrichtiges »Well done, Sir« zu, Coach Tucker klopfte ihm auf die Schulter.

Die Sonne über dem Stadion war mittlerweile untergegangen. Jerry sah hingegen Licht am Ende des Tunnels, die harte Arbeit hatte sich ausgezahlt. »Paris, here we come«, textete er an Jenny.

Er lag noch länger wach in jener Nacht, mit der Bronzemedaille in der Hand. Wie würde es sich erst anfühlen, bei der Olympiade eine Medaille umgehängt zu bekommen – und noch dazu in Gold?

****

Der Weg zu seinem Abfluggate am *Des Moines International Airport* führte ihn an Restaurants und Souvenirshops vorbei, und an einem kleinen Einkaufsladen. Dort kaufte er sich Kaugummi und eine Flasche Wasser. Beim Zahlen entdeckte er die Ausgabe des »Iowa Express«. Er konnte sich nicht zurückhalten und schlug den Sportteil auf, dort waren mehrere Seiten den Trials gewidmet – und eine Schlagzeile Jerry: »Ex-Knacki auf der Überholspur: Jones sichert sich Olympia-Ticket«.

Jetzt war es also draußen, jetzt wusste die ganze Welt, dass er sechs Monate im Gefängnis gewesen war. Scheiße, dachte er für einen Moment. Dann nahm er seine Bronzemedaille in die Hand und sah zu, die Gedanken nach vorne zu richten – nach Paris. Dort würde er in etwas mehr als einem Monat um Olympiagold sprinten.

****

»Willkommen zurück, Tiger«, begrüßte ihn Jenny am Flughafen.

Es war ein gutes Gefühl, von jemandem abgeholt zu werden. Einzig neben jemandem einzuschlafen konnte das noch toppen.

»Und, hat der Zeitungsartikel Wellen geschlagen?«, wollte Jerry wissen.

»Nicht wirklich, am Campus kennen dich ja eh schon alle. Außerdem ist gerade nichts los – Sommerferien, schon vergessen?«

»Gut.« Jerry atmete erleichtert durch. »Ab jetzt gilt es: volle Kraft voraus. Nächste Station: Paris, Frankreich.«

»Nicht so stürmisch, Kapitän. Ich möchte ja auch noch was von dir haben«, lachte Jenny.

»Alles zu seiner Zeit«, lachte Jerry. »Das heißt, eigentlich muss man auch mal fünf gerade sein lassen.«

»Aber hallo – mit der Prinzipientreue wirst du aber nicht Olympiasieger.«

Jenny war noch im Land der Träume, als Jerry seine Trainingssachen anzog und heimlich nach draußen schlich. Nur keine Müdigkeit vorschützen, war sein Motto.

Nach einem relaxenden Regenerationslauf und einer noch relaxenderen Dusche checkte Jerry seine Mails. Ganz oben war eine Message vom US-Leichtathletikverband, *USA Track and Field* – die Einladung zur offiziellen Teampräsentation in Dallas, Texas.

****

Der Verband hatte gerufen und aus allen Himmelsrichtungen kamen die Olympia-Teilnehmer angeflogen. Jerry per Economy Class aus Baltimore, Superstar Williams mit einem Privatjet aus Los Angeles.

Auch Payne kam mit einem Privatflugzeug, der Herr Papa machte es möglich. Payne senior war der Sohn eines Sohnes eines Immobilienhais aus Chicago – also, kurz gesagt, seit Generationen steinreich. Der Senior förderte den Junior, wo es nur ging. Am liebsten hätte der alte Payne den Sohnemann als Profigolfer oder Tennisspieler gesehen, doch die Trainer schlugen entsetzt die Hände überm Kopf zusammen. »Nichts für ungut, Herr Payne. Aber Ihr Sohn hat kein Talent. Vielleicht sollte er es mit dem Reiten probieren?«

Tatsächlich versuchte sich Payne Junior dann ein paar Jahre im Springreiten, und brachte es bis zur Meisterschaft in Illinois. Gleichzeitig war er auch der Sprintstar seiner Leichtathletik-Schulmannschaft. Das Talent dazu hatte er von seinem Großvater mütterlicherseits geerbt – einem gewissen Rupert Harrigan, der war in den 1960er Jahren Nummer eins im Sprintteam der *University of New Hampshire* gewesen, und, Augenzeugen zufolge, schnell wie ein Hase.

US-Herrensprintcoach Allison trommelte seine Auserwählten zusammen – Williams, Orbison und Jerry, die sowohl im Einzelwettbewerb als auch in der Staffel gesetzt waren, sowie Payne, Ponticelli und 200-Meter-Spezialist Nelson.

Zunächst ging es aber zur Ankleide. Jeder Athlet bekam zwei Sätze Lauftrikots und Shorts sowie zwei Trainingsanzüge mit großem USA-Schriftzug am Rücken. Auch einen offiziellen Teamanzug gab es – modisch geschneidert und aus leichtem Material, was ob der prognostizierten Temperaturen in Paris wichtig war.

Das Thermometer war auch in Dallas auf Höhenflügen – die Athleten schwitzten bei 38 Grad Celsius im Stadion. Coach Allison wollte sich beim einzigen Lehrgang vor der Olympiade ein Bild von der Form seiner Pappenheimer verschaffen und die Stabwechsel für die Staffel trainieren. Außerdem ritterten Payne, Ponticelli und Nelson um den vierten Staffelplatz – Ponticelli setzte sich knapp durch, die beiden anderen waren damit Ersatz.

»Ich hoffe, ihr seid nicht allzu traurig«, tröstete der Coach Payne und Nelson. »Kann sein, dass ich euch in den Vorläufen einsetze.«

»Na, vielen Dank«, zischte Payne in Richtung Allison.

Alles an Payne war Jerry zutiefst unsympathisch, und umgekehrt. Er war froh, dass er mit ihm den Stabwechsel nicht trainieren musste. Jerry würde als dritter Läufer drankommen, den Stab von Ponticelli bekommen und dann an Williams weitergeben.

Die US-Boys waren bei den Buchmachern haushohe Favoriten. Die Statistik sprach eine eindeutige Sprache: Seit 1896, der ersten Olympiade der Neuzeit, hatten die Amerikaner 17 der 29 Olympiasieger über 100 Meter gestellt, und 16 von 25 4x100-Meter-Herrenstaffel-Goldmedaillen abgeräumt.

Nach zwei Stunden Schufterei in der Bruthitze von Dallas hatte Coach Allison Mitleid mit seinen Mannen und blies das Training für den Tag ab. »Ich habe genug gesehen. Wir sind gut in Schuss, das Projekt ›Paris Gold‹ ist damit offiziell eröffnet.«

Am Abend ging die Truppe in ein Steakhaus, um die Eiweißspeicher aufzufüllen und sich menschlich ein bisschen näher zu beschnuppern. Williams war vielleicht ein bisschen distanziert, hatte aber trotz seiner großen Erfolge keinerlei Starallüren. Er bestellte Steak mit Bohnensalat, so wie alle anderen. Ponticelli war der Entertainer der Mannschaft, ein Joker, wie er im Buche stand. Er machte mit seinen Scherzen vor keinem Halt, auch vor Payne nicht, der zwar mitgekommen war, aber etwas gelangweilt in der Ecke saß.

»Hey, Roderick, sag mal, ist dir eine Laus über die Leber gelaufen?«, stichelte Ponticelli. »Sind an der Börse ein paar Aktien gefallen?«

»Warum hältst du nicht einfach die Klappe, Ponticelli«, fauchte Payne zurück.

»Okay, okay, Primadonna. Bin schon pscht«, sagte Ponticelli, und schob eine Pantomime nach – zusperren des Mundes und wegwerfen des Schlüssels.

»Hier Ponticelli, da ist er wieder«, mischte sich Jerry ein und gab Ponticelli den symbolisch weggeworfenen Schlüssel zurück.

»Zuerst du, Ponticelli, mit deinen pubertären Witzen. Und jetzt mischt sich auch noch der Knastbruder ein. Mir reicht es jetzt, gute Nacht.«

Payne knallte einen 100-Dollarschein auf den Tisch und verabschiedete sich mit einem »Stimmt schon« vom Rest der Truppe.

Die anderen waren perplex, Coach Allison rief Payne nach: »So geht das aber nicht! Das wird ein Nachspiel haben.«

Es hatte kein Nachspiel. Beim Training am nächsten Tag war alles wie gewohnt, über den Ausraster von Payne wurde nicht mehr geredet. Das Team trainierte insgesamt vier Tage miteinander. Gemeinsam Abendessen gingen sie aber nicht mehr.

****

Zurück in Maryland zog Jerry bei Jenny ein. Sobald er seine sieben Sachen verstaut hatte, machte er sich ans Training. US-Coach Allison hatte jedem Athleten einen Trainingsplan mitgegeben, mit detaillierten Anforderungen für die nächsten drei Wochen – dem Abflug nach Paris.

Coach Tucker beaufsichtigte Jerrys Training in der Sommergluthitze. Manchmal hatte sogar der ansonsten weitgehend gefühlsbefreite Tucker Einsicht und sagte: »Lass es mal gut sein, Junge. Morgen ist auch noch ein Tag.« Doch Jerry war unnachgiebig, er wusste zur gleichen Zeit schufteten Williams und die anderen Teamkollegen mindestens genauso hart.

Die Pausen zwischen den Trainingseinheiten waren kurz und spartanisch. Meist saß er in der Kabine auf der Bank und schüttete Elektrolytgetränke in sich hinein. Gelegentlich kam Jenny vorbei und brachte ihm Müsliriegel oder andere kleine Snacks. »Ich liebe dich, Tiger«, flüsterte sie ihm dann ins Ohr.

»Ich dich, Sonnenblume.«

Tucker schüttelte ob der Gefühlsduselei nur den Kopf. Jerry und Jenny lachten, dann ging es wieder hinaus auf die Laufbahn. Immer und immer wieder. Ob beim Training der Schnelligkeit, der Schnellkraft, der Schnelligkeitsausdauer oder beim Krafttraining im Studio – Jerry gab immer mehr als 100 Prozent. Und das machte sich bezahlt: er merkte, wie er stetig stärker wurde und auf eine neue, ungeahnte Topform zusteuerte. War noch mehr drinnen als die 9,97, die er schon gelaufen war?

Am letzten Trainingstag vor dem Abflug zur Olympiade ließ der Coach ihn nochmals auf Zeit sprinten. Es sah schnell aus, und das war es auch – 9,92. »Mit der Zeit bist du in Paris vorne mit dabei«, prognostizierte Tucker.

Jerry packte seine Sporttasche und verabschiedete sich vom Coach. »Trau dich nur nicht, ohne eine Medaille heimzukommen«, sagte Tucker.

Jerry lächelte milde, dann stapfte er aus dem Stadion. Er hatte noch zwei Tage in Stille und Anonymität vor sich – die wollte er vor allem mit Jenny verbringen.

****

»Schatz, kannst du bitte noch Eis holen?«, fragte ihn Jenny, die heimlich, still und leise eine Olympia-Party für Jerry organisiert hatte. Das war ihm gar nicht recht, aber mit Jennys Versprechen, nur wenige Leute einzuladen, ließ er sich breitschlagen.

»Will mir ja nicht wieder nachsagen lassen, dass ich eine Spaßbremse bin«, sagte Jerry, dann ging er zum Tante-Emma-Laden, um die gewünschte Eiscreme zu holen.

Als er vom Shoppen zurückkam, war der Tisch schon gedeckt und alles fertig. Schön, langsam trudelten die Gäste ein, allen voran sein früherer Mitbewohner Frank. »Schön dich zu sehen, Alter«, begrüßte ihn Jerry.

Die Gäste erfreuten sich an Jennys Pasta und dem dazu passenden Rotwein. Jerry trank wegen seiner Paris-Mission natürlich nicht mit. Er hatte aber trotzdem Spaß, auch seine Sportkollegen Julio und Dave waren mit von der Partie.

Irgendwann nach Mitternacht hatte Jeff, ein Kommilitone von Jenny, eine zündende Idee: »Wo wir schon drei Sprinter hier haben, wär's doch toll, wenn wir erste Reihe fußfrei sehen könnten, wie ihr um die Wette lauft.«

»Um die Uhrzeit?«, fragte Jerry leicht irritiert. »Und wo sollten wir jetzt überhaupt laufen? Schwachsinn.«

»Ach komm, jetzt lass doch mal fünf gerade sein«, bohrte Jeff weiter. Auch die anderen Partygäste stimmten ein. Dave und Julio blickten sich an, und dann Jerry. »Gegen einen kleinen 50-Meter-Sprint ist doch nichts einzuwenden, oder?«, fragte Julio rhetorisch.

»Also gut, ihr Deppen«, willigte Jerry endlich ein.

Die gut 15 Partygäste gingen vor das Haus, um das Spektakel mitzuerleben. Als Laufstrecke wurde ein 50-Meter-Stück im anliegenden Park identifiziert, die Straßenlaternen sorgten für ausreichende Sichtverhältnisse.

Frank fungierte als Zeremonienmeister und Starter in Personalunion. »Würden sich die Herrschaften bitte fertig machen?«

Dave, Julio und Jerry nahmen Aufstellung. »Heute kannst du uns mal gewinnen lassen«, witzelte Julio in Richtung Jerry.

»Du kannst mich sonst wo.«

»Wenn ihr euch sonst nichts mehr zu sagen habt, dann würde ich sagen: Auf die Plätze, fertig, los!«, gab Frank das Kommando.

Jerry zog gleich vorne weg, in Kürze hatte er einen passablen Vorsprung herausgelaufen. Bei Halbzeit drehte er sich nach seinen beiden Verfolgern um. Kaum hatte er seinen Blick wieder in Laufrichtung gedreht, blieb er mit seinem rechten Bein an irgendetwas hängen. Tusch – es machte einen regelrechten Kracher in seinem Knie, dann fiel er zu Boden.

»Verdammte Scheiße«, schrie Jerry.

Die Gäste liefen zu ihm hin, manche ließen ihre Gläser fallen. Als Erste war Jenny bei ihm.

Der erste Blick auf das Knie verhieß nichts Gutes, in Kürze war es zur scheinbar doppelten Größe angeschwollen. Jerry spürte keinen Schmerz, wohl aber die aufkeimende Panik.

»Wir müssen in die Notaufnahme«, kommandierte Jenny. »Kann jemand ein Auto holen?«

Frank fuhr seinen betagten Honda vor. Dave und Julio stützten Jerry, während er auf einem Bein in Richtung Auto humpelte. Jenny nahm neben ihm am Rücksitz Platz, dann fuhr Frank auf dem schnellsten Weg ins John-Miller-Hospital. Die Party war vorbei.

****

»Platz nehmen, Sie kommen schon dran«, zischte die Empfangsdame in der überfüllten Notaufnahme. »Vorher bitte noch die Versicherungskarte und den Lichtbildausweis des Verunfallten.«

»Jetzt bringen Sie mal Schwung in die Bude und sehen zu, dass mein Freund hier an die Reihe kommt!«, beschwerte sich Frank, als sie nach einer halben Stunde immer noch nicht dran waren. »Falls Sie es nicht wissen: er ist einer der schnellsten 100-Meter-Läufer der Welt.«

»Ich glaube, heute wird er kein Rennen mehr gewinnen«, schnappte die Empfangsdame zurück.

Endlich kam Jerry dran. Jenny ging mit in den Behandlungsraum. Der diensthabende Oberarzt stellte sich kurz vor, dann sah er sich Jerrys Knie an. »Uh, oh, das ist gar nicht gut«, war die erschütternde Diagnose. »Da ist einiges kaputtgegangen.«

Jerry wusste, was das hieß. Den Rest der Untersuchung erlebte er wie in Trance.

Kreuzbandriss, Meniskusriss – die Kernspinuntersuchung bestätigte die Anfangsdiagnose. An die Olympiateilnahme war selbstverständlich nicht mehr zu denken. Jerry bekam Schmerztabletten und einen dicken Eisbeutel aufs Knie, für die Nacht wurde ihm ein Zimmer im Spital zugeteilt.

Jenny benachrichtigte Coach Tucker und US-Coach Allison. Der Oberarzt drückte ihr die Karte eines Kniespezialisten an der Uniklinik in die Hand – Professor Kutowski.

»Wie lange?«, fragte Jerry.

»Das kann ich Ihnen leider nicht sagen. Ich bin Generalist, kein Kniespezialist. Hoffen wir, dass das Knie wieder ganz in Ordnung kommt«, verabschiedete sich der Oberarzt.

Es war mittlerweile nach drei Uhr früh, an ein Schlafen war aber nicht zu denken. Jenny hielt Jerrys Hand, ein paar Tränen kullerten ihm über die Wangen.

Patient

Professor Kutowski war eine Koryphäe auf seinem Gebiet. Er war Anfang 70, ein kleiner, drahtiger Mann mit freundlichem Gesicht. Am Schreibtisch standen mehrere Familienfotos, an der Wand hingen einige Diplome. »Na, mein Junge, wie geht es Ihnen?«

»Ist mir schon mal besser gegangen, um ganz ehrlich zu sein.«

»Natürlich, ich kann Ihren Schmerz gut verstehen. Ich werde alles tun, um Sie wieder auf die Beine zu bringen«, versprach der Professor.

»Wie sieht es mit mehr aus? Wann kann ich wieder voll trainieren?«

»Ich würde sagen, in acht bis neun Monaten. Aber es gibt natürlich keine Garantie, ob das Knie wieder so hält, um den Belastungen des Hochleistungssports standzuhalten.«

Jerry blickte wie versteinert, es dauerte eine Weile, bis das Gesagte einsickerte.

»Aber ich sehe eine große Chance, alles in Ordnung zu bringen«, sagte der Professor zuversichtlich. »Mein Junge, noch ist Polen nicht verloren.«

Noch ist Polen nicht verloren – diesen Satz merkte sich Jerry. Es gab also eine Chance, und die wollte er mit aller Kraft nutzen.

****

»Mr. Jones, Sie werden dann gleich angenehm müde werden«, sagte die Anästhesistin. Kurz darauf war Jerry in Narkose.

Professor Kutowski betrat den OP-Saal. Kreuzband- und Meniskusriss operativ zu behandeln war für ihn zwar Routine, im Fall von Jerry lastete aber dennoch großer Druck auf seinen Schultern – schließlich galt es, das Knie wieder so auf Vordermann zu bringen, dass es dem harten Training eines Weltklassesprinters gewachsen war.

Zunächst entnahm der Professor zwei Sehnen aus dem Oberschenkel, die als Transplantat dienen würden. Danach bohrte er je ein Loch in den Unter- und Oberschenkelknochen. Durch diese beiden Löcher zog er das Sehnentransplantat, das er daraufhin mit bioresorbierbaren Spezialschrauben befestigte.

»Jetzt widmen wir uns dem Meniskus«, erklärte er seinen Assistenten. Er nähte die eingerissenen Teile vorsichtig und setzte die Nahtverankerung mittels der nach ihm benannten Kutowski-Fixationsmethode. Er checkte noch einmal alles sorgfältig, dann legte er eine Schiene um das Knie und packte Eis drauf. Die Operation war beendet, der Professor atmete tief durch.

****

»Na, hast du gut geschlafen, Tiger?«, fragte Jenny.

»Wie ein Murmeltier«, antwortete Jerry narkosetrunken.

»Der Professor sagt, alles ist gut gelaufen. Er hat mir auch gesagt, ich soll dir einen Kuss geben.«

»Aha, hat er das? Der Professor ist ein kluger Mann«, schmunzelte Jerry. »Wann komm ich nochmal hier raus?«

»Morgen Mittag, dann nehme ich dich mit nach Hause. Dann kannst du mal Urlaub bis zum Wecken machen.«

»Das klingt aber verlockend.«

****

Jerry schälte sich mühsam aus dem Taxi, Jenny bezahlte den Fahrer. Eckig wie Herman Monster quälte er sich auf Krücken die Stiege zu Jennys Wohnung hoch. Zwei bis drei Wochen war er nun auf die Dinger angewiesen, parallel stand jeden Tag Physiotherapie auf dem Programm – und Fernsehen.

Es war Freitag, 2. August, 10 Uhr – zu dem Zeitpunkt gingen die 100-Meter-Vorläufe in Paris über die Bühne. Bei einem Glas Limonade sah Jerry, wie Sprinter aus aller Damen und Herren Länder versuchten, in die nächste Runde einzuziehen. Besonders interessant war es, den sogenannten Exoten zuzusehen – selbst aus Osttimor, Kiribati und Tonga waren Athleten am Start, schon vom Papier her aussichtslos, aber mit Freude dabei. Der Vertreter aus Osttimor, der eine persönliche Bestzeit von 12,98 aufzuweisen hatte, lachte zuversichtlich in die Kamera und zeigte ein Thumbs-up. Am Ende schied er wie erwartet aus, noch zufriedener lachend als zuvor – hatte er doch seine Bestzeit auf 12,81 runtergedrückt.

Jerry bewunderte den Osttimoresen. Woher nimmt er nur seine Zufriedenheit?, fragte er sich. Er selbst war schon sauer, wenn einmal ein Training nicht optimal lief, und in seiner Lebensplanung würde alles andere als ein Olympiasieg oder Weltmeistertitel als Misserfolg zu werten sein. Und dieser kleine Osttimorese scherzte happy, zufrieden mit einer Zeit, mit der er in keiner ernsthaften High-School-Mannschaft einen Auftrag gehabt hätte. Wie gerne wäre ich so wie er, sagte sich Jerry, er wünschte es sich fast – aber nicht lange. Der Gedanke, nicht irgendwann einmal ganz oben am Treppchen zu stehen, war für ihn nicht zu ertragen. Nein, sagte er sich, ich habe keinen Ausweg, ich habe den letzten Umkehrpunkt überschritten, ich bin zum Erfolg verdammt.

»Was ist los mit dir, Schatz?«, fragte Jenny, als Jerry beim Abendessen scheinbar abwesend in die Ferne blickte.

»Nichts, ich frage mich nur, wer morgen Olympiasieger wird.«

Alle drei US-Boys hatten sich für das Finale qualifiziert, Williams war der Topfavorit für den Titel. Dazu musste man Orbison und Ponticelli auf der Rechnung haben, und den schlaksig wirkenden Franzosen Lefebvre; auch der bullige Italiener Torino und Afrikameister Owusu aus Ghana waren nicht zu unterschätzen. Burlakov aus Russland und der Japaner Takamura hatten lediglich Außenseiterchancen.

Es war bereits dunkel in Paris, als die acht Finalisten im Scheinwerferlicht Aufstellung nahmen. Die Krönung des schnellsten Läufers der Welt ist ein absolutes Top-Highlight bei jeder Olympiade – knapp 80.000 Zuschauer im voll besetzten Stadion machten einen Höllenlärm, mehr als eine Milliarde verfolgte das Spektakel am TV-Schirm.

Williams ließ nichts anbrennen. Wie eine Rakete kam er aus dem

Startblock, gefolgt von seinem Landsmann Orbison und dem Italiener Torino. Ponticelli hatte den Start etwas verschlafen, holte nun aber kräftig auf – gut fünf Meter vor dem Ziel schob er sich noch an Torino vorbei. Tripleerfolg für die USA!

Das siegreiche Trio begab sich auf die Ehrenrunde. Die Medaillen baumelten um ihren Hals, mit Blumensträußen winkten sie in die Menge.

In dem Moment schleuderte Jerry die Fernbedienung gegen die Wand. Ich muss so schnell wie möglich wieder fit werden, sagte er sich. Er holte sich zwei Hanteln aus dem Schrank. Mit dem verletzten Bein auf der Couch begann er mit Bizeps-Curls.

»Spinnst du?«, fragte Jenny entsetzt, als sie die kaputte Fernbedienung sah.

»Sorry, ich weiß nicht, was da in mich gefahren ist. Das war nicht ich selbst.«

»Wer denn dann?«

****

Coach Tucker hatte Jerry empfohlen, seine Physiotherapie im *Rockville Sports Therapy Center* zu absolvieren. Das Center war unweit der Uni gelegen, wann immer es ging, fuhr ihn Jenny zur Therapie.

Für die nächsten zwei Monate würde er dort Stammgast sein, fünfmal die Woche. Physiotherapeut Jack war ein ehemaliger College-Football-player, ein kräftiger Kerl Anfang 30. »Als Footballer kann man sich keinen einzigen schwachen Teil im Körper leisten«, sagte er, wann immer er auf seine imposante Nackenmuskulatur angesprochen wurde.

Im Gegensatz zum robusten Äußeren schlug Jack bei der Therapie sanfte Töne an. »Am Anfang, die ersten zwei Wochen, machen wir nur Anspannungsübungen zum Muskeltraining, Lymphdrainage und Krankengymnastik.«

Das war so gar nicht nach dem Geschmack von Jerry. »Ich bin Spitzensportler, kein alter Opa«, wetterte er.

»Gut Ding braucht Weile«, beruhigte Jack.

»Überhaupt: Lymphdrainage – was soll der Schwachsinn. Ich glaube nicht an Voodoo«, legte Jerry nach.

Jack lächelte verständnisvoll, dann begann er mit der Lymphdrainage. »Wirst schon sehen, damit schaffen wir das Fundament für das spätere Training. Weniger ist jetzt mehr.«

»Für einen Footballspieler hast du verdammt viele Weisheiten drauf. Sag bloß, du machst auch noch Yoga?«

»Das nicht, aber Qi Gong, Tai Chi und Aikidō«, antwortete Jack. »Hast du Lust, mal mitzukommen?«

»Nein, danke.«

Jerry gab sich mit den Übungen in der Therapie natürlich nicht zufrieden. Sobald er nach Hause kam, holte er die Gewichte raus und machte Sonderschichten, um die Brust- und Armmuskeln auf Trab zu halten. Er machte auch Liegestütze bis zur vollständigen Erschöpfung.

Jenny schüttelte nur den Kopf, wann immer sie ihren Freund bei seinem taffen Trainingsregime sah.

»Sobald ich diese verdammten Krücken los bin, gehe ich wieder ins Fitnessstudio zum Training. Dann brauchst du mir nicht mehr zusehen.«

****

Sechs Wochen nach der Operation war Jerry auch die Bewegungsschiene los. Jetzt konnte er endlich wieder die Beine trainieren. »Aber nur nicht zu schnell, und nicht zu viel«, warnte Physio Jack.

»Jaja, ich weiß schon«, grinste Jerry, ehe er seine ersten Meilen in den Radergometer strampelte. »Mein Gott, ist Radfahren langweilig.«

»Sorry, Kumpel, aber da musst du jetzt durch. In zwei Wochen kannst du dann mit dem Walking beginnen, und in weiteren vier Wochen mit dem Jogging«, erklärte Jack.

»Ich schätze, hier lernt man Geduld zu haben«, meckerte Jerry weiter.

»Ja, das kann man wohl so sagen. Wobei du noch nicht einmal ein

Lehrbub darin bist«, ätzte Jack. »Zeit, dass du es lernst, sonst wirst du einmal ein lästiger alter Mann.«

»Besser als ein Dummschwätzer.«

»Ich sehe, ihr vertragt euch blendend«, unterbrach Jenny die Diskussion. »Ich habe uns Sushi gekauft, Schatz. Willst du auch etwas davon, Jack?«

»Nein, danke – ich esse keinen Fisch. Ich esse überhaupt nichts, das ein Gesicht hat.«

»Na ja, da wäre ich mir beim Fisch schon gar nicht mal sicher«, sagte Jerry.

»Du musst wohl immer das letzte Wort haben, du Quatschkopf«, antwortete Jack.

****

Jerry machte gute Fortschritte in der Therapie, auch wenn es ihm nicht schnell genug gehen konnte. Das Herbstsemester an der Uni hatte mittlerweile schon wieder begonnen.

»Ich bin fast schon eifersüchtig auf Jenny«, scherzte sein ehemaliger Mitbewohner Frank. »Ich habe noch immer nicht überwunden, dass du bei mir ausgezogen bist. Was hat sie, das ich nicht habe?«

»Da gehe ich lieber nicht ins Detail«, antwortete Jerry.

Ins Detail musste er jedoch beim Studium gehen, und wie er überrascht feststellte, machte es ihm mehr und mehr Spaß. Ob steuerliche Sachverhalte, Finanzmanagement oder Kosten- und Leistungsrechnung – Jerry war mit Feuereifer bei der Sache, das Lernen bot ihm einen idealen Ausgleich zu Therapie und Aufbautraining. Das eine oder andere Mal gelang es ihm, Topnoten einzuheimsen, und bei einer Prüfung aus dem Fach interne Kontrollsysteme legte er gar die beste Leistung seines Jahrgangs hin. »Sie haben das Zeug zu einem ausgezeichneten Controller, Jerry«, lobte die Professorin.

Jerry dankte mit einem Lächeln. Er war stolz, dass er erstmals auch auf akademischem Gebiet Anerkennung erfuhr – in der Schule hatte es immer geheißen, er würde es zu nichts bringen. Nicht einmal den High-School-Abschluss hatten ihm seine Lehrer zugetraut, und jetzt mischte er auf einmal an der Uni vorne mit. Wie weit man mit einer positiven Einstellung kommen kann, dachte er sich.

Sein Hauptaugenmerk galt natürlich weiterhin seiner sportlichen Karriere, er konnte es kaum erwarten, bis dass er endlich wieder laufen konnte – das heißt, am Anfang, joggen. An einem Samstagvormittag hatte Physio Jack das erlösende O.K. gegeben. Gemeinsam mit Jenny drehte er die ersten Runden im Park – ganz vorsichtig, wie auf rohen Eiern, trabte er durch die Herbstlandschaft. Das Geräusch, über die am Boden liegenden Laubblätter zu laufen, war beruhigend. Das Knie fühlte sich noch steif an, und dementsprechend war der Lauf alles andere als rund, aber es tat gut, wieder *Back on the Road* zu sein.

»Ich bewundere dich, Jerry Jones«, sagte Jenny. »Für deinen starken Willen und wie du immer das Beste aus jeder Situation machst. Du kommst sicher wieder voll zurück, noch stärker als zuvor. Du bist ein Champion.«

»Dein Wort in Gottes Ohr«, lächelte Jerry, ehe er seiner Freundin einen Kuss auf die Stirn gab. Er dachte an irgend so ein altmodisches Lied, das besang, dass hinter jedem erfolgreichen Mann eine starke Frau stehen würde. Er fühlte, dass er diese starke Frau in Jenny gefunden hatte. »Danke, mein Felsen von Gibraltar.«

Zurück im Training

Es war kurz vor Weihnachten, fünf Monate nach seinem Unfall, als er das erste Mal wieder mit dem Squirrels-Team trainieren konnte. Die Mannschaft war im Wesentlichen die gleiche wie im Jahr zuvor, einzig Al war nach seinem Studienabschluss nicht mehr dabei – er war mittlerweile Profi geworden.

»Welcome back«, begrüßten ihn die Kollegen mit einem eigens angefertigten Transparent, das an der Kabinenwand hing. Er dachte sich, dass es schön gewesen wäre, wenn der eine oder andere Sportsfreund sich während seiner Rekonvaleszenz öfter mal bei ihm gemeldet hätte – doch schon im nächsten Gedanken dachte er sich, eigentlich besser, dass sie nicht vorbeigekommen sind. Vom Sprinttraining und von den Wettkämpfen zu hören hätte ihn wahrscheinlich betrübt und noch ungeduldiger gemacht.

Jerry verbrachte die erste Trainingseinheit mit Traben im Stand, Schnurspringen und Joggen. »Wenn ich weiter so viel Ausdauer trainiere, können Sie mich bald für einen Marathon anmelden«, sagte er zu Coach Tucker.

»Aber geh – für alles, das länger als 400 Meter ist, nimmt ein richtiger Sprinter ein Taxi«, warf Kollege Julio ein.

»Wenn ich mir deine Haxen so ansehe, müssen wir, sobald das Knie es erlaubt, vor allem Kraft trainieren«, stellte Tucker nüchtern fest.

Das Stichwort Haxen ließ Jerry seine Beine begutachten, gewissermaßen das Werkzeug, das ihn seine Begabung ausleben ließ – so wie der Maler einen Pinsel, braucht der Sprinter seine Beine. Das verletzte rechte Bein wirkte dünn und schwach, auch das gesunde Bein war wesentlich weniger muskulös als vor dem Unfall.

»Mach dir keine Sorgen«, beruhigte der Coach. »Sobald du wieder voll im Training stehst, geht es ruckzuck, und du hast deine ganze Kraft zurück.«

****

Jerry und Jenny verbrachten die Weihnachtsfeiertage in trauter Zweisamkeit, unterbrochen nur von einem je 40-minütigen Dauerlauf an beiden Tagen. Es tat ihm gut, in gemächlichem Tempo durch den Schnee zu laufen. Er fühlte sich wie Rocky Balboa, der sich auf einen Kampf gegen Ivan Drago vorbereitete. Er sehnte den Tag herbei, an dem er endlich wieder Vollgas auf der Tartanbahn geben konnte. Acht Monate, hatten die Ärzte gesagt, dann sollte das Knie wieder voll belastbar sein – also im April – das war noch eine Ewigkeit entfernt.

Das erste Mal seit zehn Jahren feierte Jerry wieder mit jemandem Weihnachten. »Ich weiß gar nicht mehr, wie das ist. Hoffentlich stelle ich mich nicht blöd dabei an.«

»Da gibt es nicht viel zum Verkehrtmachen. Einfach die Augen zu und genießen«, sagte Jenny, ehe sie ihrem Freund ein selbstgemachtes Vanillekipferl in den Mund steckte.

Nach der Weihnachtsmesse wurden die Geschenke ausgeteilt. Jerry hatte Jenny einen besonders kuscheligen Pullover gekauft. »Nicht ohne Eigennutz«, wie er schmunzelnd anfügte. Jerry bekam ein Buch – »Vom Inder, der mit dem Fahrrad bis nach Schweden fuhr, um dort seine große Liebe wiederzusehen«. Darin ging es um P. K. Mahanandia, einen verliebten indischen Studenten, der 7.000 Kilometer auf dem Drahtesel zurücklegte, um bei der Liebe seines Lebens anzukommen.

»Wie weit würdest du für mich fahren, Jerry Jones?«

»Laufen. Ich würde laufen – so weit die Beine mich nur tragen.«

»Bingo, Sie haben gerade die richtige Antwort gegeben«, lächelte Jenny.

Die beiden küssten sich. »Ich habe nicht gewusst, dass Weihnachten so schön sein kann«, sagte Jerry.

****

Die nächsten Monate vergingen für Jerry wie in Zeitlupe. Aufstehen – Gymnastik – Uni – Krafttraining – wieder Uni – leichtes Lauf- und Sprinttraining, das war sein Tagesablauf, versüßt mit der Zeit, die er mit

Jenny verbringen konnte. Beide waren in ihren Studien voll eingedeckt, insbesondere Jenny, die mittlerweile im zweiten Jahr ihres Medizinstudiums war. Das Geld dafür steuerten ihre Eltern bei.

»Wenn ich Olympiasieger bin, kann ich dein Studium finanzieren«, sagte Jerry.

Olympiasieger sein oder werden – das war leichter gesagt als getan. Die Konkurrenz hatte in den vergangenen Monaten nicht geschlafen, außerdem waren neue Kometen am Sprinthimmel erschienen – unter anderem der erst 18-jährige Kalifornier Bowman, der erste High-School-Schüler, der über die 100 Meter unter zehn Sekunden geblieben war.

Anfang April war es endlich so weit – Jerry würde erstmals wieder 100 Meter auf Zeit sprinten. Er hatte gut und hart trainiert, das verletzte Bein machte außer einem gelegentlichen Zwicken keine Beschwerden mehr – mit einem Wort, er war bereit und wollte es wissen.

Coach Tucker zückte die Stoppuhr, Jerry und drei seiner Teamkollegen gingen in Startposition. Auf die Plätze, fertig, los!

Jerry kam etwas zu spät aus dem Startblock und tat sich schwer, Fahrt aufzunehmen. Aaron und Fabrizio lagen klar vor ihm, einzig Julio konnte er knapp hinter sich lassen. Er schüttelte ungläubig den Kopf, er wollte die Zeit gar nicht wissen – 10,87. So langsam war er zuletzt vor über zwei Jahren gewesen, im Gefängnishof.

»Mach dir nichts draus«, versuchte ihm Tucker guten Mut zuzureden. »Die Schnelligkeit kommt sicher wieder zurück.«

****

Jerry lag schlaflos im Bett, er wälzte sich von rechts nach links und wieder zurück. Die Schnelligkeit kommt sicher wieder zurück, wiederholte er Tuckers Satz. Klar, das muss ja wirklich so sein, dass ich das wieder abrufen kann, sagte er sich. Im gleichen Moment kam ihm jedoch auch der Gedanke, die Befürchtung, dass dem nicht so sein könnte. Was ist, wenn ich keinen Speed mehr habe, wenn diese Scheiß-Verletzung mich unwiederbringlich langsam gemacht hat?

Er wälzte sich weiter im Bett hin und her. Irgendwann weckte er damit Jenny. »Ich verstehe, dass du einen schlechten Tag gehabt hast. Aber du bist gerade dabei meine Nacht zu ruinieren und in Folge meinen morgigen Tag. Mach dir keine Sorgen, Schatz – alles wird gut. Schlaf gut.«

An ein Schlafen war für Jerry in jener Nacht nicht zu denken. Er setzte sich auf die Wohnzimmercouch und überlegte. Wahrscheinlich ist es ganz normal, dass ich jetzt noch nicht den Speed habe, sagte er sich, das kommt schon noch. Bei den Collegemeisterschaften im Juni bin ich wieder voll da – dort werde ich unter 10,20 laufen, und bei den US-Meisterschaften im Juli dann unter 10, legte er seine Marschroute für die Saison fest. Er stellte sich vor, wie ihm eine Goldmedaille um den Hals gehängt wurde. Dann schlief er endlich ein, es war mittlerweile sieben Uhr früh.

****

Jerry bereitete sich gewissenhaft auf die nationalen Collegemeisterschaften in Alberquerque, New Mexico, vor. Seine Trainingszeiten wurden langsam besser – gut genug, um sich neben einem Platz in der Squirrels-Staffel auch für das Einzelrennen zu qualifizieren. Der Speed kommt schon noch, sagte er sich, als er sich für den Start des 100-Meter-Vorlaufs bereit machte.

Jerry kam viel zu spät weg, er versuchte die Lücke, die sich zu den ersten vier Läufern aufgetan hatte, zu schließen. Er schob sich noch an zwei von ihnen vorbei, als Dritter seines Vorlaufs zog er in die Zwischenrunde ein. Er war erleichtert, weitergekommen zu sein, auch wenn der Speed noch auf sich warten ließ – der kommt schon noch, suggerierte er sich.

Im Zwischenlauf war das Feld naturgemäß schon stärker, ein richtiger Kapazunder war aber auch in diesem Rennen nicht mit Jerry am Start. Dieses Mal kam er besser weg, musste jedoch feststellen, dass er mit den Schnellsten nicht Schritt halten konnte. 10,64 – das bedeutete Rang fünf und damit sein Ausscheiden.

Mit hängendem Kopf schlich er zurück in die Kabine. Tucker und die Teamkollegen sprachen ihm Trost zu, er nahm alles wie in Trance wahr. Sie redeten irgendetwas vom Blick nach vorne richten und sich nun auf die Staffel zu konzentrieren. Außerdem würde Jerry auch noch über die 200 Meter antreten.

Auch Jennys tröstende Worte brachten ihm keine Erleichterung. Verdammt noch mal, wie werde ich wieder schnell?, fragte er sich, als er in der Nacht erfolglos versuchte einzuschlafen. Gerädert und erschöpft quälte er sich am Morgen des 200-Meter-Vorlaufs zum Frühstückstisch. »Heute gibst du Vollgas«, stachelte ihn Tucker an.

Der Speed kommt wieder, sagte sich Jerry, als er sich für die 200 Meter aufstellte. Er kam schlecht weg und fand sich bei Halbzeit am Ende des Feldes wieder. Auf der zweiten Streckenhälfte konnte er etwas Boden gutmachen, mehr als der sechste Platz war jedoch nicht drinnen. Damit war er auch über die längere Sprintstrecke gescheitert. Sauer auf sich und die Welt verbarrikadierte er sich in seinem Hotelzimmer, zum Abendessen bestellte er Spaghetti mit Salat vom *Room Service*-Menü.

Im abschließenden 4x100-Meter-Staffelrennen kam Jerry etwas besser zurecht. Er war als dritter Läufer an der Reihe und half mit, dass die Squirrels es bis ins Halbfinale schafften. Dort war dann allerdings Schluss – gegen die starken Teams, wie zum Beispiel die Trojans der *University of Southern California* oder die Ducks der Oregon-Uni, war kein Kraut gewachsen.

Jerry beschloss, das enttäuschende Abschneiden so schnell als möglich abzuhaken. Bei den US-Meisterschaften in einem Monat bin ich wieder der Alte, sagte er sich. Er würde ab jetzt noch härter trainieren.

※※※※

Sein Knie war mittlerweile wieder ganz genesen. Das erlaubte ihm, im Fitnessstudio zu den ganz schweren Eisen zu gehen. Bei den Kniebeugen hatte er 140 Kilogramm aufgelegt, fast das Doppelte seines Körpergewichts. Die Hantelstange bog sich unter der Last, während er seine Übungen abspulte.

»Bald bist du stärker als Conan, der Barbar«, witzelte Teamkollege Julio, als ihm Jerry von seinen Trainingsfortschritten erzählte.

»Auf jeden Fall hübscher«, lachte Jerry. Er fühlte, dass er auf einem guten Weg war. Jetzt brauchte er seine Kraft nur noch auf die Laufbahn bringen. Und seine Schnelligkeit wiederfinden.

Tucker beobachtete Jerry bei seinen Sprintübungen. So wie es seine Art war, machte er das aus dem Hintergrund. Nur gelegentlich warf er ein paar Anregungen ein.

»Ich will wissen, wo ich stehe«, brannte Jerry darauf, einen 100er auf Zeit zu rennen.

»Das ist keine gute Idee«, mahnte der Coach. »Heb dir deine Energie für übermorgen auf.«

Übermorgen – das war der Tag, an dem in Portland, Oregon, die jährlichen US-Leichtathletikmeisterschaften losgingen. Jerry war aufgrund seiner Vorjahreszeit qualifiziert, seine Teamkollegen Aaron und Fabrizio waren auch mit dabei.

****

Jerry hatte es in seinem Vorlauf mit relativ einfachen Gegnern zu tun. Auch wenn sechs seiner sieben Konkurrenten in der laufenden Saison schon schneller als er gewesen waren – keiner hatte insgesamt eine annähernd so gute persönliche Bestzeit wie Jerry aufzuweisen. Er war zuversichtlich, als er an den Start ging – heute rufe ich meine Topform ab, sagte er sich.

Er reagierte schnell und kam als Erster aus dem Startblock, doch schon nach gut 30 Metern begann er an Terrain zu verlieren – erst schnupfte ihn Henderson, dann Erikson, dann Meiers, dann Dohnalek, dann Jamison, und fünf Meter vor der Ziellinie schob sich auch noch McBride vorbei. Rang sieben, mit einer Zeit von 10,74 – Jerry war sang- und klanglos ausgeschieden. Wortlos packte er seine Sachen und ging zurück ins Hotel.

»Mach dir nichts draus, nächstes Jahr gibt es wieder eine Meisterschaft«, versuchte Tucker zu trösten.

»Natürlich, im nächsten Jahr«, sagte Jerry mit einer Mischung aus Schock und Sarkasmus. »Im nächsten Rennen, im nächsten Leben. Übrigens: ich hoffe, Sie verstehen, dass ich zu den 200 Metern nicht mehr antreten werde. Ich will einfach nur nach Hause.«

****

Es war kurz vor Mitternacht, als Jerry aus Portland zurückkam. Jenny holte ihn vom Flughafen ab.

»Was für ein heldenhafter Empfang«, sagte Jerry. »Na, wie ist es, mit einem Loser auszugehen?«

»Ich glaube, dass dich Zynismus nicht weiterbringt, Schatz. Er macht dich nur bitter. Richte deinen Fokus wieder nach vorne.«

»Wohin?«

»Komm mal her«, sagte Jenny, ehe sie ihn in die Arme nahm.

»All die harte Arbeit, alles für nichts«, haderte Jerry. »Wofür dieser ganze Scheiß? Warum kann ich nicht normal leben, wie jeder andere?«

»Aber das kannst du doch. Ich liebe dich, egal wie schnell du bist. Verstehst du, ich liebe dich – bedingungslos.«

»Mir wird das alles zu viel, auch das mit dir«, sagte Jerry. »Lass mir bitte etwas Luft zum Atmen.«

»Aber das ist doch das Merkmal der Liebe, dass man füreinander da ist, auch wenn es einem schlecht geht.«

»Ich komme gut alleine zurecht, auch mit Niederlagen. Und ich werde meinen Speed wiederfinden«, trotzte Jerry.

»Aber was ist, wenn du ihn nicht wiederfindest?«, fragte Jenny.

»Mit so negativem Scheiß will ich mich nicht herumschlagen. Außerdem bist du nicht ganz unschuldig, dass ich den Speed verloren habe?«

»Wie? Was meinst du?«

»Na ja, die Party letztes Jahr. Du musstest ja unbedingt diese dämliche Olympia-Party für mich organisieren, auf der ich dann dieses sinnlose Juxrennen gelaufen bin, bei dem ich mich verletzt habe. Ohne Party, kein Rennen – ohne Rennen, keine Verletzung. So sieht's aus«, erörterte Jerry.

»Also, jetzt gehst du entschieden zu weit«, antwortete Jenny. »Das ist unfair. Das brauche ich mir nicht sagen zu lassen, das nicht.«

»Du hast recht, das brauchst du dir nicht sagen zu lassen. Ich glaube, es ist besser, du gehst jetzt. Ich schlafe heute bei Frank oder jemand anderem.«

»So einfach ist das also, so schickst du mich weg. Aber ich gehe nicht so einfach aus deinem Leben«, sagte Jenny. Sie versuchte ihn wieder in die Arme zu nehmen, was Jerry nicht zuließ.

»Bitte geh jetzt, bitte«, sagte Jerry.

»Nein, ich gehe nicht so einfach«, antwortete Jenny. »Ich liebe dich doch. Liebst du mich auch?«

»Bitte geh endlich.«

»Nur wenn du mir sagst, dass du mich nicht liebst.«

»Ach, lassen wir das, diese Gefühlsduselei. Bitte geh jetzt einfach.«

Jenny schüttelte den Kopf, Tränen traten ihr in die Augen. »Ich gehe nicht.«

Jerry vermied jeden Blickkontakt. »Gut, dann gehe halt ich«, sagte er, ehe er sich umdrehte und in Richtung Taxistand lief. Er presste die Zunge fest gegen den Gaumen, so wie er es immer tat, wenn er Tränen unterdrückte.

Auf der Suche nach Speed

Jerry kam für die Nacht bei Frank unter. Am nächsten Morgen holte er seine Sachen aus Jennys Wohnung. Den Schlüssel legte er ihr ins Postfach, zusammen mit einem Notizzettel, auf den er »Es tut mir leid« geschrieben hatte.

Die Uni half ihm, wieder ein Zimmer am Campus zu finden. Dort verkroch er sich für den Großteil der nächsten drei Wochen, bis zum Semesterbeginn. Nur zur Nahrungsaufnahme und zum Einkaufen ging er aus dem Haus. Das erste Mal seitdem er mit dem Laufen begonnen hatte, ließ er das Training aus. Er beantwortete keine Anrufe oder Textnachrichten, sondern benutzte sein Handy lediglich zum Spielen von Moorhuhnjagd.

Die meiste Zeit des Tages verbrachte er im Bett. Mit offenen Augen lag er da und versuchte in dem Ganzen Sinn zu erkennen, was ihm nicht gelang. Verdammt noch einmal, sagte er sich, wie kann es sein, dass ich endlich meine Berufung gefunden habe, und kaum bin ich auf dem Weg nach oben, krieg ich schon den nächsten Dämpfer. Wann ist es endlich genug?

Er dachte auch viel an Jenny. Er bereute sein Verhalten von neulich, er würde alles geben, um es rückgängig zu machen, aber die Uhr tickte voran. Soll ich zu ihr hingehen und sie um Verzeihung bitten?, fragte er sich. Ein paarmal war er kurz davor, doch letzten Endes fehlte ihm die Energie, und der Mut.

****

Obwohl er am liebsten überhaupt nicht mehr unter die Leute gegangen wäre, war er fast erleichtert, als das Semester begann. Nun war er gezwungen, aus seinem Exil zurückzukehren, er konnte sich nicht länger verkriechen. »Gut, dich zu sehen, Kumpel«, begrüßte ihn sein alter Freund Frank. Das Leben musste weitergehen.

Zum Leben gehörte nach wie vor auch die Leichtathletik, er wollte es immer noch als Sprinter ganz nach oben schaffen – aber er traute sich nicht mehr daran zu denken, wohl um weiteren Enttäuschungen vorzubeugen. Das Einzige, das er machen konnte, war, wieder mit dem Training anzufangen und versuchen seinen Speed wiederzufinden. Dafür würde er ab nun wieder mit all seiner Kraft trainieren.

Beim ersten Training des Semesters präsentierten sich mit Bill, Jamie, Rick und Jim-Bob vier Neuzugänge – von den alteingesessenen Sprintern waren nur noch Fabrizio und Jerry übrig geblieben. »So ist das halt, im Collegesport. Die einen graduieren, andere kommen nach«, fasste Coach Tucker trocken zusammen.

Gegen Ende der Herbstsaison konnte Jerry noch eine Zeit unter 10,30 vorlegen, damit überwinterte er als Zweitschnellster der Mannschaft – nur Newcomer Jim-Bob war schneller als er gewesen. »Vielleicht finde ich meinen Speed doch noch«, schöpfte Jerry Hoffnung.

Die darauffolgende Hallensaison verlief dann allerdings nicht besonders vielversprechend, und auch im Frühjahr blieb er ohne nennenswerte Erfolge. Damit gelang es ihm auch nicht, sich für die US-Meisterschaften zu qualifizieren. Jerry begann sich mit dem Gedanken anzufreunden, doch kein Profisprinter zu werden. »Zum Glück mache ich einen Abschluss, es ist immer gut, einen Plan B zu haben«, sagte er.

»Du hörst dich ja fast schon an wie ein Erwachsener«, feixte Freund Frank. »Außerdem gibt es schlimmere Schicksale auf der Welt, als Buchhalter zu werden.«

»Die da wären?«, scherzte Jerry.

****

Er dachte noch oft an Jenny. Sie waren sich seit ihrer Trennung vor mehr als einem Jahr nur ein paar Mal zufällig über den Weg gelaufen, der Uni-Campus war groß. Mehr als ein kurzes, beidseitiges Hallo gab es nicht. Sie war mittlerweile im letzten Jahr ihres Medizinstudiums. Schön, dass sie ihren Traum leben kann, dachte er sich.

Mit Morgan war er hingegen in laufendem Kontakt – alle paar Wochen schrieben sie sich, einmal im Monat sprachen sie per Telefon, und zweimal im Jahr besuchte ihn Jerry im Gefängnis. Morgan erzählte nur ungern über den Gefängnisalltag, vielmehr war er an Jerrys Training interessiert. Doch auch die Tipps seines alten Lehrmeisters machten Jerry nicht schneller, es war zum Haarraufen – er war ein verlässliches Mitglied der Sprintstaffel der Squirrels, nicht mehr und nicht weniger.

Vielleicht soll ich die Rennerei einfach an den Nagel hängen?, fragte er sich immer öfter, zumal sich seine akademischen Leistungen mittlerweile mehr als sehen lassen konnten – er war konstant unter den besten zehn Prozent seiner Klasse. Das eine oder andere Mal ließ er wie ein richtiger Student fünf gerade sein – er war zwar zu keinem Partytiger mutiert, aber Ausgehen bis nach Mitternacht war keine Seltenheit mehr.

Doch wann immer er alleine in sein Zimmer zurückkam, kickte die große Traurigkeit ein. Gedanken an seine traumatischen Jugenderfahrungen quälten ihn wieder öfter. Wann hört das endlich auf?, fragte er sich. Die Wärme des Betts bot ihm Schutz, am liebsten war es ihm, wenn es im Raum kühl oder gar kalt war – dann konnte er sich noch tiefer unter der Bettdecke vergraben. Er mochte das Gefühl kurz vor dem Einschlafen, wenn er merkte, wie seine Augenlider schwerer wurden – dann wünschte er sich jedes Mal, dass er schöne Träume haben würde.

****

In seinem vierten Jahr an der Uni, seinem Abschlussjahr, konnte Jerry in seiner akademischen Leistung noch einmal einen Zahn zulegen. Buchhaltung machte ihm zwar nach wie vor keinen wirklichen Spaß, aber er hatte sich mit dem Gedanken arrangiert, dass er in diesem Bereich seinen ersten Job als Akademiker bekommen würde.

Sportlich lief es nach wie vor nicht nach Wunsch. Er war zwar unter den besten 50 Sprintern im Land, aber das war zu wenig, um Profi werden zu können. Trotzdem trainierte er mit voller Kraft weiter. Auf seinen Trainingseifer angesprochen, konnte er nicht genau erklären, warum er immer noch so viel pushte. Vielleicht war es mittlerweile einfach eine eingefahrene Routine, vielleicht konnte er einfach nicht anders, als beim Training volle Pulle zu geben.

In seinem letzten Rennen als Student, bei den US-Collegemeisterschaften in Baltimore, gelang es ihm überraschend, noch einmal ins 100-Meter-Finale vorzustoßen. Dort erreichte er den vierten Rang, in 10,11 – seiner schnellsten Zeit seit fast drei Jahren. Von einer Sitzbank am Stadionrand beobachtete er, wie den drei Erstplatzierten die Medaillen umgehängt wurden – allesamt waren sie jünger als er. Er hatte mittlerweile 25 Jahre auf dem Buckel – es war Zeit, sich von seinem Traum, Profisprinter zu werden, Olympiasieger sogar, zu verabschieden.

Alles in allem hatte er es doch schon weit gebracht. Noch vor ein paar Jahren hätte niemand auch nur einen Pfifferling auf ihn gewettet, jetzt würde er bald seinen Bachelorabschluss in der Tasche haben und ausgebildeter Buchhalter sein. Er erinnerte sich an den Spruch: »Man muss das Unmögliche anstreben, um das Mögliche zu erreichen.«

Und möglich war vor allem ein Job als Buchhalter. Keine zwei Wochen nach seinem Abschluss hatte Jerry ein Bewerbungsgespräch bei D.C. Metro, der obersten Behörde für den öffentlichen Transport im Großraum Washington – er war überrascht, dass er so schnell eingeladen wurde, zumal als ehemaliger Häftling.

Er erledigte die Interviewrunde, dann musste er innerhalb einer Stunde buchhalterische Aufgaben lösen. »Sie hören von uns«, verabschiedete sich die Dame von der Personalabteilung. Während seine Studienkollegen nach bestandenem Abschluss am Strand in Mexiko abhingen, wartete Jerry auf News von seinem Bewerbungsprozess. Endlich kam das erlösende E-Mail: »Gratuliere, Mr. Jones. Wir freuen uns, Ihnen mitteilen zu dürfen, dass Sie für die Stelle des *Junior Accountant* ausgewählt wurden.« Sein Einstiegsgehalt würden 40.000 Dollar im Jahr sein – nicht schlecht, insbesondere wenn man bedachte, dass sich die meisten frischgebackenen Akademiker zunächst durch eine Fülle unbezahlter Praktika schlagen mussten, bis dass sie endlich einen richtigen Job landen konnten.

Er sah in die Zukunft – sah sich selbst, wie er vor Excel-Tabellen sitzen und Zahlen analysieren würde, und wie seine ehemalige Sportkarriere irgendwann nicht mehr als ein interessanter Gesprächsstoff bei Cocktailpartys sein würde. Vielleicht würde er irgendwann heiraten und Kinder haben, und ein Haus in den Suburbs. Er würde sich über ihre High-School-Abschlüsse freuen und darauf Großvater zu werden. Aber wäre das dann schon alles gewesen? Wäre er dann glücklich oder würde ihm immer noch etwas fehlen?

Er war eine ganze Weile in Gedanken und grübelte vor sich hin, sah auf sein Antwort-E-Mail, in dem er geschrieben hatte, dass er den Posten annehmen würde. Ein Wimpernschlag, länger würde es nicht dauern, um auf »Send« zu drücken. Irgendetwas hielt ihn davon ab. Er stand auf und ging ins Badezimmer, um sich mit kaltem Wasser zu waschen, dann blickte er in den Spiegel. Verdammt noch mal, Jones, fragte er sich, was willst du?

Er dachte an die Olympiade vor drei Jahren. Um ein Haar wäre er dabei gewesen. Er dachte daran, wie hart er für sein Comeback nach der Verletzung geschuftet hatte, und an die Misserfolge danach – wie er immer und immer wieder daran gescheitert war, seinen Speed zu finden. Vielleicht geht doch noch was?, fragte er sich. Was wenn ich mir noch ein Jahr gebe, wenn ich noch einmal alles versuche? Immerhin war Linford Christie schon 32, als er Olympiasieger wurde – sechs Jahre älter als Jerry im nächsten Jahr.

Seine Gedanken wurden klarer. Er wusste, dass er keine andere Wahl hatte – er musste es noch einmal versuchen, das Feuer in ihm brannte noch zu stark. Ich bin nicht durch diese ganze Scheiße gegangen, um nun einfach aufzugeben, sagte er sich. Irgendwo ist dieser verdammte Speed schon noch, und wenn ich alles gebe, dem Ziel ein Jahr lang alles andere unterordne, dann werde ich ihn finden – dann werde ich Olympiasieger.

Er ging schnellen Schrittes zurück zu seinem Laptop. Er sah auf das E-Mail. Statt auf »Send« drückte er auf »Delete« – so schnell, als wäre er gerade in ein Olympiafinale gestartet.

****

Nach seinem Abschied von der Uni brauchte er zunächst eine neue Unterkunft. Er ging zurück nach Washington, wo er ein kleines Studio unweit des Kapitols bezog. Außerdem brauchte er dringend einen Job, der ihn über Wasser halten würde und ihm zugleich ermöglichte, sein Trainingsprogramm voll durchzuziehen – da gab es nicht viele Möglichkeiten. Eine davon war Nachtportier in einem Apartmentgebäude. Curt Henman, sein Bewährungshelfer, war alles andere als erfreut, dass er den Buchhalterjob nicht angenommen hatte, meinte dann aber doch: »Vielleicht ist es gar nicht so schlecht, wenn Sie als Nachtportier arbeiten – damit können Sie in der Nacht nicht ausgehen und in Folge keinen Blödsinn machen. Und der Tag ist dann zum Schlafen da.«

Damit hatte der Bewährungshelfer recht, zumindest teilweise – er würde zwar tagsüber schlafen, aber bei weitem nicht so lange, wie sich Mr. Henman das wohl vorstellte. Denn schon zu Mittag, nach nicht ganz fünf Stunden Schlaf, klingelte Jerrys Wecker gnadenlos. Nach einem schnellen Frühstück ging es dann mit dem Training los – im Joggingtempo zur nahegelegenen High-School-Laufbahn, wo er jeden Tag drei Stunden trainierte. Nach einer Pause machte er dann noch eine Stunde Krafttraining im Fitnessstudio. Danach blieb noch Zeit für ein paar Besorgungen und Abendessen, ehe es wieder zurück an die Rezeption ging.

Dort war seine Aufgabe, als Nachtportier Besucher von Bewohnern zu registrieren und Pizzaboten ins Haus zu lassen; auch für die Postausgabe war er zuständig, und wenn sich jemand ausgesperrt hatte, Leute in die eigene Wohnung zu lassen. Die Zeit zwischen diesen verschiedenen Aufgaben vertrieb er sich zumeist mit Sudokus oder Kreuzworträtseln: »Ehemaliger Leichtathletikstar« mit vier Buchstaben – die Antwort war natürlich »Bolt«.

Usain Bolt war der Erste gewesen, der 100 Meter unter 9,60 Sekunden gelaufen war. Werde ich je wieder unter 10 laufen?, fragte er sich oft in Momenten des Selbstzweifels. Unter 10 – das klang so weit weg. Aber er musste es schaffen, mit aller Kraft – und, mehr noch, er würde sich für die Olympiade in einem Jahr qualifizieren und dort Gold holen. Alles war möglich, wenn er nur hart und konzentriert weiterarbeiten würde.

****

Nach zwei Monaten intensivem Training wollte er Anfang September wissen, wo er stand. Er meldete sich für ein Meeting in Wilmington, Delaware, an, wo er auf alte Bekannte traf – die Squirrels-Mannschaft war geschlossen vertreten. »Na, wie geht's Jerry? Alles in Ordnung?«, fragte ihn sein ehemaliger Coach Tucker.

Jerry zeigte ein Thumbs-up, dann widmete er sich wieder seinem Aufwärmprogramm. Die Bedingungen waren ideal – 25 Grad und leichter Rückenwind. Er hatte ein gutes Gefühl, als er sich für seinen Vorlauf in Startposition begab. Er reagierte schnell auf den Schuss, kam jedoch nicht richtig in Tritt und lag nach 30 Metern zwei Schrittlängen hinter den drei Führenden. Es gelang ihm zwar noch, einen abzufangen, mehr als der dritte Platz war aber nicht drinnen – in enttäuschenden 10,82 Sekunden.

Jerry konnte es nicht fassen, wieder und wieder blickte er auf das Display. All das Training für so eine beschissene Zeit, dachte er, ratlos den Kopf schüttelnd. Er beschloss zum Finale nicht mehr anzutreten. Während er seine Sachen in die Sporttasche packte, spürte er eine Hand auf der Schulter – Coach Tucker. »Tut mir leid für dich, Jerry. Aber, weißt du, es gibt für alles eine Zeit im Leben – und ich glaube, deine Zeit als Hochleistungssportler ist vorbei.«

»Habe ich Sie etwa um Ihre Meinung gefragt?«, zischte Jerry als Antwort. Er packte die restlichen Utensilien in die Tasche und verließ das Stadion so schnell er nur konnte.

Tucker, dieser Scheißkerl, dachte sich Jerry, als er im Zug zurück nach Washington versuchte, etwas Schlaf zu finden. Zuerst bringt er mich jahrelang nicht weiter, und jetzt gibt er mir schlaue Ratschläge.

Guter Rat war nun allerdings teuer. Die Zeit von 10,82 war kaum schneller als jene vor fast fünf Jahren, als Morgan ihn zum ersten Mal im Gefängnishof gestoppt hatte. Was, wenn Tucker recht hatte? Wenn seine Zeit tatsächlich schon vorbei war?

****

Zu dem Zeitpunkt, als Jerry am Bahnhof in Washington ankam, hatte er seine Leichtathletikkarriere schon mehr oder weniger beendet. Es hat keinen Sinn mehr, meine ganze Zeit und Energie in etwas zu stecken, bei dem nie etwas herauskommt, sagte er sich. Ich muss mit der Rennerei aufhören, bevor sie mich ganz kaputt macht.

Ausgehen – Disko, Kino, oder einfach nur einmal mit Freunden abhängen – das waren alles Sachen, die es für Jerry wegen des Sports so gut wie nie gab. Langsamer als heute kann ich auch nicht laufen, wenn ich einmal einen draufmache, sagte er sich. Kurzerhand entschlossen rief er seinen alten Studienkumpel Frank an, der nach dem Abschluss eine Stelle im Finanzministerium angetreten hatte. Frank war gerade zuhause und hatte nichts zu tun: »Na klar, treffe ich dich. Im Donde Andas? In zwanzig Minuten?«

Das Donde Andas war eine angesagte Bar in Adams Morgan, dem hippen Hauptausgehviertel von Washington. Es war kurz vor halb zehn, als Jerry und Frank das Lokal betraten. »Vodka White Bear, bitte«, bestellte Frank seinen neuesten Lieblingsdrink. »Und für dich? Mineralwasser?«

»Nein, gib mir auch einen von denen«, sagte Jerry zum Barkeeper.

»Ah, da schau her«, sagte Frank erstaunt zu Jerry, ehe er ihm zuprostete.

Die beiden Freunde tranken einen, zwei, drei Drinks. Nach dem vierten spürte Jerry, wie sich ein Riesenrausch zusammenbraute, aber in jener Nacht war ihm alles egal. »Noch einen, bitte!«

Nach sieben Vodka White Bears schlug Frank einen Lokalwechsel vor. »Ich habe gehört, im Café Olé geht um die Zeit die Post ab.«

Jerry hatte zu dem Zeitpunkt bereits Schwierigkeiten, Sätze zu artikulieren, seine Balance war auch schon beeinträchtigt. Also winkte er ab: »Ich glaube, ich gehe dann mal heim.«

»Bist halt immer noch eine Spaßbremse«, scherzte Frank, mittlerweile auch schon leicht lallend. Dann fiel er dem Freund zum Abschied um den Hals: »Du bist super, Champ!«

»Du auch, Alter«, erwiderte Jerry. Draußen in der frischen Luft kickte der Rausch erst so richtig ein. Er hatte Schwierigkeiten, geradeaus zu gehen, zudem verspürte er plötzlich Heißhunger. In der Ferne sah er eine Ohio-Fried-Chicken-Filiale, die steuerte er nun zielstrebig an.

»Sir, was kann ich für Sie tun?«

»Einen doppelten Chickenburger mit großen Pommes Frites und Cola.« Jerry würgte das Essen so schnell er nur konnte hinunter, sein Hunger war nun gestillt. Wieder draußen auf der Straße, torkelte er zur Kreuzung, wo er das erste Taxi, das vorbeikam, stoppte. »11044 Fisher Street, North-East, bitte.«

Endlich in der Wohnung, ließ er sich aufs Bett fallen und schlief ein. Bald darauf kam der gnadenlose Hubschrauber angerattert – alles drehte sich im Kopf, es war ihm speiübel. Verdammte Scheiße, ist mir schlecht, dachte er sich, während er mit aller Gewalt dagegen ankämpfte, sich zu übergeben. Eine in eiskaltes Wasser getränkte Socke brachte etwas Linderung seiner Kopfschmerzen, endlich schlief er wieder ein.

Er pennte den ganzen Tag, erst um 19 Uhr wurde er wach. Die Nachwehen des Rauschs waren immer noch da, aber zumindest konnte er eine Kleinigkeit essen. Dazu schüttete er sich Unmengen von Orangensaft hinein. Während er so mit leerem Blick an seinem Esstisch saß, starrte er auf den Kalender. Samstag, 21. September – in genau einem halben Jahr war sein 26. Geburtstag. Was würde er an dem Tag machen? Würde er sich wieder genauso volllaufen lassen wie letzte Nacht? Es grauste ihm bei der Vorstellung, er musste raus in die frische Luft, um wieder klare Gedanken zu schöpfen.

Er zog sich seinen Trainingsanzug an und die Laufschuhe und joggte los, hinein in den dunkler werdenden Abend.

Das Joggen durch den Park tat ihm gut. Er mochte das gedämpfte Licht der Parklaternen und das monotone Geräusch der aufsetzenden Schuhe. Er blickte auf seinen Schatten und hörte auf seinen gleichmäßigen Atem. All das hatte eine beruhigende Wirkung auf ihn, mit jeder Runde, die er drehte, fühlte er sich besser. Am Ende war er zehn Runden gelaufen, gut 15 Kilometer. Das mache ich morgen wieder, sagte er sich.

Von nun an lief er jeden Abend – nach seinem sprintspezifischen Training und vor seiner Arbeit als Nachtportier.

****

Anfang Oktober. Die Blätter der Bäume zeigten sich mittlerweile in allen Farben, das erste Laub lag auf dem Parkweg, an dem Jerry jeden Tag seine Runden drehte. Er dachte an Morgan, dessen Entlassung aus dem Knast kurz bevorstand. Würde ihn der alte Mann wieder trainieren? Jerry brauchte dringend einen Trainer, das stand jedenfalls fest – und wer könnte das besser, zu wem hätte er mehr Vertrauen als zu Morgan?

Am Dienstag, dem 12. Oktober 2027, um 9 Uhr früh öffneten sich nach sieben Jahren die Gefängnistore für Morgan. »Gut siehst du aus«, begrüßte ihn Jerry – und, tatsächlich, Morgan hatte sich kaum verändert. Nur die Haare waren noch etwas grauer geworden, dazu zwickte ihn die Hüfte. »Insgesamt bin ich nicht schlecht beieinander, für einen alten Mann«, sagte er.

»Und, was hast du jetzt vor?«, fragte Jerry.

»Als erstes check ich einmal die Wohnung, die mir der Bewährungshelfer besorgt hat.«

»Und, in punkto Arbeit?«

»Nicht mehr viel, um ehrlich zu sein. Ich werde im November 75, mein Junge«, erwiderte Morgan. »Mit meiner Pension kann ich mich über Wasser halten, und recht viel mehr brauch ich nicht. Vielleicht kann ich am Wochenende in einem der Museen als Auskunftsperson arbeiten.«

»Da hätte ich eine andere Idee. Wie wäre es, wenn du mich wieder trainierst?«, ließ Jerry die Katze aus dem Sack.

Morgan schwieg eine ganze Weile. Es schien, als hätte er mit dieser Frage gerechnet und überlegte nun, wie er die Antwort am schonendsten rüberbringen konnte. Endlich blickte er vom Boden auf und sah Jerry in die Augen. »Sieh mal, mein Junge. Ich würde dir ja gerne helfen. Aber, wie gesagt, ich bin schon Mitte 70, ein alter Knacker«, erklärte Morgan. »Außerdem, ich weiß nicht, wie ich es dir sagen soll – ich glaube, deine Zeit als Hochleistungssportler ist vorbei. Deine Zeiten stagnieren seit Jahren. Ich glaube, es ist an der Zeit, etwas anderes anzufangen.«

»Aha, na dann, vielen Dank«, reagierte Jerry schnippisch.

»Bitte nicht böse sein, mein Junge. Aber ich glaube wirklich, es ist besser, du lässt die Rennerei bleiben. Sieh's mal so: Du hattest eine gute Zeit, du hast es bis aufs College geschafft und einen Abschluss. Was willst du mehr?«

Jerry schüttelte enttäuscht und angewidert den Kopf. »Also, willst du mich jetzt trainieren, oder nicht?«, fragte er ungehalten.

»Jerry, ich habe es doch schon versucht dir zu sagen«, antwortete Morgan.

»Du sprichst in Rätseln. Also, was jetzt: Wirst du mich trainieren, oder nicht?«

»Nein, werde ich nicht.« Morgan wirkte traurig. Er suchte noch nach anderen Worten, fand sie aber nicht.

»O.K., dann werde ich es halt ohne dich machen«, sagte Jerry trotzig. Dann lief er ohne ein weiteres Wort, ohne einen weiteren Blick auf Morgan in Richtung U-Bahn.

Morgan blickte ihm nach – so lange, bis dass er ihn aus den Augen verloren hatte.

****

Jerry zog sein Trainingsprogramm eisern durch. Zu seiner Routine gehörte mittlerweile, wie gesagt, auch eine tägliche Ausdauereinheit – beim Laufen durch den Park gingen ihm alle möglichen Gedanken durch den Kopf. Einer, der ihn ganz besonders beschäftigte, war, wo er denn nun endlich einen Trainer finden würde. Er hatte es nach Morgans Absage noch bei zwei Coaches versucht – beide hatten jedoch abgewinkt. »Nicht ohne Bezahlung«, hatte einer gesagt. »Aussichtslos«, der andere.

Vielleicht haben sie ja doch recht?, fragte sich Jerry immer öfter. Was ist, wenn ich es nicht schaffe? Er konnte diese Gedanken nie lange weiterdenken, sie machten ihn depressiv. Er wollte keinen Plan B entwickeln, er hatte keine Alternative. Ich muss es einfach als Sprinter ganz nach oben schaffen, sagte er sich. Ich werde Olympiasieger.

****

An einem regnerischen Tag Ende November, kurz vor *Thanksgiving*, war Jerry wieder einmal dabei, im Stadion eine Serie von 30-Meter-Sprints zu absolvieren, als er in einer kurzen Gehpause auf der Tribüne einen älteren, mit einem Parka bekleideten Herrn wahrnahm – es war Morgan, tatsächlich.

»Was hat dich denn hierher verschlagen?«, fragte Jerry. »Das gute Wetter kann es ja nicht sein.«

»Ich wollte mal sehen, was du so treibst«, antwortete Morgan. »Und ob ich dir vielleicht dort und da ein bisschen helfen kann.«

»Now we are talking«, freute sich Jerry. »Und wie kommt es zu dem Sinneswandel?«

Morgan schmunzelte. »Ich mache es nur, weil ich gesehen habe, dass du Vernunft gegenüber nicht mehr zugänglich bist und dir das Ganze ohnehin nicht ausreden lässt. Irgendjemand muss dir ja schließlich helfen, verdammt noch mal.«

»Das ist Musik für meine Ohren«, strahlte Jerry übers ganze Gesicht.

»Komm mal her, du Trottel«, sagte Morgan, ehe er Jerry einen väterlichen Klaps auf den Hinterkopf gab. »Ich schaue dir noch ein bisschen beim Training zu, dann schreibe ich dir einen Trainingsplan – und dann legen wir los.«

»Das klingt gut.«

Die beiden gaben sich ein High-Five, dann nahm Jerry seine Übungen wieder auf. Morgan holte einen Notizblock aus der Jackentasche, zückte einen Kugelschreiber und machte Aufzeichnungen. »Ich sehe ein paar Sachen«, sagte er kryptisch, dann verabschiedete er sich von Jerry. »Am Tag nach *Thanksgiving* sehen wir uns wieder. Frohe Festtage, mein Junge.«

Auf die lange Sprintstrecke

Jerry war bei Frank und dessen neuer Freundin Brenda zum *Thanksgiving*-Dinner eingeladen. Vor und nach dem Truthahnfestessen trainierte er wie ein Ochse – im Fitnessstudio machte er mittlerweile Kniebeugen mit 180 Kilo im Nacken und auf der Laufbahn legte er gnadenlose Sprintserien hin.

Er wartete gespannt auf das erste Training mit Morgan und war ein paar Minuten vor der vereinbarten Zeit im Stadion. Endlich kam Morgan, er hatte den gleichen Parka wie beim letzten Treffen an.

»Also, was hast du ausgebrütet, Coach?«, fragte Jerry.

Morgan mied den Blickkontakt, irgendetwas bedrückte ihn. »Ich weiß nicht, wie ich es dir sagen soll, Jerry«, sagte er endlich. »Nach allem, was ich gesehen habe – ich glaube nicht, dass du noch den nötigen Speed für die 100 hast.«

»Aha«, erwiderte Jerry, sichtlich geschockt.

»Aber ich habe auch etwas anderes festgestellt«, fuhr Morgan fort. »Ich glaube, du hast das Zeug, um über die 400 Meter Weltklasse zu werden. Darauf sollten wir jetzt unser Augenmerk legen.«

»Die 400?«, fragte Jerry ungläubig. »Verzeih bitte meine Direktheit, aber – was hast du denn geraucht?«

Morgan tat Jerrys Frage mit einem Kopfschütteln ab. »Ich kann es nicht genau erklären, aber ich habe so ein Gefühl. Und normalerweise täuscht mich mein Gefühl nicht – zumindest nicht in der Leichtathletik.«

»Sei mir bitte nicht böse, aber ein Gefühl ist mir zu wenig.«

»O.K., ich versuche es zu erklären«, holte Morgan aus. »Du hast in den letzten Jahren eine unglaubliche Zähigkeit entwickelt, die kommt dir über die Viertelmeile zugute. Dazu hast du noch an Kraft zugelegt, und natürlich, schnell genug bist du auch noch – zumindest für die 400. Und, da ist noch etwas: Ich habe das Gefühl, dass du auch im Ausdauerbereich besser geworden bist. Alles wichtig für die lange Sprintstrecke.«

»Da ist es ja schon wieder, das Gefühl«, spöttelte Jerry.

Morgan schmunzelte entwaffnend. »Also, wollen wir schauen, ob ich mit meinem Gefühl richtig liege?«

Jerry wusste, was das bedeutete.

»O.K., dann bring dich bitte in Startposition. Auf die Plätze, fertig, los!«

Jerry kam gut aus dem Startblock und durch die erste Kurve. Ab 250 Metern fing es an weh zu tun, die Übersäuerung setzte ein – immer gnadenloser. Auf den letzten 80 Metern fühlte er sich am Ende seiner Kräfte, seine Schritte wurden kürzer und er begann aus Erschöpfung mit dem Kopf zu wackeln.

Endlich war Jerry im Ziel, er prustete schwer und heftig. Er machte eine abwertende Handbewegung in Richtung Morgan, und sobald er wieder sprechen konnte, sagte er: »Diesen Schmarrn kannst du dir in die Haare schmieren. So eine Schinderei, das mache ich nie wieder.«

»Vielleicht solltest du einmal auf die Zeit schauen«, warf Morgan ein. »45,83 – das ist sensationell, insbesondere wenn man bedenkt, dass du zum Schluss eingegangen bist wie eine Jeans nach einem zu heißen Waschgang. Meine These ist bestätigt: Du bist ein 400-Meter-Mann. Glaube mir, wenn du dich auf diese Strecke spezialisierst, wirst du es nicht bereuen und noch viel Freude haben.«

»Hört, hört«, sagte Jerry mit sarkastischem Unterton. »Ich habe in meinem Leben schon genug Scheiße für mindestens zwei gebaut, speziell in der Disziplin ›unüberlegte Entscheidungen treffen‹ bin ich Spitzenklasse. Ich hoffe daher, du verstehst, wenn ich dir sage – lass mich bitte mal darüber schlafen.«

»Natürlich, gönn dir deinen Weisheitsschlaf«, antwortete Morgan. »Wenn du dich entschieden hast, dann sagst du mir einfach Bescheid.«

****

Jerry fand wenig Schlaf in jener Nacht, er überlegte das Für und Wider, auf die 400 Meter umzusatteln. Irgendwann hielt er es im Bett nicht mehr aus, er ging zum Computer und suchte nach einer virtuellen Entscheidungshilfe. Er checkte das Horoskop seines Sternzeichens Widder und auch sein chinesisches Tierkreiszeichen, jenes des Pferdes, fand aber nichts außer Allgemeinplätzen. Also suchte er nach klugen Zitaten, und fand eines von einer gewissen Stacey Kehoe: »Sei tapfer genug, um etwas Neues zu versuchen, du könntest genauso gut Erfolg damit haben.«

Er erinnerte sich an die Jahre nach seiner Verletzung, wie er verzweifelt versucht hatte, an seine frühere Form anzuschließen. Vielleicht hatte Morgan ja recht, vielleicht hatte er den Speed für den Kurzsprint nicht mehr und war bei den 400 Metern besser aufgehoben? Morgan war schließlich ein Toptrainer gewesen und hatte ein Auge für Talente.

Gegen 4 Uhr früh hatte er genug abgewogen, er entschied sich, es mit den 400 Metern zu versuchen. »400 – I'm in«, textete er an Morgan, dann legte er sich wieder hin, um noch ausreichend Schlaf zu finden.

****

Der neue Tag lief bereits auf Hochtouren, als Jerry aus den Federn krabbelte. Er checkte gleich nach Nachrichten am Telefon und fand Morgans Antwort: »Good decision, my boy. Training at 5 pm sharp?«

Morgan brachte Jerrys Plan für den ersten Monat mit zum Training. Auf dem Speisezettel standen neben Krafttraining vor allem hochintensive Intervalltrainingseinheiten, in größeren Umfängen, als er sie bisher gewohnt war – unter anderem Serien von Läufen über 100, 300, 350 und 400 Meter mit jeweils vollständigen oder unvollständigen Erholungspausen dazwischen.

»Wow, da werden die Haxen aber brennen«, stellte Jerry fest.

»Darauf kannst du einen lassen«, sagte Morgan, und nach einer kurzen Pause: »Ich glaube, wir zwei Hübschen werden auch nicht mehr jünger. Sollen wir mit der Schleiferei anfangen?«

Jerry nickte, dann zog er sich seine Trainingsjacke aus. Es war ein überaus milder Dezember, also konnte er im T-Shirt und in kurzen

Hosen trainieren. Zum Aufwärmen ordnete Morgan Schnurspringen und Hopserläufe an, dann ging es in die Vollen – fünfmal 400 Meter mit 90 Prozent Volllast und jeweils kurzen Gehpausen von drei Minuten dazwischen. Nach dem letzten Durchgang kroch Jerry auf dem Zahnfleisch daher, was Morgan sichtlich amüsierte: »Ich schätze, das reicht für heute. Du hast die Erlaubnis, dich ins Bett zu legen und deine Wunden zu lecken.«

»Ich bin ja kein Pensionist, so wie du«, scherzte Jerry. »Ich kann es mir nicht leisten, um sieben Uhr abends die Schotten dicht zu machen. Im Gegenteil: Ich muss heute noch in die Arbeit.«

Jerry duschte sich schnell und zog seine Nachtportier-Uniform an. Beim Rausgehen gab er Morgan ein High-Five. »Bis morgen, Coach. Same time, same station.«

»Ciao Bella«, schmunzelte Morgan.

****

Das Training verlief ganz nach Plan. Jerry merkte, wie er stetig stärker wurde, wie sich insbesondere das für die 400 Meter so wichtige Stehvermögen verbesserte. Am Tag vor Weihnachten wollte Morgan sehen, wo sein Schützling stand, und ordnete einen 400er-Lauf auf Zeit an.

Jerry legte sich ordentlich in die Riemen, er blieb auch in der zweiten Kurve auf Zug und war noch gut beieinander, als er die Zielgerade entlangsprintete. Wie immer, wenn er nach einer guten Performance durchs Finish ging, machte er instinktiv eine nickende Kopfbewegung.

Auch Morgan nickte, als er auf die Stoppuhr blickte – 45,15 stand dort. »Großartig, mein Junge! Damit bist du schon einmal im nationalen Spitzenfeld. Und jetzt stell dir erst einmal vor, was abgeht, wenn es kein verregneter Dezembertag ist, und du nicht alleine auf der Bahn bist. Im Januar sagen wir schon einmal Hallo, dann bestreiten wir die ersten Hallenrennen.«

»Danke, Morgan«, lachte Jerry zufrieden.

»Keine Ursache«, sagte Morgan, und in Anbetracht des morgigen Feiertags: »Frohe Weihnachten! Jetzt hast du dir mal zwei Tage Pause verdient. Übrigens, mit wem wirst du feiern?«

»Keine Ahnung«, antwortete Jerry. »Da hab ich mir noch keine Gedanken gemacht.«

»Dann ist es aber an der Zeit. Also, falls du nichts anderes vorhast, so wie es ja aussieht, dann könntest du auch bei mir feiern, also wir könnten gemeinsam Abendessen. Ich mache Ente mit Weinsauce, altes Familienrezept. Na, was sagst du dazu?«

»O.K., gerne.«

»Gut, dann bis morgen. Um 17 Uhr?«, fragte Morgan.

»Klar, ich hau mich auf den ersten Renntierschlitten und werde da sein.«

****

Morgan lebte in einer sozial geförderten Wohnung im Washingtoner Stadtteil Southwest, einer eher raueren Gegend der Bundeshauptstadt. Das Haus sah von außen etwas heruntergekommen aus, die Wohnung selbst war spartanisch und zweckmäßig eingerichtet. Ein paar herumstehende Kartons zeugten davon, dass hier erst kürzlich jemand eingezogen war. »Ich hatte das ganze Zeug bei einem Freund in der Garage, während ich im Knast war«, erklärte Morgan.

Es roch nach der Ente, die gerade ihren Endspurt im Ofen hinlegte. »Was darf ich dir zum Trinken anbieten? Wein? Heute ist es erlaubt.«

»O.K., ein Glas, zum Anstoßen«, sagte Jerry.

Die beiden setzten sich auf die Couch, Morgan brachte ein Fotoalbum. »Noch aus der vordigitalen Steinzeit, wenn man so sagen will.« Er blätterte langsam durch die Seiten – vergilbte Bilder zeugten von Morgans Kindheit in Kentucky, dann sah man ihn als College-Athleten der Ohio State University. »Ich war ein passabler 100-Meter-Mann. Bei den Trials für die Olympiade in Montreal bin ich immerhin bis ins Semifinale gekommen, mehr war nicht drinnen. Und Moskau 1980 haben wir ja boykottiert.«

Zu dem Zeitpunkt, 1980, hatte Morgan schon erkannt, dass er als Coach wesentlich mehr Talent besaß als Athlet. Sein erster Schützling, Allister McClair, holte 1983 Gold über 200 Meter bei der ersten Leichtathletik-Weltmeisterschaft, und im Jahr darauf Gold mit der 4x100-Meter-Staffel bei Olympia in Los Angeles. »L.A., das war ein ganz großes Fest«, schwärmte Morgan noch nach mehr als 40 Jahren.

Auch in den Jahren danach hatte Morgan einige der ganz großen Sprinter unter seinen Fittichen gehabt – Doppelolympiasieger Bancroft, 100-Meter-Weltrekordler Dallest, Hallenweltmeister Collins. »Und, wer war der Beste von allen?«, fragte Jerry.

Morgan wurde plötzlich nachdenklich, nach einer Weile sagte er: »Das wäre wohl Joey. Mein Sohn.« Jerry erfuhr, dass Joey Clemence den 100-Meter-Weltrekord für High-School-Athleten gebrochen hatte und 1994 souverän Juniorenweltmeister geworden war. Er sah wie der kommende Olympiasieger aus, doch das Schicksal wollte es anders – Joey starb als 19-Jähriger bei einem Autounfall, als Beifahrer bei einem Freund. »Dieser Schmerz, dieser Verlust. Er war mein Ein und Alles«, fiel es Morgan nach mehr als 30 Jahren noch schwer darüber zu sprechen. »Was gäbe ich nur darum, die Zeit zurückzudrehen. Noch einmal mit meinem Joey zu sein, und wenn es nur für einen Nachmittag wäre. Ihn einmal noch lachen zu hören, ihn einmal noch in die Arme zu nehmen.«

Morgan war nach dem Tod Joeys in eine tiefe Depression gefallen, die Ehe mit seiner Frau Janet ging in die Brüche, und er musste seine Arbeit aufgeben. »Ich konnte es nicht mehr. Jeder Augenblick in einem Stadion, auf einer Laufbahn erinnerte mich an Joey. Zehn Jahre lang konnte ich mir Rennen noch nicht einmal im TV ansehen.«

Morgans soziale Kontakte verebbten, er griff immer öfter zur Flasche; mit 58 war er alkoholkrank.

Dann kam ein verhängnisvoller Tag, der 18. April 2020. Morgan war gerade wieder einmal sternhagelvoll, als ihn im Park eine Gruppe betrunkener Jugendlicher anstänkerte. Als sie dann auch noch begannen, ihn anzurempeln und hin und her zu schubsen, schlug er reflexartig zu.

Morgans Haken traf einen der Angreifer am Kinn, worauf der Betrunkene die Balance verlor und gegen eine Parkbank krachte. Genickbruch, sofortiger Tod – stellte später der Gerichtsmediziner fest.

Der Tote war der 21-jährige Sohn eines schwerreichen Unternehmers. Die Anklage lautete auf Totschlag, die Jury befand Morgan für schuldig und der Richter sprach das Urteil – acht Jahre Haft. »Ich fühlte in dem Moment überhaupt nichts mehr. Ich hatte keine Tränen mehr übrig – weder für andere, noch für mich.«

Jerry hatte zwar gewusst, dass Morgan wegen Totschlag gesessen war, aber er hatte nicht die ganze Geschichte gekannt, auch nicht Joeys tragisches Schicksal. Die beiden sahen sich eine Weile wortlos an, dann brach Morgan die Stille: »Ja, da ist einiges blöd gelaufen in meinem Leben.«

Jerry nickte verständnisvoll. »Wie bist du darüber hinweggekommen?«

»Ich arbeite ständig daran«, lächelte Morgan milde. »Auch wenn ich weiß, dass mich Joeys Tod mein Lebtag belasten wird. Er fehlt mir jeden Tag, jede Minute, jede Sekunde.«

»Ich verstehe.«

»Aber im Gefängnis habe ich zumindest irgendwann Frieden geschlossen – mit dem, was geschehen ist und mit mir selbst. Ganz wichtig war dabei, dass ich mir meiner Schuld am Tod des Jungen im Park bewusst geworden bin. Ich habe seinen Eltern einen Brief geschrieben und mich entschuldigt.«

»Aber Morgan«, warf Jerry ein. »Das war doch nicht deine Schuld. Die haben doch angefangen, es war Notwehr.«

»Ja, da hast du recht, mein Junge. Aber es war meine Faust, die ihn getroffen hat. Ich habe noch lange von ihm geträumt, immer und immer wieder gesehen, wie er gegen die Bank kracht und dann auf den Boden. Ein paar Zuckungen noch, dann lag er leblos da. So schnell stirbt ein Mensch«, sagte Morgan. »Er war ein dummer Junge, keine Frage. Aber vielleicht hätte er die Kurve noch gekratzt.«

»Dich trifft doch dabei wirklich keine Schuld, Morgan«, sagte Jerry nach längerer Stille.

»Na ja«, sagte Morgan ausweichend. »Ich habe wie gesagt mittlerweile Frieden damit geschlossen. Und ich glaube, es ist besser, wir reden jetzt über etwas anderes. Ich schau mal nach der Ente.«

Morgan servierte den gebratenen Vogel. Zum Trinken gab es weiter Rotwein für Morgan, Jerry sattelte nun auf Apfelschorle um.

»Ich wollte dir nochmals sagen, wie dankbar ich dir bin, dass du mich trainierst, Coach«, holte Jerry aus. »Ich wünschte, ich könnte dir etwas dafür zahlen. Muss für dich ja finanziell auch nicht leicht sein, nach der Entlassung aus dem Knast.«

»Keine Sorge, Junge«, beruhigte Morgan. »Mit meiner Pension komme ich schon irgendwie über die Runden, und die Arbeit im Museum ist angenehm – tut mir ganz gut, unter die Leute zu kommen.«

»Mit 75 solltest du eigentlich überhaupt nichts mehr tun müssen«, sagte Jerry. »Sobald ich einen Sponsor habe, bezahle ich dich selbstverständlich für deine Arbeit – dann kannst du im Museum aufhören und ich als Nachtportier. Und wenn ich Olympiasieger bin, dann kannst du dich irgendwo in der Karibik zur Ruhe setzen, das verspreche ich dir.«

»Olympiasieger, mh. Die Olympiade ist in sieben Monaten, Jerry. Ich weiß nicht, ob du da schon ein Titelanwärter bist, und in vier Jahren bist du vielleicht schon zu alt. Schraub deine Erwartungen bitte nicht zu hoch, das erzeugt nur unnötigen Druck. Sei einfach nur gewiss, dass du Weltklasseniveau erreichen wirst – wenn du dich nicht verletzt, bin ich sicher, dass du das schaffen wirst. Ob dann am Ende ein Weltrekord oder ein großer Titel rauskommt, das wissen wir nicht, das steht in den Sternen.«

»Ja, klar«, stimmte Jerry zu.

»O.K. Und nur um noch einmal klarzustellen, Junge: ich halte alles für möglich, du kannst alles erreichen. Auch den großen, fetten Olympiasieg. Darauf arbeiten wir hin, das ist unser Ziel. Ich wollte dir nur sagen, setz dich nicht zu sehr unter Druck – sei nicht verkrampft, lass es einfach geschehen«, erklärte Morgan weiter. »Ich sehe, ich labere schon ziemlich viel Nonsens. Ich bin anscheinend den Wein nicht mehr gewöhnt.«

»No worries, Coach«, sagte Jerry. »Ich glaube, ich sollte jetzt eh bald nach Hause gehen. Die letzte U-Bahn fährt kurz vor zwölf. Danke für den schönen Abend.«

»Danke dir«, sagte Morgan. »Und erhol dich morgen noch gut, denn ab übermorgen geht es wieder in die Vollen.«

»Ich kann kaum noch warten«, verabschiedete sich Jerry.

****

»Jetzt geht es dem Feiertagsspeck an den Kragen, Jerry«, flachste Morgan zu Beginn der Trainingseinheit am 26. Dezember. Wie angekündigt, ging es in die Vollen – mit brutalen Intervalltrainingseinheiten wurde Jerrys Säuretoleranz weiter nach oben geschraubt. In der Tonart ging es in den nächsten Tagen und Wochen weiter, voll konzentriert auf das Training. Selbst den Jahreswechsel bekam Jerry nur am Rande mit – er genehmigte sich ein halbes Glas Sekt, dann ging er ins Bett, um für den nächsten Tag fit zu sein.

»Du bist jetzt fit wie ein Ochse, Junge«, attestierte ihm Morgan nach einem besonders harten Training Mitte Januar. »Es wird Zeit, dass du an Wettkämpfen teilnimmst. Nächstes Wochenende ist ein Meeting in New York City. Willst du dort dabei sein?«

Jerry nickte zustimmend. Mit ein paar Mausklicken war er auch schon angemeldet. Die Organisatoren bestätigten postwendend seinen Startplatz.

»O.K., wir fahren am Freitagnachmittag mit dem Zug hin«, sagte Morgan. »Bis dahin trainieren wir wie gehabt weiter. Schieb dazu noch ein paar extra Krafttrainingseinheiten ein, und am Donnerstagabend einen deiner geliebten Dauerläufe mit geringer Intensität – das ist gut zur Entspannung, und das lockere Traben wird dich heiß auf den Event machen.«

»Aye, aye, Käpten!«, salutierte Jerry scherzhaft wie ein Marinesoldat.

Den angeordneten Ausdauerlauf wollte er so richtig zelebrieren. Er fuhr in einen nahegelegenen Naturpark und joggte los. Das Laufen durch den leicht mit Schnee angezuckerten Waldweg war tatsächlich ein Genuss für alle Sinne. Er nutzte die Gelegenheit auch, sich bei Gott und dem Universum zu bedanken, dass er sein Talent finden durfte und nun auf einem guten Pfad war. Er betete um Kraft, Gesundheit und Glück für seine bevorstehenden Aufgaben. Als er auf die Uhr sah, war er bereits 80 Minuten gelaufen. Zufrieden ging er zurück zu dem Auto, dass er sich extra ausgeliehen hatte – er fühlte sich für sein 400-Meter-Renndebüt bestens vorbereitet.

Bewährungsprobe

Jerry und Morgan trafen sich wie verabredet an der Union Station, dem Washingtoner Hauptbahnhof. »Und, die Spikes dabei?«, flachste Morgan.

»Ja, die, und die restlichen Sportsachen«, lachte Jerry.

»Gut, dann kann ja nichts mehr schiefgehen«, sagte Morgan, während sich die beiden ihre Plätze im Zug suchten.

Die Fahrt verging wie im Flug. Es war bitterkalt in New York, minus zehn Grad. Sie bezogen ihr Quartier in einer kleinen Pension in Brooklyn, unweit des Austragungsorts des Events – der »Albert Taylor Hall«, benannt nach einem Philanthropen mit einem großen Sportherz, aus dessen Nachlass die Halle gebaut worden war.

»Inspizieren wir gleich einmal die Halle«, schlug Jerry vor.

»Sofort, ein alter Mann ist kein Bullet Train«, lachte Morgan.

In der Halle waren die letzten Vorbereitungsmaßnahmen für das Meeting im Gange – es war ein Event der sogenannten *Yellow Turtle Winter Series*, gesponsert vom gleichnamigen Energy-Drink-Hersteller. Poster wurden plakatiert und Banner ausgerollt, das Organisationsteam hatte seine Zelte schon aufgeschlagen. »Jerry Jones, herzlich willkommen, Startnummer 47. Dein Vorlauf steigt morgen um 9:30 Uhr. Viel Spaß und viel Glück!«

Jerry ging auf die Laufbahn und drehte ein paar lockere Runden. Dabei fiel ihm auf, wie eng der Kurvenradius der Bahn im Vergleich zu jenem einer typischen Freiluftbahn war. »Daher kommen die langsameren Zeiten in der Halle«, erklärte Morgan. »Der Weltrekord liegt bei 44,49, im Vergleich zum Freiluftrekord von 43,03.«

»Gut, das zu wissen. Bisher bin ich bei Hallenevents ja immer nur 60 Meter gelaufen, also geradeaus«, sagte Jerry.

»Typisch Sportler, Tunnelblick – alles wird nur aus der eigenen Perspektive wahrgenommen«, schmunzelte Morgan.

Neben den beiden machte sich gerade ein Kugelstoßer mit volumi-
nösen Oberarmen warm. »Beeindruckend«, staunte Jerry. »Die sind ja
dicker als meine Oberschenkel.«

»Und die sind auch nicht gerade von schlechten Eltern«, sagte Morgan. »Los, gehen wir zurück in die Pension. Versuch dich gut auszuru-
hen, morgen wird ein langer Tag.«

****

Jerry musterte seine Kontrahenten im 400-Meter-Vorlauf – drei Collegeathleten, ein Profi und ein 800-Meter-Läufer, der den Wettbewerb
zur Saisonvorbereitung mitnahm. Von der Papierform waren sie alle
stärker als er, der ja noch nie ein 400-Meter-Rennen bestritten hatte.
Dementsprechend hatte ihn auch niemand auf der Rechnung. »Das
ist auch gut so«, sagte Morgan. »Aus der Außenseiterrolle läuft es sich
immer am besten. Wird aber nicht lange so sein, denn bald zeigst du
ihnen, wo der Hammer hängt.«

Auch Jerry fühlte sich zuversichtlich, als er sich zum Start bereit
machte. Er war froh, dass es bei den 400 Metern nicht mehr so sehr auf
die Reaktionszeit ankam – rechtzeitig aus den Startblöcken zu kommen
war bei den Kurzsprints immer eine zusätzliche Nervenbelastung gewesen, auf die er gerne verzichten konnte.

Wohl aus Gewohnheit kam er dennoch flott weg und übernahm zum
Erstaunen der Konkurrenz und der gut 3.000 Zuschauer in der Halle
gleich einmal die Führung. Sein Blick war geradeaus gerichtet, er war
voll und ganz auf die Aufgabe konzentriert, die Viertelmeile so schnell
wie möglich runterzubretteln.

Der enge Kurvenradius bereitete ihm keine Probleme, er blieb voll
auf Zug. Einzig Walker von der Ohio State University schnappte nach
300 Metern ein wenig Morgenluft und schien aufzuholen, musste sich
dann jedoch auch klar geschlagen geben. 46,04 – Jerry hatte gewonnen,
noch dazu mit einer beachtlichen Zeit.

Die Trainer der anderen Athleten checkten noch einmal im Programmheft nach, wer diese Nummer 47 denn war. »Jerry Jones, vereinslos«, stand da drinnen. »Ist das *der* Jerry Jones, also der 100-Meter-Läufer?«, fragte einer der Coaches.

»Ja, genau, *der*«, antwortete Morgan, süffisant lächelnd, und zu Jerry: »Was habe ich dir gesagt, du wirst nicht lange unter dem Radar laufen. Jetzt haben sie dich auf der Rechnung.«

Das Semifinale ging um 18 Uhr über die Bühne. Bis dahin relaxte Jerry im Zimmer seiner Pension, Morgan massierte ihn und machte ihm weiter Mut. »Das nächste Rennen sollte auch kein Problem werden. Aber ich brauche es dir ja nicht extra zu sagen – es ist wichtig, immer schön konzentriert weiterzuarbeiten und durch den Erfolg keine Flausen in den Kopf zu bekommen.«

»Nein, das brauchst du mir wirklich nicht zu sagen. Ich war oft und lange genug in der Scheiße, um bei Erfolg nicht durchzudrehen«, versicherte Jerry. »So er denn hoffentlich kommt, der Erfolg.«

»Das wird er«, sagte Morgan zuversichtlich. »Los, gehen wir rüber in die Halle, it's Showtime.«

Jerry schob sich noch schnell ein Stück Traubenzucker rein und nahm einen Schluck Wasser. »Die Läufer des ersten Semifinales bitte an den Start«, verkündete ein Offizieller. Morgan gab ihm einen väterlichen Klaps auf die Schulter: »Hau rein, Junge!«

Jerry tänzelte noch ein wenig auf der Stelle, um die Beine schön locker zu halten, dann kam das Signal, sich in Startposition zu begeben. Er hatte die fünfte von sechs Bahnen gezogen, lief also fast ganz außen. Gleich hinter ihm, auf vier, trat der Favorit des Rennens – Stevens von der *University of Southern California* – an. Wenn er bei 300 Metern noch hinter mir ist, dann sieht es gut aus, dachte sich Jerry.

Er kam dynamisch weg, sein Blick war wieder fest nach vorne gerichtet – fokussiert auf den muskulösen Rücken von MacGill, seinem Kontrahenten auf Bahn sechs. Jerry hatte sich eingetrichtert, bei der 150-Meter-Marke an ihm vorbei zu gehen, und das trat genauso ein. Er hatte jetzt keinen mehr vor sich und pushte mit voller Kraft weiter, hoffend, dass er die Führung bis ins Ziel halten konnte.

Auf den letzten Metern konnte er trotz des Lärms in der Halle hören, wie ihm Stevens näher kam – es war ein Geräuschmix aus Schritten und einem monotonen Zischen, das sein Nebenmann bei jedem Ausatmen ausstieß. Jerry ließ sich jedoch nicht aus dem Konzept bringen, erleichtert ging er als Erster durchs Ziel.

Seine Zeit war noch einmal schneller als im Vorlauf – 45,89. Damit war Jerry natürlich im Finale, und gleichzeitig auch in der Weltklasse angekommen. Voll Genugtuung streckte er seine Faust in die Höhe, dann winkte er in die Zuschauerränge.

Morgan kam auf ihn zu und gab ihm ein High-Five: »Gut gemacht, Junge!«

Jerry packte seine Sachen in die Sporttasche, um sich gemeinsam mit Morgan in die Pension aufzumachen. Kurz vorm Ausgang wurden sie von ein paar Journalisten gestoppt. »Was rechnen Sie sich für das morgige Finale aus?« »Wie werden Sie sich vorbereiten?« »Wie lauten Ihre sportlichen Ziele?«

Typische Journalistenfragen, dachte sich Jerry. Geduldig parierte er die Fragen. Als die journalistische Neugierde endlich gestillt war, nahmen Morgan und er einen erneuten Anlauf, aus der Halle zu kommen, doch es gelang wieder nicht – ein etwas untersetzt wirkender Mann Anfang 40 mit blonden Haaren und freundlichem Gesicht hatte ihm von hinten auf die Schultern getippt. »Ich bin Max, ein Sportagent. Hast du fünf Minuten für mich Zeit?«

»Ja, sicher.«

»Super Vorstellung da draußen«, stellte Max fest. »Schade, dass du offensichtlich noch keine Firma gefunden hast, die dich sponsert.«

»Aha, Sie sind ja ein ganz ein Schlauer. Wie kommen Sie denn da drauf?«, fragte Jerry, spielerisch kokett.

Max deutete auf Jerrys Trainingsjacke und Sporttasche, um augenscheinlich zu sagen, dass dort noch keine Sponsorenlogos klebten. Dann fuhr er fort: »Ich glaube, ich kann dir helfen. Ein Talent wie deines gehört gefördert. Hier ist meine Karte. Sprechen wir morgen nach dem Rennen ausführlicher?«

»Du hast ja ganz schön Tempo drauf«, sagte Jerry leicht irritiert. »Aber gerne, ja, lass uns sprechen.«

Endlich konnte Jerry der Sporthalle für den Tag den Rücken kehren. Er ging bald zu Bett, um für das Finale am nächsten Tag ausgeschlafen zu sein.

****

»Max Mayer, Sportagent«, las Jerry am Frühstückstisch von der Visitenkarte, die Max ihm gegeben hatte. »Was hältst du von ihm?«

»Kannte ihn nicht«, antwortete Morgan. »Der war wahrscheinlich noch nicht einmal geboren, als ich das erste Mal Seniorenrabatt bei der Bahn bekommen habe.«

»Vielleicht kennst du ja noch seinen Urgroßvater aus der Krabbelstube«, ulkte Jerry.

»Werde nicht frech, Baby«, antwortete Morgan scherzend. »Schau lieber, dass du heute gut um die Runden kommst.«

Die beiden flachsten noch ein bisschen herum, gegen Mittag machten sie sich auf zur Halle. 5.000 Zuschauer waren zum Finaltag gekommen – bedeutend mehr als am Tag zuvor.

Jerrys Rennen stand um 14 Uhr auf dem Programm. Er hatte noch etwas Zeit, zur Ablenkung sah er sich ein paar der anderen Entscheidungen an – die Finals im Hochsprung und im Dreisprung der Herren, und den 1500-Meter-Lauf der Damen. Dazwischen blickte er immer wieder auf die Uhr. Endlich war es so weit, Morgan gab ihm ein Zeichen, mit dem Aufwärmen zu beginnen.

»Alles o.k.?«, fragte der Coach.

Jerry zeigte ihm ein zuversichtliches Thumbs-up. Topfavorit Quarryman war ebenfalls zuversichtlich, sein zur Schau gestelltes Selbstvertrauen grenzte an Arroganz: »Ich sehe keinen Grund, warum ich heute nicht gewinnen sollte.« Auch Baker war vom Papier her stärker und im Halbfinale schneller als Jerry gewesen.

»Lass dich von diesem ganzen Ballyhoo nicht einlullen. Die kochen auch nur mit Wasser«, machte Morgan seinem Schützling Mut.

»Ich weiß, Coach«, sagte Jerry knapp.

»Die Teilnehmer am 400-Meter-Finallauf der Herren werden gebeten, sich in der Vorstartzone einzufinden«, verkündete der Lautsprecher.

»Also dann, ich muss mal«, verabschiedete sich Jerry von Morgan.

Der Coach klopfte ihm noch einmal auf die Schultern. »Lass es krachen, Junge!«

Jerry hatte dieses Mal Bahn vier zugelost bekommen, zwischen Baker auf drei und Quarryman auf fünf. Ury war auf sechs, Stevens und Geller komplettierten das Feld auf den beiden Innenbahnen.

Jerry kam gut weg, er orientierte sich an Quarryman, der vor ihm auf Bahn fünf lief. Ich muss zu ihm aufschließen, sagte er sich. Nach 150 Metern verließen die Läufer ihre Bahnen, Quarryman stach wie ein Habicht nach innen und nahm den ersten Platz ein – dicht gefolgt von Jerry, dem wiederum Baker im Nacken saß.

Verdammt, der Kerl ist schnell, dachte sich Jerry, als er erfolglos versuchte, die Lücke zu Quarryman zu schließen. Nach 350 Metern wusste er, dass er ihn nicht mehr einfangen würde – jetzt ging es darum, Baker im Zaum zu halten. Seine Oberschenkel brannten wie Feuer und er merkte, wie langsam seine Koordination nachließ, was sich in einem zusehends unrunden Laufstil widerspiegelte. Mit letzter Kraft schleppte er sich als Zweiter über die Ziellinie, in einer neuen persönlichen Bestzeit von 45,46.

Strahlend übers ganze Gesicht, drehte Quarryman seine Ehrenrunde – er hatte nicht nur souverän gewonnen, sondern auch noch einen neuen US-Rekord aufgestellt. Die Reporter hechelten ihm mit eingeschalteten Mikros und gezückten Kulis hinterher.

In dem allgemeinen Trubel um Quarryman, ging Jerrys starke Performance fast unter. Er saß auf einem Klappstuhl am Rande der Bahn und zog sich seinen Trainingsanzug über. »Das hast du ganz toll gemacht, mein Junge«, gratulierte ihm Coach Morgan. »Jetzt liegt Olympia in Reichweite.«

»Ich glaub es erst, wenn ich dort bin«, sagte Jerry.

Ein wenig später gesellte sich Sportagent Max zu dem Duo. »Super Leistung«, sagte er zu Jerry und fügte an: »Ich war auch nicht ganz untätig. Ich glaube, ich habe einen Deal für dich gefunden.«

»Aha, lass mal hören«, wurde Jerry neugierig.

»Petschi hat sich bereit erklärt, dich unter Vertrag zu nehmen – für 100.000 Dollar im Jahr plus Bonus im Fall einer Olympiamedaille«, sagte Max. »Dazu kommen 40.000 von Jimorade. Dafür musst du natürlich Werbung für beide Firmen machen.«

Eine Laufschuh- und eine Energy-Drink-Firma also – Jerry war happy über die News, aber auch ein bisschen skeptisch: »Und, wo liegt der Haken?«

»Da gibt es keinen«, versicherte Max.

»Wie viel kriegst du für deine Vermittlung?«, fragte Morgan nach. »Ich nehme ja doch an, dass du das nicht nur für Gottes Lohn machst.«

»Ich kriege 20 Prozent des Deals, also 28.000. Dafür fungiere ich aber auch ein ganzes Jahr lang als dein Manager«, erklärte Max. »Natürlich habe ich noch ein paar andere Klienten, irgendwer muss ja schließlich auch die Collegeausbildung meiner Kinder finanzieren.«

»O.K., das ist für mich in Ordnung. Bleiben 112.000 brutto, davon kann ich dann endlich auch dir etwas zahlen«, sagte Jerry zu Morgan. »Und mir bleibt immer noch viel mehr als jetzt.«

»Genau, und wenn du Olympiasieger wirst, schaut wieder alles ganz anders aus – dann kommt die Diamond League und andere Einladungsrennen. Dann verhandeln wir mit den Firmen fürs nächste Jahr neu«, blickte Max in die Zukunft.

»Dein Wort in Gottes Ohr«, sagte Jerry.

Die beiden besiegelten den Deal mit einem Handschlag.

****

Jerry machte es sich im Zug zurück nach D.C. gemütlich, er war relaxed wie schon lange nicht mehr. Endlich hatte sich der jahrelange Einsatz gelohnt – zumindest finanziell. Nun konnte er sich eine etwas komfortablere Wohnung suchen, den Nachtportierjob kündigen und erstmals Profi sein.

Morgan und Jerry gingen den Terminkalender mit den kommenden Rennen durch. Als Nächstes standen die US-Hallenmeisterschaften in Cincinnati auf dem Programm, im März die Hallen-WM in Tokio, dann ein paar Aufbaurennen für die Freiluftsaison – und dann die Saisonhöhepunkte, mit den US-Meisterschaften beziehungsweise Olympiatrials in Reno, Nevada, und der 31. Sommerolympiade in Los Angeles. Das 400-Meter-Finale würde am Sonntag, dem 6. August ausgetragen werden. »Auf den Tag trainieren wir hin«, kündigte Morgan an.

»Zuerst muss ich mich einmal qualifizieren«, gab Jerry zu bedenken. »Bis dahin kann noch viel passieren und es gibt eine Menge starker Läufer.«

»Wann begreifst du endlich, dass du ganz vorne bei der Musik mitspielen kannst«, sagte Morgan.

****

Jerry fand eine neue Mietwohnung im Washingtoner Stadtteil Friendship Heights, verkehrstechnisch günstig unweit der U-Bahn-Station gelegen. Er kaufte sich auch ein Auto – einen alten, klapprigen Volvo, der schon 100.000 Kilometer auf dem Buckel hatte. »Der hält noch einmal 100.000«, versicherte ihm sein Freund Bob, ein gelernter Automechaniker, der ihm bei der Auswahl des Vehikels behilflich war.

Die erste Reise mit dem neuen, alten Auto ging nach West Virginia, in den Pendleton County – einer idyllischen Landschaft am Fuße der Appalachen. Gemeinsam mit Morgan ging er dorthin auf ein vierwöchiges Trainingslager – jeden Tag gab es Einheiten zur Verbesserung der Grundlagenausdauer und knallharte Wiederholungsläufe zum Training des Stehvermögens. Dazu trainierte er auf der Bahn einer nahegelegenen High School seine Schnelligkeit und stemmte in einem Fitnessstudio Gewichte – wobei er sich ausrechnete, dass er täglich insgesamt 20 Tonnen zur Hochstrecke brachte.

Am Abend saß er mit Morgan in der angemieteten Blockhütte, zumeist zu müde, um noch irgendetwas zu tun. Manchmal sackte er noch auf der Wohnzimmercouch zusammen. »Das ist das Resultat von hartem Training. Ganz klar, dass du dich am Abend ausgepowert fühlst«, erklärte Morgan.

»Ich weiß, Coach«, sagte Jerry, und dann in einem Anflug von Lagerkoller: »Aber wenn doch nur endlich Licht am Ende des Tunnels wäre. Es scheint mir oft, als ob nichts weitergehen würde. Das Wetter trägt sein Übriges dazu bei – diese Kälte und alles ist grau in grau.«

»Nur nicht verzweifeln, Junge«, beruhigte ihn Morgan. »Du legst gerade den Grundstein für etwas richtig Großes. Bleib jetzt nur voll fokussiert, bald kommt die Erntezeit.«

Jerry hielt durch. Nach vier Wochen brachen Coach und Athlet ihre Zelte in der Abgeschiedenheit ab, es ging zurück nach Hause. Jerry fühlte sich bärenstark und bereit für die nächsten Aufgaben.

****

Nach dem intensiven Training legte Jerry eine Regenerationswoche ein, in der er vorwiegend Medien- und Werbetermine absolvierte. Manager Max hatte auch versucht, ihn zu überreden, in den sozialen Medien aktiv zu werden – aber in dem Fall blockte Jerry: »Dazu habe ich wirklich keine Lust. Außerdem will ich nicht, dass meine Vergangenheit damit noch mehr zum Thema wird.«

Für die Medien war die Tatsache, dass Jerry Ex-Häftling war, natürlich ein gefundenes Fressen. Das war schon bei seinem ersten Anklopfen an die Weltklasse so gewesen – und jetzt, nach seinem unglaublichen Comeback, noch dazu auf der 400-Meter-Strecke, noch viel mehr. Daher wollte er nicht selbst auch noch irgendwelche Diskussionen zu seiner Vergangenheit anstacheln.

»Deine Sorge ist vollkommen unberechtigt«, beruhigte ihn Max. »Mittlerweile weiß jeder, dass du einmal im Knast warst – es steht in deinem Wikipedia-Eintrag, überall im Netz. So what? Petschi und Jimorade sponsoren dich trotzdem, oder vielleicht sogar deswegen.«

»Genau das will ich nicht, dass ich wegen meiner Vergangenheit in irgendeine Schublade gesteckt werde. Dass meine Vergangenheit als Knacki thematisiert wird.«

»Das kannst du aber nicht beeinflussen, Jerry«, erörterte Max weiter. »Das Einzige, das du beeinflussen kannst, ist deine Performance auf der Bahn. Konzentrier dich da drauf und renn einfach so schnell du nur kannst.«

»O.K., du hast ja recht«, stimmte Jerry zu.

»Gut, schön, gesagt zu bekommen, dass man recht hat«, lächelte Max.

»Ich glaube, damit hast du dich jetzt offiziell als Rechthaber geoutet«, schmunzelte Jerry.

****

Die US-Hallenmeisterschaften in Cincinnati waren schwach besetzt – viele der Stars hatten die Hallensaison bereits beendet und bereiteten sich lieber auf den Saisonhöhepunkt Olympia vor. Auch das 400-Meter-Feld war dezimiert, zudem hatte sich der frischgebackene US-Rekordler Quarryman verletzt und würde für den Rest des Jahres ausfallen.

Jerry galt daher als Mitfavorit für eine Medaille und wurde dieser Rolle gerecht – souverän hatte er seinen Vorlauf und das Semifinale für sich entschieden. Morgan massierte ihm vor dem Finallauf Rücken, Beine und die Seele: »Du hast super gearbeitet, verlass dich einfach auf deine Kraft und dein Können.«

»O.K.«, sagte Jerry knapp. Man merkte ihm die Anspannung deutlich an. Langsam, fast bedächtig, ging er zum Start und nahm seine Position auf Bahn fünf ein. Von den persönlichen Bestzeiten her, war nur der auf Bahn drei laufende Anderson je schneller als er gelaufen – aber das war Statistik, das zählte in dem Moment nicht.

Jerry kam gut weg. Bald hatte er zu Roberts, der auf Bahn sechs lief, aufgeschlossen und als die Läufer nach 150 Metern ihre Bahnen verließen und nach innen zogen, lag Jerry in Führung. Anderson lief etwa einen Meter hinter ihm, gefolgt von Mariner. Es bereitete Jerry keine

Mühe, das Tempo zu halten – im Gegenteil, er konnte den Vorsprung sogar noch leicht ausbauen. Souverän lief er in 45,14 Sekunden über die Ziellinie, als neuer US-Hallenmeister. Damit hatte er auch das Ticket für die Weltmeisterschaft in Tokio in der Tasche. Der zweite Platz ging an Mariner, der sich auf den letzten Metern noch an Anderson hatte vorbeischieben können.

Es war ein gutes Gefühl, oben am Treppchen zu stehen. Während ihm ein Offizieller die Medaille umhängte und ihm jemand einen Blumenstrauß in die Hand drückte, dachte er an die letzten paar Monate zurück. Es war keine vier Monate her, seitdem er mit dem 400-Meter-Training begonnen hatte, und jetzt hatte er sich schon für die Hallen-WM in Tokio qualifiziert – er war stolz auf das Erreichte, auch wenn mit Fisher und Schiffmann die beiden stärksten US-Läufer über 400 Meter nicht angetreten waren, und Quarryman sich, wie gesagt, verletzt hatte.

»Na, wie ist die Luft da oben?«, fragte ihn Max nach der Siegerehrung.

Morgan strahlte übers ganze Gesicht: »Wunderbar, Junge. Japan, here we come!«

Ein Funktionär des US-Leichtathletikverbandes gab Jerry einen Zettel, auf dem die wesentlichen Daten zur WM vermerkt waren – Zusammentreffen des Teams und Einkleidung am 5. März in New York City, Abflug nach Tokio am darauffolgenden Tag. »Den Rest findest du online, wir haben eigens für die US-Teilnehmer eine Event-App eingerichtet.«

Der Sonne entgegen

Der US-Leichtathletikverband brach mit insgesamt 48 Sportlerinnen und Sportlern zur Hallen-Weltmeisterschaft auf. Pro Event waren zwei Athleten qualifiziert.

Der Hinflug – über Los Angeles nach Tokio – dauerte eine gefühlte Ewigkeit. Jerry saß neben Mariner, dem zweiten US-Teilnehmer über 400 Meter, Morgan war in der Reihe vor ihm. »Schlag dir den Magen ja nicht mit Flugzeugessen voll«, warnte ihn der Coach. »Und iss auf gar keinen Fall Weißbrot.«

»Du wiederholst dich, Morgan«, schmunzelte Jerry. »Du müsstest doch langsam wissen, dass ich keinen Unfug mache. Ich bin voll und ganz auf meine Aufgabe konzentriert.«

»Na, dann ist es ja gut«, sagte Morgan, ehe er sich einem Film widmete – »The Shawshank Redemption«.

Mariner hatte Kopfhörer auf und versuchte Japanisch zu pauken. »Willst du nicht auch ein paar Brocken lernen?«, fragte er Jerry.

Jerry winkte ab. Er hatte kein Interesse – weder am Japanisch-Lernen noch an Small Talk. Er versuchte lieber, ein wenig zu schlafen.

Nach 23 Stunden kam der US-Tross am Tokioter Narita-Flughafen an. Für insgesamt fünf Tage würden sie im Land der aufgehenden Sonne bleiben. Die Athleten, Trainer und Funktionäre bezogen im Katayama-Hotel Quartier, unweit des Stadions. Morgan schlug seine Zelte in einer nahegelegenen Pension auf – er war nicht als offizielles Mitglied der Delegation dabei, sondern als Privattrainer, finanziert von Jerrys Sponsoren.

Jerry kam mit dem Jetlag erstaunlich gut zurecht, es gelang ihm, die ganze Nacht durchzuschlafen. Zum Frühstück aß er Eierspeise mit Schinken und Toast, dazu trank er Orangensaft und zwei Tassen Kaffee. »Na, wie stehen die Aktien?«, fragte ihn der wie immer blendend gelaunte Mariner, der gerade in den Frühstücksraum kam.

Jerry antwortete mit einem Lächeln und Kopfnicken. Dann machte er sich auf zum Ort des Geschehens – der Nakamura-Halle, wo die 23. Hallenweltmeisterschaft über die Bühne gehen würde. 562 Athletinnen und Athleten aus 141 Ländern waren am Start. Die Veranstalter hatten für die Eröffnung weder Kosten noch Mühen gescheut – auf den Einmarsch der Teilnehmer folgte eine Reihe von traditionellen japanischen Tanz- und Musikeinlagen.

Jerrys Augen waren dabei auf die Laufbahn gerichtet. Die Anlage gefiel ihm, und er brannte darauf, in den Wettbewerb einzusteigen. Sein Vorlauf war für den übernächsten Morgen angesetzt, das Semifinale würde dann ein paar Stunden später über die Bühne gehen – und, so er sich dafür qualifizieren würde, das Finale am Abend des darauffolgenden Tages.

Nach den Eröffnungsfeierlichkeiten wechselte er so schnell es ging in seine Trainingssachen. »Ein lockerer Lauf wird dir jetzt guttun«, sagte Morgan. Jerry lief etwa eine Dreiviertelstunde auf einem Parkweg durch den leichten Schnürlregen, vorbei an anderen Joggern und Spaziergängern.

Morgan wartete derweil in der Cafeteria der Nakamura-Halle. Als Jerry zurückkam, schlug Morgan vor, noch eine Serie von Steigerungsläufen zu trainieren. Jerry absolvierte die 10 mal 150 Meter mit Bravour. Coach und Athlet hatten ein gutes Gefühl. »Jetzt schau, dass du unter die warme Dusche kommst und dann bald ins Bett«, riet ihm Morgan.

****

Freitag, 10. März 2028 – der erste Wettkampftag für Jerry. Er war im dritten von vier Vorläufen am Start – gemeinsam mit dem Griechen Sarikakis, dem Italiener Di Matteo, Lokalmatador Hamaguchi, Bingwen Zhang aus China und Olatunji aus Nigeria. Vom Papier her eine klare Sache für Jerry, aber es war eine Weltmeisterschaft und alle Starter daher topmotiviert. Jerry würde keinesfalls den Fehler machen und das Rennen auf die leichte Schulter nehmen. Gewissenhaft wie immer wärmte er sich auf.

Er war voll und ganz auf seine Aufgabe konzentriert und nahm die Atmosphäre nur am Rande war. Die Halle war etwa dreiviertel gefüllt, die Zuschauer mit Begeisterung dabei. Die Hallensprecherin stellte die Läufer vor und wie bei internationalen Events üblich, winkten die Athleten kurz in die Kameras, als ihre Namen aufgerufen wurden. Jerry Jones, USA, hatte die Innenbahn zugelost bekommen – bei Hallenrennen war das aufgrund des kleineren Kurvenradius ungünstig. Jerry nahm das erstaunlich stoisch zur Kenntnis, er ließ sich nicht aus dem Konzept bringen. Auf die Plätze, fertig, los!

Jerry kam gut weg. Er meisterte die erste Kurve mit Bravour und schob sich an dem neben ihm laufenden Sarikakis vorbei. Als die Läufer nach 150 Metern ihre Bahnen verließen, lag er an zweiter Stelle, eine Schrittlänge hinter Olatunji. Der Nigerianer war in bestechender Form und Jerry musste tief schürfen, um aufzuschließen. Kurz vor dem Ziel konnte er Olatunji noch überholen – beide hatten sich damit für das Semifinale qualifiziert, ebenso wie der Drittplatzierte Hamaguchi.

Morgan gab seinem Schützling ein High-Five. Der erste Teil der Tagesarbeit war erledigt – am späten Nachmittag, in acht Stunden, stand Teil zwei an: das Semifinale. Jerry blickte gespannt auf die Anzeige – mit wem würde er nun um die Wette rennen? Quinson von der Karibikinsel Joharaland war amtierender Junioren-Weltmeister und im Vorlauf schneller als er gewesen, Europameister Lato aus Polen und der Brite Adamson waren ebenfalls harte Nüsse zum Knacken; der Tunesier Hammami und der Schwede Larsson hatten lediglich Außenseiterchancen. Es würde taff werden, aber es gab eine realistische Chance für Jerry, unter die ersten drei zu kommen.

Er ging zurück ins Hotel und ließ sich von Teammasseur Bill durchkneten. Dann aß er eine Kleinigkeit und legte einen Mittagsschlaf ein. Um 16 Uhr weckte ihn Morgan wie vereinbart. Die beiden gingen gemeinsam zur Halle, wobei sie während der gesamten fünf Minuten kein Wort wechselten. Am Wettkampfort angekommen, klopfte ihm der Coach kräftig auf die Schulter und sagte: »Hau rein!«

Jerry nickte und begann mit seinem Aufwärmprogramm. Die Startzeit verschob sich um ein paar Minuten – die Argentinierin Gonzalez hatte gerade überraschend Gold im Hürdensprint geholt und ließ es sich nicht nehmen, noch eine zweite Ehrenrunde zu drehen.

Endlich wurden die 400-Meter-Läufer zum Start gebeten. Jerry war im ersten der beiden Semifinalläufe. Dieses Mal würde er auf Bahn fünf ins Rennen gehen. Direkt neben ihm nahmen Quinson und Lato ihre Startpositionen ein.

Quinson übernahm von Beginn an das Kommando, dicht gefolgt von Lato, Jerry, Adamson und dem überraschend starken Tunesier Hammami. Zur Hälfte des Rennens setzte sich Quinson weiter ab und lief einem sicheren Sieg entgegen, hinter ihm fighteten Lato, Jerry und Hammami um die Plätze zwei, drei und vier – in einem Fotofinish konnte sich letztlich Lato als Zweiter behaupten. Jerry kam auf Rang drei ins Ziel. Damit war er ins Finale eingezogen.

»Wow, super, Jerry«, freute sich Teamkollege Mariner, der sich ebenfalls für den Endlauf qualifiziert hatte, wie ein Honigkuchenpferd.

»Schön, dass ihr morgen zu zweit im Finale seid«, freute sich auch US-Sprintcoach Allison.

»Alles gut umgesetzt, Jerry. Das war tipptopp«, zollte Morgan seinem Schützling Lob.

»Ich weiß nicht«, grübelte Jerry. »Quinson war eine Klasse für sich, da gibt es nichts dran zu rütteln. Aber Lato hätte ich noch einfangen müssen.«

»Das hat schon gepasst, mach dir deswegen keinen Kopf. Morgen sind die Karten wieder neu gemischt«, beruhigte ihn Morgan. »Schau, dass du dich gut erholst.«

Jerry bestellte sich beim Zimmerservice Spaghetti mit Salat und zappte noch ein bisschen durch die Fernsehwelt. Dann machte er bald das Licht aus. Kurz vorm Einschlafen stellte er sich vor, wie er eine Medaille umgehängt bekam – er wusste, dass die beiden Joharaländer Quinson und Alexson als Topfavoriten ins Rennen gehen würden, aber dahinter war alles offen.

Irgendwann, also bei der Olympiade in ein paar Monaten, würde er dann auch um eine Goldmedaille mitsprinten wollen. Das war sein erklärtes Ziel. Aber alles zu seiner Zeit: Zunächst musste er einmal das Hallen-WM-Finale erfolgreich bestreiten.

****

Die Hallensprecherin brannte fast ein Feuerwerk vom Kaliber eines Gilbert Bécaud – Monsieur 100.000 Volt – ab. Kurz vorm 400-Meter-Finale wurde die gesamte Halle verdunkelt, dann erfasste Scheinwerferlicht die sechs Finalisten – Mariner war auf Bahn eins, der Australier Archibald auf zwei, Jerry auf drei, Lato auf vier, Quinson auf fünf und Alexson auf sechs. Als nacheinander ihre Namen aufgerufen wurden, winkten sie in die Kameras. Jerry nahm das Prozedere nur am Rande war, er war hochkonzentriert auf seine Aufgabe.

Wie erwartet kamen die beiden Joharaländer am besten weg, nach 200 Metern lag Quinson vor Alexson an der Spitze. Dahinter liefen dicht aneinandergereiht Jerry, Lato und Archibald, sowie etwas weiter zurück Mariner. Die beiden Führenden ließen dann auch nichts anbrennen – Quinson holte in neuer Hallenweltrekordzeit Gold vor seinem Landsmann Alexson. Der Kampf um Bronze blieb bis auf den letzten Meter spannend – in einem Fotofinish setzte sich letztlich der Aussie Archibald knapp vor Jerry durch.

Als das Resultat amtlich war, winkte Jerry angewidert ab. Er hatte innerlich mit einer Medaille gerechnet, dass es jetzt nur Blech geworden war, stank ihm gehörig. Während die drei Erstplatzierten auf ihre Ehrenrunde gingen und dem Publikum zuwinkten, zog sich Jerry in die Umkleidekabine zurück. Mariner, der klar abgeschlagen Letzter geworden war, strahlte wie immer – das nervte Jerry zwar einerseits, andererseits bewunderte er seinen Teamkollegen für sein immer sonniges Gemüt.

»Super, Jerry«, gratulierte Morgan. »Das hast du richtig gut gemacht. Jetzt hast du einmal Blut geleckt, kennst schon die Atmosphäre eines

Endlaufs in einem internationalen Event. Bei Olympia geht es dann noch besser.«

»Hm, Olympia«, sagte Jerry. »Dafür muss ich mich erst einmal qualifizieren.«

****

Jerry kam gegen 21 Uhr zurück ins Hotel. Sein Plan war ganz simpel – ein leichtes Abendessen im Zimmer, dann noch ein bisschen Fernsehen und ab ins Bett. Er musste am nächsten Morgen früh aus den Federn und zum Flughafen aufbrechen, da wollte er gut ausgeschlafen sein.

Er wollte sich gerade ins Bett bugsieren und den Fernseher einschalten, als er einen Geschenkkorb bemerkte, gefüllt mit frischen Früchten. Das machte ihn neugierig, er öffnete das danebenliegende Kuvert. »Mr. Jones«, stand auf dem mit traditionellen japanischen Mustern versehenen Billett, »Gratulation zur heute gezeigten Leistung. Sie haben Potential. Lassen Sie uns mal plaudern. Ich bin auf Zimmer 418 bis 1 Uhr früh erreichbar. Beste Grüße, Rick Adshead.«

Rick Adshead – der Name sagte Jerry natürlich etwas. Adshead war ein Sportagent, der mehrere Weltklasseathleten unter Vertrag hatte. Was will der von mir?, fragte sich Jerry. Er überlegte nicht lange und wählte Zimmer 418 an. Es dauerte eine Weile, bis Adshead abhob. »Haben Sie schon zu Abend gegessen?«, fragte Adshead. »Ich kenne da ein Restaurant gleich um die Ecke, das Yagi. In 15 Minuten?«

Jerry willigte ein. Er schnäuzte und kämmte sich schnell und zog Hemd und Jean an – zum ersten Mal seit seiner Ankunft in Tokio war er in Zivilkleidung unterwegs. »Mr. Jones, willkommen«, begrüßte ihn der Oberkellner im Yagi. »Herr Adshead wartet schon auf Sie. Würden Sie mir bitte folgen?«

Adshead sah so aus, wie Jerry ihn aus den Medien kannte – vielleicht einen Deut älter und kleiner. Er war ein schmächtiger Mann Anfang 60, mit mittellangem, graumeliertem Haar und randloser Brille. Sein Händedruck passte so gar nicht zum Erscheinungsbild – Adshead drückte ungewöhnlich fest zu, und es dauerte eine Weile, bis dass er Jerrys Hand wieder ausließ. »Die Chirashi sind vorzüglich. Auch die Teufelsrolle kann ich wärmstens empfehlen«, riet Adshead. »Aber setzen Sie sich doch zuerst einmal. Übrigens, ich bin Rick – ich schlage vor, wir duzen uns.«

»O.K., ich bin Jerry.«

»Also, wie schon gesagt – das war eine ausgezeichnete Leistung heute. Würdest du gerne noch schneller laufen?«, fuhr Adshead fort.

»Was ist das für eine Frage?«, fragte Jerry verwirrt. »Natürlich, jeder Läufer will noch schneller laufen. Aber ich verstehe die Frage nicht.«

»Aha, ich sehe, da müssen wir von ganz vorne anfangen. Was glaubst du, haben die beiden Joharaländer heute zum Frühstück gehabt? Haferschleim?«

»Jetzt verstehe ich, worauf du hinauswillst. Doping – ist es das?«

»Deine Worte«, nickte Adshead. »Ich würde es eher »im ernährungstechnischen Bereich etwas nachhelfen« nennen.«

»No way«, schüttelte Jerry den Kopf. »Auf so etwas lasse ich mich nicht ein. Ich will zwar mit aller Kraft gewinnen. Aber nur mit fairen Mitteln.«

»Schade«, sagte Adshead kurz. »Du hast ja meine Karte – wenn du es dir überlegst, sag einfach Bescheid. Ich kann dir auch wesentlich bessere Sponsoren besorgen als dein jetziger Manager, und einen moderneren Trainer als Morgan. Ich denke, du bist ein Rohdiamant und ich will dir helfen, dass du den richtigen Schliff bekommst und schön leuchtest ...«

»Ich denke, ich habe genug gehört«, unterbrach ihn Jerry. Er legte seine Essstäbchen beiseite und holte seine Geldbörse aus der Hosentasche. »Zahlen bitte!« Zu Adshead gewandt sagte er: »Noch einmal, in aller Deutlichkeit: Ich werde nicht dopen. Und zu Ihren anderen Punkten: Max ist ein dynamischer, innovativer Manager und Morgan ein Weltklassecoach – und beide sind meine Freunde. Und was Sie betrifft: Kontaktieren Sie mich nie wieder, ich will mit Ihnen nichts zu tun haben. Gute Nacht!«

Jerry verließ das Restaurant so schnell er nur konnte. Vor dem Einschlafen ließ er das Gespräch mit Adshead noch einmal Revue passieren – was, wenn es für die großen Erfolge wirklich nötig war zu dopen? Egal, sagte sich Jerry, sosehr ich auch die Nummer eins sein will – ich werde dafür nicht bescheißen, niemals. Ich werde einfach nur hart trainieren, ab jetzt noch härter als je zuvor – es muss einfach auch so gehen.

Feinschliff

In den Tagen nach der Rückkehr aus Japan trainierten Jerry und Morgan zunächst ausgiebig Schnelligkeit – das heißt Kurzsprints über 30 Meter, und 100-Meter-Läufe auf Anschlag mit jeweils fünf bis acht Minuten Pause dazwischen. Dazu war Jerry täglich in der Kraftkammer und stemmte Tonnen beim Bankdrücken, Kniebeugen und an der Beinpresse.

Ab April widmete er sich vor allem dem Training der Schnelligkeitsausdauer, mit dem Ziel, die Laktattoleranz weiter nach oben zu schrauben – als probates Mittel dafür hatte Morgan Serien von 300-Meter-Läufen mit kurzen Erholungspausen dazwischen auserkoren. Zweimal pro Woche standen auch ausgiebige Joggingeinheiten auf dem Trainingsplan, um die Grundlagenausdauer weiter auf gutem Niveau zu halten.

Ab Anfang Mai war es an der Zeit, den Trainingsstand unter Wettbewerbsbedingungen zu testen. Jerry trat bei mehreren kleineren Meetings an, um wertvolle Rennerfahrung zu sammeln. Er entwickelte sich dabei zum Seriensieger – mit Erfolgen an sechs Wochenenden hintereinander. »Aller guten Dinge sind sieben«, riet ihm Morgan zu einem weiteren Leistungstest unter Rennbedingungen, bei einem Einladungsrennen in Charlotte, North Carolina. Jerry sicherte sich dabei ebenfalls in überlegener Manier den Sieg – in 44,45 Sekunden, einer neuen persönlichen Bestzeit.

Er war bestens vorbereitet für die Trials in Reno, Nevada, wo Ende Juni nicht nur die nationalen Meister, sondern auch die US-Teilnehmer an der Olympiade in Los Angeles bestimmt wurden.

✳✳✳✳

Der regierende Weltmeister und Olympiasieger, insgesamt 12 Läufer, die schon einmal unter 44,50 Sekunden gelaufen waren – das 400-Meter-Starterfeld bei den Trials war wahrlich nicht von schlechten Eltern. 32

Läufer waren am Start – aus diesem Pool würden sich sechs Athleten für die Olympiade qualifizieren.

Jerry und Morgan kamen einen Tag vor dem Beginn des Events in Reno an, sie bezogen im Sunshine Valley-Hotel Quartier. Das Hotel war nur einen Steinwurf vom Stiles-Stadion, wo die Trials ausgetragen wurden, entfernt. »Komm, inspizieren wir einmal die Location«, schlug Jerry vor.

Das Stadion konnte bis zu 20.000 Zuschauer fassen und für die Finaltage der Trials wurde mit vollem Haus gerechnet. Es war strahlender Sonnenschein und selbst am frühen Abend noch heiß. »Für morgen werden über 30 Grad vorausgesagt«, wusste ein Stadionarbeiter, der gerade beschäftigt war, eine LED-Werbebande anzubringen.

Jerry und Morgan gingen ein paar Runden um das Oval, neben ihnen besichtigten etliche andere Athleten und Coaches die Anlage. Jerry ging nebenbei das Starterfeld für seinen Vorlauf durch, er las von einem DIN-A4-Zettel.

»Ihr jungen Leute!«, stichelte Morgan. »Könnt ihr nicht einmal die Sachen nacheinander machen? Fehlt nur noch, dass du vor lauter Lesen über eine Bande stolperst.«

»Wenn man sich für Olympia qualifizieren will, muss man gleichzeitig gehen und lesen können«, konterte Jerry, ehe er Morgan anzwinkerte und lächelte. Dann steckte er den Zettel in seine Hosentasche.

Morgan erwiderte Jerrys Lächeln. »Ich bin stolz auf dich, Junge. Unglaublich, wie weit du in nicht einmal einem Jahr gekommen bist.«

»Danke dir für alles, Coach«, sagte Jerry. »Ohne dich wäre ich nicht hier.«

Die beiden beendeten ihre letzte Stadionrunde und gingen durch das Haupttor zum Hotel zurück. Auf halbem Weg kam ihnen Max entgegen, der während der gesamten Trials in Reno weilen würde: »Habe die Ehre, Herrschaften. Lust zum Abendessen?«

Jerry und Morgan sahen sich kurz an und nickten unisono.

»O.K., ich habe da einen Italiener ausfindig gemacht. Die Spaghetti Carbonara haben eine ausgezeichnete Onlinebewertung. Ihr seid eingeladen.«

»Na dann. Das lassen wir uns nicht zweimal sagen«, sagte Jerry. »Schadet sicher nicht, die Kohlehydratspeicher aufzufüllen, bevor es hier losgeht.«

****

Jerry war gut zwei Stunden vor seinem Vorlauf im Stadion. Es war 9 Uhr früh und ein Wochentag, deshalb waren die Ränge vorerst nur spärlich gefüllt. Während er sich aufwärmte, traf er auf einige alte Bekannte – US-Sprintcoach Allison machte die Runde und Small Talk mit den Athleten. Er gratulierte Jerry zu seiner Transformation vom 100- zum 400-Meter-Läufer und wünschte ihm alles Gute für den Event.

Jerry tauschte auch ein paar Nettigkeiten mit 400-Meter-Kollegen Mariner aus, der wie immer gut gelaunt mit der Sonne um die Wette strahlte. Topfavorit Fisher, der regierende Weltmeister und Olympiasieger, hatte Kopfhörer auf und wippte mit geschlossenen Augen vor und zurück; Co-Favorit Schiffmann, der amtierende US-Meister, erfreute sich an einem Becher Joghurt mit Früchten.

Jerry sah auch ein paar der ihm bekannten 100-Meter-Läufer – Olympiasieger und Weltmeister Williams wollte es im greisen Sprintalter von 34 Jahren noch einmal wissen, der kaum jüngere Ex-Weltrekordler Orbison war ebenso mit dabei. Am Start war auch Payne, mit dem Jerry ja vor ein paar Jahren aneinandergeraten war – der Chicagoer Milliardärssohn hatte den von ihm erwarteten Durchbruch als internationaler Sprintstar bisher noch nicht geschafft; jetzt trat er ein letztes Mal bei den Trials an. Sein Plan B stand fest: Im Falle einer Nichtqualifikation für die Olympiade würde er die Spikes an den Nagel hängen und sich in einen Vorstandsposten in der Firma seines Vaters schwingen.

Jerry hatte keinen Plan B im Talon. Mit 26 Jahren war er mittlerweile kein Laufküken mehr – es war vielleicht seine letzte Chance, sich für eine Olympiade zu qualifizieren und sich damit seinen Wunsch, einen bedeutsamen internationalen Titel zu gewinnen, zu erfüllen. Trotz dieser Erwartungshaltung war er ungemein ruhig – voll konzentriert auf seine Aufgabe, nahm er seine Position auf Bahn fünf ein und wartete auf den Startschuss seines 400-Meter-Vorlaufs. Er hatte ein relativ schwach besetztes Rennen erwischt – einzig Mills von der Ohio State University war ungefähr von Jerrys Kragenweite.

Jerry setzte sich gleich zu Beginn in Führung und lief einen nie gefährdeten Sieg nach Hause. Damit war er in das Semifinale eingezogen, das am nächsten Tag ausgetragen werden würde. Fisher, Schiffmann und alle anderen Mitfavoriten hatten sich ebenfalls durchgesetzt – einzig Hallen-WM-Starter Mariner war auf der Strecke geblieben. »Macht nix, ich habe mein Bestes gegeben. Mehr geht nicht«, nahm es Sonnyboy Mariner wie immer locker.

Max und Morgan kamen zu Jerry in die Umkleidekabine. »Das war erste Sahne, wie du das Rennen souverän gewonnen hast«, schwärmte Max. »Petschi-Boss Bernieson ist hocherfreut, er hat mir gerade eine Textnachricht geschickt. Sein Logo war anscheinend gut im TV-Bild – das sollten wir nutzen und nach den Trials eine Gehaltserhöhung verlangen.«

»Jetzt lass den Buben sich erst einmal auf die nächsten Rennen konzentrieren«, brachte sich Morgan ein. »Lauf dich noch ein bisschen aus, und dann ab in die Eistonne. Sieh auch zu, dass du genug trinkst.«

Dieser Ratschlag war enorm wichtig, denn es hatte nun – es war mittlerweile 12 Uhr mittags – bereits die prognostizierten 30 Grad. Auch für die kommenden Tage waren hohe Temperaturen vorhergesagt. Heiß hergehen würde es auch in den beiden 400-Meter-Semifinalläufen.

****

Jerry war im ersten Semifinallauf, gemeinsam mit Schiffmann und den ebenfalls sehr starken Cortez und Cohen. Benitez, Bradley, Causio und Katagiri wurden lediglich Außenseiterchancen eingeräumt.

Schiffmann übernahm von Beginn an das Kommando, dicht gefolgt von Jerry und dem überraschend starken Katagiri. Als die Läufer auf die Zielgerade kamen, schloss Jerry auf Schiffmann auf – die beiden lagen jetzt Kopf an Kopf.

»Jetzt, komm schon«, rief Morgan. Er zerknitterte vor Aufregung das Programmheft in seiner Hand.

Die Mittagssonne brannte gnadenlos herunter. Jerry biss noch einmal die Zähne zusammen, mit letzter Kraft schob er sich an Schiffmann vorbei. Sobald er wieder zu Atem gekommen war, winkte er Morgan und Max zu, die sich auf den Weg zu ihm machten.

»Super Job«, gratulierte ihm der Zweitplatzierte Schiffmann. Neben den beiden hatten sich auch Cortez und Cohen, der auf den letzten Metern noch Katagiri hatte abfangen können, für das morgige Finale qualifiziert.

Morgan erinnerte Jerry nochmals daran viel zu trinken, um den Elektrolythaushalt wieder auszugleichen – bei 34 Grad Hitze das Gebot der Stunde. Max freute sich, dass die Fernsehkameras just in dem Moment Jerry ins Bild brachten, als dieser aus seiner Jimorade-Flasche trank – Produktplacement für den Sponsor.

Auf dem Weg zurück ins Hotel gab Jerry noch ein paar High-School-Schülern Autogramme. Er war froh, als seine Zimmertür hinter ihm ins Schloss fiel und er endlich allein sein konnte. Sein Traum von Olympia war nun zum Greifen nahe, und er wollte nichts dem Zufall überlassen – daher zog er auch an jenem Tag sein Abendprogramm eisern durch: Duschen, Dinner, ein bisschen Fernsehen und dann ab ins Bett.

∗∗∗∗

Das Finale würde um 17 Uhr steigen. Als es Zeit war, sich ins Stadion aufzumachen, setzte Jerry überdimensionale Kopfhörer auf und hörte Musik – den Song »I Want to Break Free« von Queen, den er mehrere Male auf und ab spielte. Mit den Kopfhörern wollte er auch kommunizieren, jetzt am besten alleine gelassen zu werden – diese Strategie ging allerdings nur bis zum Stadioneingang gut. Dort lauerte eine Traube Journalisten, die sich auf alle Athleten, die des Weges kamen, stürzten.

Die Fragen waren typische Allgemeinplätze à la: »Wie beurteilen Sie Ihre Chancen?« »Wie haben Sie geschlafen?« »Was haben Sie gegessen?«.

Ein Reporter wollte wissen, ob Jerry mit Olympia noch eine Rechnung offen habe.

Jerry meisterte den Frageparcours souverän, mit einem entspannten Lächeln im Gesicht. Innerlich fühlte er sich jedoch nun angespannt – er musste unbedingt unter die ersten drei kommen, dann würde er in Los Angeles neben der Staffel auch im Einzelrennen zum Einsatz kommen. Und er wusste, dass seine sieben Konkurrenten genau das gleiche Ziel hatten.

Morgan merkte Jerry den Stress an. Er überlegte kurz, ihn darauf anzusprechen, um ihn zu beruhigen, entschied sich dann jedoch anders und streckte seinem Schützling lediglich ein Thumbs-up-Zeichen entgegen. Jerry erwiderte das Zeichen und lächelte.

Es war der letzte Tag der Trials. Mehrere Höhepunkte, wie eben auch das 400-Meter-Finale der Männer, standen auf dem Programm. Dementsprechend voll war das Stiles-Stadion auch an jenem Tag, eine Big Band sorgte für eine volksfestartige Stimmung. Dann wurde es plötzlich still – der Stadionsprecher ergriff das Wort und kündigte die Opernsängerin Katharine Adlmanninger an, die die US-Hymne sang.

Applaus, der Lärm setzte nun wieder voll ein. Die acht Starter im 400-Meter-Endlauf nahmen ihre Positionen ein – Cohen war auf Bahn eins, Cortez auf zwei, Nowak auf drei, Fisher auf vier, Jerry auf fünf, Schiffmann auf sechs, O'Neal auf sieben und Yang auf acht.

Der amtierende Weltmeister und Olympiasieger Fisher kam am besten weg, dicht gefolgt von Jerry und Schiffmann. Als die Läufer auf die Zielgerade einbogen, hatte Jerry auf Fisher aufgeschlossen – die beiden lagen nun Kopf an Kopf. Gut 30 Meter vor dem Ziel zündete Jerry noch einmal seinen Turbo und ging unter dem begeisterten Applaus der Zuschauer an Fisher vorbei.

Morgan stieß ein lautes »Jawohl« der Erleichterung aus, dann rannte er so schnell es seine operierten Hüften zuließen zu seinem Schützling. »Du bist ein Teufelskerl!«, rief er Jerry ins Ohr. Kurz darauf gesellte sich Max zu dem Duo: »Ich habe gerade einen Sponsor aufgerissen. Stell dir vor, du kannst Werbung für eine Dosensuppe machen!«

Jerry strahlte bis über beide Ohren. Nach vier langen Jahren, in denen er zuweilen schon fast seine Hoffnung verloren hatte, war er wieder für Olympische Spiele qualifiziert. »Dieses Mal lasse ich mir die Butter nicht mehr vom Brot nehmen«, sagte er sich. »Dieses Mal bin ich dabei – und ich hole Gold.«

Gold gab es auch schon für den Sieg bei den Trials, die ja zugleich die US-Meisterschaften waren. Jerry war mit seinen Gedanken schon in Los Angeles – so bekam er nur am Rande mit, wie ihm irgendein Lokalpolitiker die Medaille umhängte und ihm irgendjemand einen Strauß Blumen in die Hände drückte. Fast automatisch winkte er vom Podium in die Menge – gemeinsam mit Fisher und dem Drittplatzierten O'Neal. Während sich der erst 19-jährige O'Neal wie ein Honigkuchenpferd freute, blickte Fisher etwas finster aus der Wäsche – er war der regierende Olympiasieger und als Favorit ins Rennen gegangen, jetzt hatte er gegenüber Jerry das Nachsehen.

Die Kommentatoren überschlugen sich in ihren Superlativen zu Jerry – vom »Phönix aus der Asche« war die Rede, und von einem kometenhaften Aufstieg. Die *Reno Post* machte ihn gleich zum Superhelden – dem »Jerryman«. Auch das Klischee vom Ex-Knacki, der es nun geschafft hatte, wurde bedient – Jerry wunderte sich selbst, dass er kein Problem damit hatte, so porträtiert zu werden. Anscheinend trug Max' Überzeugungsarbeit Früchte – es hatte tatsächlich keinen Wert, sich über die Vergangenheit Gedanken zu machen, es ging nur darum, in die Zukunft zu blicken und in Los Angeles Gold zu holen. Am besten gleich zweimal – im Einzelrennen und in der Staffel.

US-Leichtathletikverbandschef O'Hara lud alle Athleten, die sich für Olympia qualifiziert hatten, am Abend zu einem groß aufgetischten Bankett. Jerry hätte am liebsten darauf verzichtet, ging auf Drängen von Max dann aber doch hin: »Das ist ein Sehen und Gesehenwerden. Da gibt es sicher potentielle Sponsoren, mit denen wir ins Gespräch kommen können.«

Der Erste, mit dem Jerry bei der Festivität ins Gespräch kam, war allerdings kein potentieller Sponsor, sondern sein alter Widersacher Payne.

»Na, Jones, scheint, als hättest du gerade einen Lauf.« Payne war offensichtlich betrunken und übel gelaunt. Es war ihm dieses Mal nicht gelungen, sich für die Spiele zu qualifizieren, und nachdem er bei der letzten Ausgabe nur als Ersatzmann bei Olympia vor Ort gewesen war, würde er seine Laufbahn nun beenden, ohne je einen Meter bei einem internationalen Großereignis gelaufen zu sein. Das wurmte ihn, aber noch einmal wollte er es nicht mehr versuchen – er war jetzt 28. Es war an der Zeit, mit dem Laufen aufzuhören und in die Firma des Vaters einzusteigen.

Jerry ignorierte Payne und sprach einfach mit Max weiter. Doch Payne ließ nicht locker. »Jones, ich rede mit dir.«

»Aber ich nicht mit dir«, erwiderte Jerry, ehe er sich wieder dem Gespräch mit Max widmete.

»Ich frage mich, wie das gehen kann – dass jemand aus dem Nichts plötzlich 400 Meter unter 45 Sekunden laufen kann«, stichelte Payne weiter.

Jerry drehte sich nun um und blickte Payne in die Augen. »Ich verrate dir das Geheimnis, du Schlauberger – hartes Training. Und jetzt lass mich bitte in Frieden.«

»Hartes Training und ein bisschen Nachhilfe? Nun sag schon, was für einen Wundertee schlürfst du?«

Jerry spürte, wie der Zorn in ihm hochkam. Seine Wangen fühlten sich heiß an und am liebsten hätte er Paynes Gesicht in eine der Sahnetorten am anderen Ende des Buffets getaucht. »Ich lass mir von dir kein Doping unterstellen. Ich schlage vor, du haust jetzt ab.«

»Oho, Mister Jones will mich rausschmeißen. Von meiner eigenen Party«, sagte Payne sarkastisch. Es war tatsächlich auch seine Party, denn der Herr Papa zahlte als größter Geldgeber des Leichtathletikverbandes kräftig mit. Das erklärte auch, warum sich Payne hier als einziger nicht-qualifizierter Athlet tummelte. »Weit sind wir gekommen, in unserem Land – wenn Neger einen von der eigenen Party rausschmeißen. Gute Nacht, Amerika!«

Jerry hatte jetzt genug. »Auf das Gespräch lasse ich mich nicht ein«, sagte er mit klarem Ton. »Weißt du, was der Unterschied zwischen uns ist? Du sprichst auf Cocktailpartys über Leistung, wie wichtig Leistungsträger so wie du für das Land sind – in Wirklichkeit hast du dein ganzes Leben noch nie etwas auf die Reihe gebracht. Ich hingegen rede nicht über Leistung, sondern erbringe sie. Also, sieh es dir gut an im Fernsehen, wenn ich mir meine Goldene hole. Und was deine Party angeht – wenn du mit niemandem teilen willst, dann friss halt alles selbst.« Er hätte nun gute Lust gehabt, seinen mit Käse gefüllten Teller auf den Boden zu schmeißen – doch er konnte Contenance bewahren und stellte ihn in einer betont kontrollierten Bewegung sachte ab. Dann wandte er sich Max zu, der das Gespräch verdutzt miterlebt hatte: »Ich glaube, ich geh dann mal zurück ins Hotel.«

****

Jerry hatte knapp vier Wochen Zeit, um sich auf die Olympiade in Los Angeles vorzubereiten. »Du bist super in Schuss. Jetzt geht es nur darum, deine Form zu konservieren«, sagte Coach Morgan.

Manager Max gelang es Jerrys, Sponsorendeals mit Petschi und Jimorade aufzubessern. Sein Klient war jetzt Goldmedaillenanwärter, da ließen die Firmen gleich noch ein bisschen mehr springen. Auch die Idee von der Suppenwerbung brachte er wieder aufs Tablett und in einer schwachen Stunde sagte Jerry, wenn auch widerwillig, schließlich zu – gemeinsam mit Max begab er sich ins Studio, wo die Dreharbeiten für den Werbespot stattfinden würden.

Es war unübersehbar, dass dort für »Instant Success«, so hieß die Suppenfirma, gedreht wurde – ein paar Autos mit Werbeaufschriften standen vor der Tür und beim Eingang lagen unzählige Flyer auf, alle versehen mit dem weißen Firmenlogo auf violettem Hintergrund.

»Guten Tag, Jerry«, begrüßte ihn Harry, der Regisseur des Clips. Er war ein überdrehter, spindeldürrer Typ von Anfang 30, mit mittellangen braunen Haaren, runder Brille und Dreitagebart. »Hier ist dein Script.«

Jerry sah sich den Text an, es waren nur drei Sätze: »Immer, wenn ich Kraft brauche, tanke ich ›Instant Success‹. Das schmeckt lecker und macht mich froh. ›Instant Success‹ – starten auch Sie kraftvoll durch.«

»Das ist aber kein intellektueller Höhenflug«, raunte Jerry Max zu.

»Ist doch wurscht. Stell dir einfach die 30.000 Flocken vor, die dir das einbringt – dann geht es schon. Augen zu und durch.«

»Ich weiß nicht. Außerdem, was ist das überhaupt für ein Zeug?«, fragte Jerry und wandte sich einer Vertreterin der Firma zu. »Kann ich einmal einen Teller probieren?«

»Aber selbstverständlich, Mr. Jones. Pilz-, Zwiebel- oder Bohnensuppe?«

Jerry deutete auf die Pilzsuppe. Die Firmenrepräsentantin öffnete das Päckchen mit einer geschickten Handbewegung und goss das Innere, ein weiß-bräunliches Pulver, in einen Kochtopf. »Einen Liter Wasser dazu, umrühren und zwei Minuten kochen lassen – und voilà: fertig ist Ihre Instantsuppe.«

Jerry blickte skeptisch, als er den ersten Löffel nahm. Das Süppchen sah nicht gerade appetitanregend aus, aber er wollte ihm eine Chance geben. Im Gefängnis habe ich noch viel schlimmeres Zeug vorgesetzt bekommen, sagte er sich.

Kaum hatte er die Kostprobe »Instant Success« im Mund, spuckte er sie auch schon wieder aus. »Das ist ja scheußlich!«

»Unser Produkt wird mit jedem Mal besser. Sie werden sehen, sobald sich Ihre Geschmackspapillen an ›Instant Success‹ gewöhnt haben, wird es Ihnen so richtig gut schmecken«, erklärte die Firmenrepräsentantin.

»Und wann soll das so weit sein?«

»Erfahrungsgemäß nach der dritten oder vierten Kostprobe. Entschuldigen Sie, ich hätte Ihnen vielleicht vorher sagen sollen, dass dem so ist«, sagte die Frau weiter.

»Ja, und vielleicht sollte das auch auf der Verpackung stehen«, sagte Jerry irritiert.

»Darf ich Ihnen noch einen zweiten Teller zubereiten? Vielleicht hätten Sie jetzt Lust auf unsere Bohnensuppe?«

»Nein, danke. Ich glaube, darauf lasse ich mich nicht ein.«

»Ist ja gut, Kinder«, mischte sich nun Regisseur Harry, der den Dialog am Rande mitverfolgt hatte, ungeduldig ein. »Wir müssen hier jetzt langsam in die Gänge kommen. Jerry, würdest du bitte zur Maske gehen? Und lern schon mal den Text.«

»Moment mal«, erwiderte Jerry. »Ich glaube nicht, dass ich das hier machen sollte. Das Zeug schmeckt ja grauslich, da will ich meinen Namen nicht dafür hergeben.«

»Jetzt stell dich nicht so an, Mann«, brachte sich Manager Max ein. »Denk an den Schotter.«

»Sorry, Max. Aber das geht nicht. Ich würde das Zeug niemals im Leben essen. Und außerdem weiß ich gar nicht, ob das überhaupt gesund ist. Eines ist jedenfalls klar: Schneller rennt man keineswegs, nachdem man das gegessen hat – außer auf die Toilette vielleicht.«

Regisseur Harry rollte die Augen. »Na, bravo! Dann können wir hier gleich abbrechen, oder was?«

»Ja, genau«, antwortete Jerry. »Das könnt ihr.«

Manager Max rollte nun auch die Augen. »Wir haben gerade 30.000 Dollar verloren! Ich krieg gleich die Krise. Was bist du nur für ein sturer Hund.«

»Ach, komm schon«, sagte Jerry. »Ich bin ja nicht der Feind meines eigenen Geldes und Sponsoren sind herzlich willkommen – aber bitte such mir das nächste Mal etwas, mit dem ich mich identifizieren kann, okay?«

Max machte eine abwertende Handbewegung, hatte aber nun bereits wieder sein augenzwinkerndes Lächeln im Gesicht. »Na komm, du Depp. Lass uns hier abhauen. Auf zum nächsten Termin.«

Der nächste Termin war Jerry wesentlich angenehmer. Er war mit Brenda McPherson – jener Kongressabgeordneten, die ihm vor fünf Jahren ein Empfehlungsschreiben für seine Collegebewerbungen geschrieben hatte. Mittlerweile war die 49-Jährige Präsidentschaftskandidatin und drauf und dran als erste Frau ins Weiße Haus einzuziehen.

»Ich wollte mich noch einmal dafür bedanken, dass Sie mich damals unterstützt haben. Ohne Sie wäre ich heute nicht im Olympiateam«, sagte Jerry.

»Natürlich, das habe ich gerne getan. Freut mich, dass ich Ihnen helfen durfte, Ihren amerikanischen Traum zu leben«, erwiderte McPherson, die früher selbst Leichtathletin war, und im Hürdensprint zu den Besten des Landes gezählt hatte. »Alles Gute für die Spiele! Ich werde Ihnen die Daumen drücken.«

»Und ich Ihnen für die Wahl!«

Die beiden schüttelten sich die Hände. »Wenn Sie sich das nächste Mal sehen, sind Sie Präsidentin der USA und Jerry Olympiasieger, okay?«, warf Manager Max ein.

»Das liegt durchaus im Bereich des Möglichen«, lächelte McPherson. »Schließlich liegen wir ja beide in den Umfragen vorne.«

Max rührte unermüdlich die Werbetrommel für seinen Klienten, und so war Jerry bald ein gern gesehener Gast in TV-Sendungen und bei anderen Events. Jerry achtete darauf, dass neben den ganzen gesellschaftlichen Verpflichtungen sein Training nicht auf der Strecke blieb – gemeinsam mit Morgan schuftete er tagaus, tagein auf der Laufbahn und in der Kraftkammer, um noch besser zu werden und bei Olympia topfit am Start zu stehen.

Olympiade

Endlich war der Tag X gekommen: der Abflug zu den Olympischen Spielen in Los Angeles. Da die Spiele in jenem Jahr im eigenen Land stattfanden, traf die US-Olympiamannschaft sich gleich dort zur Einkleidung und zu einem Festbankett.

Roy Howkins, der Präsident des Amerikanischen Olympischen Komitees, war ein begnadeter Redner. Der bullig wirkende 63-jährige ehemalige Ringer erfreute sich nach wie vor einer vollen Haartracht – ob die langsam in Ehren ergrauende Mähne echt war, interessierte niemanden. Umso mehr passten die versammelten Athleten, Betreuer und Funktionäre auf das auf, was der Herr Präsident zu sagen hatte.

Er sprach über den olympischen Spirit, der nunmehr seit mehr als 130 Jahren alle vier Jahre die besten Athleten der Welt zusammenbrachte, um im friedlichen Wettstreit die jeweils Besten ihrer Zunft zu ermitteln. Es ginge zwar vorwiegend ums Dabeisein, aber natürlich war es ihm als des Landes obersten Olympier noch lieber, wenn dabei eine Menge Medaillen – vorzugsweise in Gold – abgeräumt wurden. »Einem Olympiasieger winken Ruhm und Ehre – lebenslang und darüber hinaus«, sagte der Präsident.

Das alles resonierte in Jerry. Wenn ich eine Goldene gewinne, sagte er sich, dann hat mein Leben endlich Sinn bekommen, dann war das ganze Ungemach, das ich durchgemacht habe, nicht umsonst. Er behielt diesen Gedanken für sich, teilte ihn auch nicht mit Morgan und Max, die neben ihm standen.

Die versammelte US-Olympiamannschaft war ein bunter Haufen. Insgesamt 589 Athleten und Athletinnen würden sich in den kommenden 17 Tagen in 36 Sportarten messen – die 16-jährige Turnerin Melanie Woods war die Jüngste im Aufgebot, der 63-jährige Segler Brad Erikson der Älteste.

Die Leichtathletikmannschaft stellte mit 131 Teilnehmern das größte

Kontingent – darunter die sechs 400-Meter-Läufer: Jerry, Fisher und O'Neal, die sich sowohl für das Einzelrennen als auch die Staffel qualifiziert hatten, sowie Schiffmann als vierter Mann für die Staffel und die beiden Ersatzleute, Cohen und Cortez.

Jerry hielt sich am Buffet zurück und verabschiedete sich als einer der Ersten vom Bankett. Gemeinsam mit Morgan schlenderte er in einer lauen Sommernacht die Pacific-Valley-Avenue entlang in Richtung olympisches Dorf. Die beiden besprachen den Trainingsplan und die kommenden Wettkampfeinsätze – zunächst stand in gut einer Woche der 4x400-Meter-Staffellauf auf dem Programm und dann am letzten Tag der Spiele das 400-Meter-Einzelrennen. Zum ersten Mal in der Geschichte wurde die Reihenfolge der beiden Events getauscht – Jerry interessierte sich nicht für die Gründe dahinter, sah dies aber eher als Vorteil, denn, so sagte er sich, wenn wir mit der Staffel Gold holen, bin ich im Einzelrennen schon Olympiasieger und kann dementsprechend etwas entspannter an den Start gehen.

Vor dem Eingang zum olympischen Dorf verabschiedete sich Morgan, der in einem nahegelegenen Hotel untergekommen war. Als Privatcoach von Jerry war er zwar nicht als offizieller Trainer des US-Teams akkreditiert worden, seine Anwesenheit war aber vom Leichtathletikverband geduldet und sogar erwünscht – immerhin war Jerry der heißeste Titelaspirant über die lange Sprintstrecke, und man wusste, dass er mit Morgan optimal harmonierte.

Jerry teilte mit drei weiteren Sportlern eine Wohnung im olympischen Dorf, das bald nur noch »das Dorf« genannt wurde. Neben Eric Hamilton, einem 110-Meter-Hürdensprinter, den Jerry gut kannte, waren auch die Mittelstreckenläufer Bob Barber und Roger Watson Mitbewohner in der Wohnung 49B in der Charlie-Paddock-Straße. Charlie Paddock war 1920 Olympiasieger über 100 Meter; alle Straßen im Dorf waren nach früheren Olympiasiegern benannt worden.

Jerry aß noch schnell einen Müsliriegel als Betthupferl, dann machte er das Licht aus. Vor dem Einschlafen hatte er ein gutes Gefühl. Er stellte er sich vor, wie er seine beiden Goldmedaillen – eine in der Staffel und eine zweite im Einzelrennen – umgehängt bekam. Er wusste, der Erfolg war jetzt zum Greifen nah.

****

Freitag, 21. Juli 2028 – Eröffnungsfeier der 31. Olympischen Sommerspiele. Das Los Angeles Memorial Coliseum ist bis auf den letzten Platz gefüllt. Nach 1932 und 1984 dient das Coliseum nunmehr zum dritten Mal als Olympiastadion.

Vor dem Stadion machen sich die Teilnehmer bereit für den Einmarsch der Nationen. Es sind zwar nicht alle der 11.500 Athleten aus 210 Ländern mit dabei, aber mehr als dreiviertel stellen sich hinter ihren jeweiligen Nationalflaggen auf, dazu kommen Betreuer und Funktionäre – es ist also eine große Karawane, die sich gleich in Bewegung setzen wird.

Das US-Team wird, so wie es Protokoll ist, als Gastgeberland zuletzt in das Stadion einmarschieren. Als Fahnenträgerin fungiert die 39-jährige Marathonläuferin Bridget Friedman, die zum sechsten Mal bei einer Olympiade antritt.

»Das ist ja ganz schön ein Zirkus«, sagte Jerry zum neben ihm gehenden 400-Meter-Kollegen Danny Schiffmann, als der Tross unter ohrenbetäubendem Lärm in das Coliseum kam.

»Das kannst du laut sagen«, antwortete Schiffmann.

Nachdem die Nationalteams ihre Positionen im Infield des Stadions eingenommen hatten, folgte die Eröffnung der Spiele durch US-Präsident Peck. Danach sprachen Roy Howkins als Präsident des nationalen Organisationskomitees und IOC-Präsident Creek, und Tauben wurden als Friedenssymbol in den Himmel über Los Angeles entlassen.

Nun war die Schwimmerin Applegreen an der Reihe, um in Vertretung aller Teilnehmerinnen und Teilnehmer den olympischen Eid zu sprechen: »Im Namen aller Athleten verspreche ich, dass wir an den Olympischen Spielen teilnehmen und dabei die gültigen Regeln respektieren und befolgen und uns dabei einem Sport ohne Doping und ohne Drogen verpflichten, im wahren Geist der Sportlichkeit, für den Ruhm des Sports und die Ehre unseres Teams.«

Zu guter Letzt lief der frühere Basketballsuperstar Ed Harvey als letzter Fackelläufer mit dem olympischen Feuer in das Stadion und entzündete die Schale. 16 Tage würde das Feuer nun im Coliseum brennen. 16 Tage voll von Hoffnung für die Athleten, Triumphe und Niederlagen, so nah beieinander.

Was werde ich hier erreichen?, fragte sich Jerry. Er musste schlucken. Die Zuversicht, die er noch tags zuvor gespürt hatte, war auf einmal wie weggeblasen. Er hatte sich die Eröffnungsfeier als farbenfrohes Spektakel vorgestellt, hatte er frühere Olympiaden doch schon im Fernsehen mitverfolgt – aber das Ganze nun vom Rasen aus selbst mitzuerleben, war noch einmal eine andere Nummer. Und wie er nun zu zweifeln begann, vielleicht eine Nummer zu groß. Seitdem er im Knast mit dem Sprinten begonnen hatte, seitdem er seinen Lebenszweck entdeckt hatte, hatte er auf diesen Moment – sich bei einer Olympiade mit den Besten der Welt zu messen und dabei zu gewinnen – hingearbeitet. Jetzt, da er endlich dort war, wo er immer hinwollte, fühlte er sich von der Situation überfordert. Was, wenn ich meine Form nicht abrufen kann? Wenn ich versage und keine Goldmedaille gewinne?, fragte er sich.

****

John Smith trägt Ruderleiberl und Jogginghose, so wie immer, wenn er sich nach der Arbeit auf der Wohnzimmercouch zum Fernsehen ein paar Dosen Bier einverleibt. Graue Strähnen sind in seinem schütter werdenden Haar deutlich sichtbar, sein Stoppelbart ist bereits zur Gänze weiß. Auch die zahlreichen Falten im Gesicht und zwei sichtbare Zahnlücken tragen dazu bei, dass er mindestens zehn Jahre älter aussieht als die 41 Jahre, die er laut seiner Geburtsurkunde ist.

Sein Footballteam hat gerade verloren, es gibt keine Chance mehr, es doch noch in die Playoffs zu schaffen. Die Fernbedienung fliegt frustriert auf den Tisch vor ihm. Seine Frau und die drei Kinder wissen, dass sie jetzt in Deckung gehen müssen. Seitdem Pflegekind Jerry, mit 13 gerade Vollwaise geworden, im Haus ist, haben sie allerdings Schonzeit – John hat einen neuen gefunden, an dem er sich abreagieren kann. Er stinkt nach Alkohol, Zigaretten und Schweiß. Er packt Jerry grob am Oberarm. Der Junge versucht, sich wegzureißen, aber es ist vergebens – er ist zwar kräftig für sein Alter, aber gegen einen Vorarbeiter am Bau hat er keine Chance. Die erste Ohrfeige trifft Jerry am linken Ohr, ein Pfeifton setzt ein; verzweifelt sucht sein Blick die Pflegemutter. Mary Smith ist zwar auch oft gemein zu ihm, aber er weiß, dass sie selbst von ihrem Mann gepeinigt wird, also gewissermaßen eine Leidensschwester. Kurz kann Jerry ihr in die Augen blicken, dann senkt sie ihren Blick, verschämt. In dem Moment trifft ihn Smith mit der Faust am Kopf, und dann gleich noch einmal, mitten auf die Nase. Jerry fühlt, wie Blut aus seinen Nasenlöchern läuft, und wie ihn Smith nun in den Schwitzkasten nimmt, und die Schläge, die er nun stakkatoartig auf den Hinterkopf verpasst bekommt. Smith sabbert beim Zuschlagen, Jerry spürt den Speichel seines Pflegevaters am Nacken.

»Hör auf, du bringst ihn noch um«, schreit Frau Smith, doch ihr Ehemann lässt nicht von Jerry ab. Im Gegenteil, er schlägt jetzt noch fester zu. Jerry fühlt, wie die Luft weniger wird. Bisher haben seine Verteidigungsschläge noch nichts eingebracht, aber er muss es weiter versuchen – mit aller Kraft kickt er sein linkes Knie in Smiths Nierengegend. Smith schreit auf, für einen Augenblick lässt der Druck des Schwitzkastens nach. Das ist Jerrys Chance, jetzt muss er schnell sein – noch einmal schlägt er mit dem Knie in die gleiche Gegend und dann mit der rechten Faust nach oben, in Richtung des Gesichts seines Peinigers. Jetzt kann er sich von Smith befreien. So schnell er nur kann, läuft er nach oben in sein Zimmer und sperrt zu. Es gelingt ihm, eine Kommode vor die Tür zu stellen, der Zugang ist verbarrikadiert. »Mach auf, du Hurensohn«, hört er Smith draußen rufen. Und dann: »Also gut, wenn ich dich nicht erwische, du Bastard, dann sind die anderen dran.«

Jerry hört die Schreie seiner Ziehgeschwister und der Pflegemutter, und die Schläge von Smith. Irgendwann lässt John von ihnen ab, es ist jetzt still im Haus – einzig das Schluchzen von Mary Smith hört man noch, wenn man genau hinhört.

****

Montag, 24. Juli 2028. Jerry wachte schweißgebadet und mit Herzrasen auf. Es war noch dunkel draußen und ruhig im Haus – kein Wunder um fünf Uhr früh. Er ging in die Gemeinschaftsküche seiner WG und holte sich ein Glas Orangensaft. Während er über die Kopfhörer seines Smartphones Musik hörte, dachte er an die bevorstehenden Aufgaben auf der Laufbahn – er hatte jetzt noch fünf Tage Zeit, um sich mit dem Team auf das Staffelrennen vorzubereiten. Am kommenden Samstag stand dann der Vorlauf auf dem Programm und tags darauf das Finale.

Die Amerikaner waren die großen Favoriten auf den Sieg. Die Statistik sprach eine eindeutige Sprache – 19 von 26 olympischen 400-Meter-Staffelentscheidungen hatten sie schon für sich entschieden, und auch in diesem Jahr setzten sämtliche Buchmacher und Experten auf die US-Boys.

Jerry hatte ein flaues Gefühl im Magen und spürte Sodbrennen aufkommen. Hoffentlich habe ich mir keine Magenverstimmung zugezogen, sagte er sich, oder gar eine Lebensmittelvergiftung. Er war beunruhigt, vor allem auch was die kommenden Wettbewerbe betraf – ja, es stimmte schon, die USA stellten die aussichtsreichste Staffel und er war innerhalb dieser der stärkste Läufer. Aber die Bahamas waren nicht zu unterschätzen, die Briten waren auch stark und Joharaland sowieso – auch wenn letzteres Team ohne jene beiden Athleten, die bei der Hallen-WM alles in Grund und Boden gelaufen hatten, auskommen musste. Beide hätten sich kurz vor Olympia verletzt, hieß es offiziell; inoffiziell hatte man sie beim Dopen erwischt und deshalb aus dem Verkehr gezogen.

Jerry war besorgt, dass sein Team noch nie in der jetzigen Staffelbesetzung gelaufen war. Er fragte sich, ob Nationalcoach Allison die Athleten nicht doch schon vor Olympia zum Training hätte zusammenbringen sollen. Die Staffelübergabe war zwar weniger problematisch als über die 4x100-Meter, aber auch über die längere Distanz konnte so einiges passieren – insbesondere ab dem zweiten Wechsel, wenn die Läufer nicht mehr in ihren Bahnen waren, sondern dicht gedrängt auf der Start-Ziellinie auf ihre heraneilenden Kollegen warteten.

Er legte sich wieder hin und versuchte auf andere Gedanken zu kommen, um noch etwas Schlaf zu finden. Doch sosehr er das auch versuchte, es gelang ihm nicht. Endlich erlöste ihn um acht Uhr früh der Wecker von seinem dauernden Hin- und Herwälzen im Bett. Es war ein strahlend schöner Tag da draußen und schon erstaunlich warm – für die gesamte Olympiade war gutes Wetter vorausgesagt worden und eine enorme Hitze. Da war es wichtig, gut hydriert zu sein, wie ihm Morgan immer und immer wieder gebetmühlenartig vortrug.

»Na, wie hat der Champ heute geschlafen?«, wollte Morgan wissen, als er beim Frühstück auf seinen Schützling traf.

»Schon mal besser«, antwortete Jerry knapp. Er war gerade dabei, ein paar Früchte auf seinen Teller zu schaufeln.

Die Cafeteria im Dorf war riesengroß. Athleten aus aller Herren und Frauen Länder, in den Trainingsanzügen ihrer jeweiligen Teams, stellten sich an den verschiedenen Buffets an, um einen kräftigen Start in den Tag zu erwischen. Für alle Geschmäcker und alle kulturellen und religiösen Hintergründe war etwas dabei. Jerry reizte die südostasiatische Ecke am meisten, aus Sorge um seinen Magen nahm er aber nur etwas Bekanntes – Rührei mit Schinken, Brot und Tee, sowie die schon erwähnten Früchte.

Nach dem Frühstück nahmen Jerry und Morgan den Shuttlebus zu einer der Trainingsbahnen, wo die erste Übungseinheit der Staffel stattfinden würde. Dort trafen sie auch auf Max, der von einem weiteren, möglichen Sponsorendeal sprach, mit einem Shampoo-Hersteller.

»Mich werden sie wahrscheinlich nicht mehr nehmen«, scherzte Morgan, und deutete auf sein kahler werdendes Haupt.

US-Sprintcoach Allison begrüßte die 400-Meter-Läufer in der Kabine. »Das Gute bei einer Olympiade ist, dass man als Coach kein Motivationskünstler sein muss. Wenn man sich für die Spiele qualifiziert hat, brennt schon auch so das innere Feuer – oder täusche ich mich da?«

»Nein, Sir«, klang es unisono aus der Kehle der Athleten. Neben den vier Startern waren auch die beiden Ersatzleute Cohen und Cortez mit dabei. Es kam immer wieder einmal vor, dass sich einer der etatmäßigen Läufer verletzte – also mussten auch die Reservisten ins Training miteinbezogen werden.

Während Allison ein paar administrative Dinge durchging, klebte Jerry seine Startnummer für die gesamten Spiele aufs Trikot und die Shorts. 243, dachte er sich, das war auch meine Zellennummer im Knast. Wie immer, wenn er angespannt war, hatte er seine Schultern etwas hochgezogen, was auch Morgan bemerkte. In dem Moment konnte der aber nichts sagen, denn Allison hatte als Headcoach das Sagen. »So Burschen, genug der Herumfaselei. Zieht euch eure Spikes an, gehen wir auf die Bahn!«

Im Infield der Trainingsbahn gab Allison die Reihenfolge der Läufer bekannt. Als Erster würde Newcomer O'Neal um die Viertelmeile wetzen, dann wäre Schiffmann an der Reihe, als Nächster Fisher und Jerry als Schlussläufer.

Jerry musste schlucken, als er das hörte. Der Gedanke vor ausverkauftem Haus als letzter Läufer der Staffel auf der Piste zu sein war gleichzeitig wunderschön, aber auch angsteinflößend. Er hatte insgeheim gehofft, als Erster dranzukommen, dann hätte er sein ganzes Rennen in der zugelosten Bahn bestreiten können. Außerdem hätte er den Stab nach seinem Lauf nur an einen Kollegen übergeben müssen, was er leichter fand, als ihn zu übernehmen. Aber er wollte keinesfalls Schwäche oder Nervosität suggerieren, also sagte er nur knapp: »O.K., dann werde ich die Kiste zumachen.«

Allison ließ die Athleten zunächst ein paar Steigerungsläufe machen, dann wurden die Stabübergaben ausgiebig trainiert. Jerry war in dem Moment ganz bei der Sache, seine Anspannung war in den Hintergrund gerückt – und kam erst wieder zum Vorschein, als er nach dem Training am Rand der Laufbahn von einer Traube von Reportern umzingelt wurde. Die Fragen waren die zu erwartenden Allgemeinplätze; er fühlte sich nicht wohl dabei und merkte, wie die durchklingende Erwartungshaltung der Medienvertreter in ihm Druck erzeugte.

Wieder zurück im Dorf, las er einen der Artikel, den ein gewisser John Otherman für das Sportmagazin »Beyond Limits« verfasst hatte.

Holt sich Jones das 400-Meter-Double?

Die Hoffnungen der Nation liegen auf den Schultern des 26-jährigen Washingtoners

Etwas mehr als vier Jahre ist es jetzt her, als der Stern von Jerry Jones am Sprinthimmel aufging. Nach nur einem Jahr Training qualifizierte sich der 100-Meter-Läufer damals für die Olympiade in Paris. Alle Türen schienen dem Ex-Häftling offen zu stehen, dann setzte es einen herben Rückschlag für Jones – er verletzte sich am Tag vor der Abreise nach Paris schwer und kämpfte jahrelang erfolglos um ein Comeback.

Erst letzten Winter gelang ihm unter Trainer Morgan Clemence wieder der Anschluss an die Weltklasse – und zwar über die 400 Meter. »Ich zögerte anfangs, als Morgan mir riet, es auf der langen Sprintstrecke zu versuchen. Aber schon beim ersten Probetraining hatte ich ein gutes Gefühl und entschloss mich umzusatteln.«

Jones hat diesen Schritt nie bereut, was angesichts der Erfolge, die er bislang schon über die 400 Meter einheimsen konnte, auch kein Wunder ist: Platz vier bei der Hallen-Weltmeisterschaft und die US-Meistertitel sowohl in der Halle als auch im Freien sprechen eine deutliche Sprache. Damit hat sich der 26-jährige Washingtoner als stärkster Amerikaner über die Viertelmeile etabliert, auf seinen muskulösen Schultern ruhen nun die Hoffnungen der Sprintnation.

Kann Jones in die Fußstapfen der ganz Großen des Sports treten und LA als Doppelolympiasieger verlassen? Wir werden es in Kürze wissen – der 400-Meter-Staffellauf der Herren, bei dem Jones als Schlussläufer eingesetzt wird, steigt am kommenden Wochenende, das 400-Meter-Einzelrennen dann eine Woche später.

****

Jerry schlief wieder schlecht in der darauffolgenden Nacht. Wieder waren es Albträume, die ihn plagten, und er merkte, wie seine Nervosität stetig zunahm. Er war vor Rennen schon oft nervös gewesen, aber noch nie in dem Ausmaß und noch nie schon so lange Zeit vor dem Startschuss. Er musste an den Satz des Journalisten denken, dass die Hoffnungen der Nation auf seinen Schultern ruhten – es fühlte sich wie eine tonnenschwere Last an, die ihn fast erdrückte.

Noch schwerer als die Hoffnungen der Nation drückte seine eigene Erwartungshaltung. Damals im Gefängnis, als er sich das Ziel gesetzt hatte, einmal Olympiasieger zu werden, war das Ganze noch ganz weit weg – fast wusste er damals, dass dieser Wunsch unrealistisch war, aber er verinnerlichte ihn trotzdem voll und ganz, weil er spürte, dass dieser Wunsch ihn am Leben erhalten würde und ihm endlich einen Weg zeigte. Bislang war ein möglicher Olympiasieg weiter weg als der Mond gewesen, jetzt spürte er, dass er schon im Orbit angekommen war. Jetzt kam der entscheidende Moment: Würde er seine Mission nun beenden und erfolgreich landen können? Würde er es schaffen, Olympiasieger zu werden? Dann würde retrospektiv alles Sinn machen – die ganze Scheiße, die er seit dem Tod der Eltern durchmachen musste, wäre mit einem Mal nicht mehr umsonst gewesen, sondern etwas, das ihn noch stärker gemacht hätte; stark genug für den größten Titel im Sport. Sein Name würde dann für immer in den Geschichtsbüchern stehen und er würde den Sieg seinen Eltern widmen.

Die Ungewissheit über den Ausgang war das Schlimmste. Gab es denn nicht irgendwo eine Kristallkugel, in die man blicken konnte, um in die Zukunft zu sehen? Er fühlte, dass seine Gedanken sich im Kreis drehten.

****

Am Tag vor dem Staffelvorlauf war Jerry noch früher wach als sonst, wieder hatte er nicht ausreichend Schlaf gefunden. Er war gerade dabei, sich in der Gemeinschaftsküche einen Tee zu machen, als sein Mitbewohner Eric, der Hürdenläufer, hereinkam.

»Na, kannst du auch nicht schlafen?«, eröffnete Eric den Small Talk. Er war angespannt, denn das Finale über 110 Meter Hürden stand an jenem Tag auf dem Programm.

»Jaja, diese Rennen können einem schon den Schlaf rauben«, sagte Jerry bewusst allgemein.

Eric nickte. »Gott sei Dank ist es bald vorbei. Egal wie es ausgeht – spätestens in zwei Wochen liege ich mit meiner Freundin am Strand der Bahamas und lasse mir die Sonne auf den Bauch scheinen.«

Jerry dachte an Jenny. Es war jetzt drei Jahre her, seitdem er mit ihr Schluss gemacht hatte. Wo würde sie jetzt sein? War sie schon als Ärztin tätig? Wie schön wäre es jetzt, sich auf so etwas wie Eric freuen zu können – einen Urlaub mit der Freundin. Was würde er vorfinden, wenn er von seinem Olympiaabenteuer zurückkam? Wenn er gut abschneiden würde, wahrscheinlich ein paar neue Werbeverträge – er sah Max vor sich, wie er sich wie ein Honigkuchenpferd über neue Deals freute. Wahrscheinlich würde er auch interviewt werden, von Fernsehstation zu Fernsehstation gereicht, wo er überall seine Lebensgeschichte und sein Erfolgsgeheimnis preisgeben sollte. Vielleicht würde ihn gar eine Delegation seiner Heimatstadt vom Flughafen abholen und ihn als großen Sohn der Stadt feiern, ihn vielleicht sogar zum Ehrenbürger machen?

Aber wie würde es sein, wenn er bei der Olympiade leer ausginge? Wenn er ohne Medaille zurück nach Washington käme? Er erinnerte sich an die Leere, die er empfunden hatte, als er einmal nach einer Niederlage wie ein geprügelter Hund zurückkam – niemand hatte damals von ihm Notiz genommen. Niemand außer Jenny. Was bin ich nur für ein Idiot, sagte er sich, dass ich von diesem Mädchen weggelaufen bin.

Er nahm einen letzten Schluck vom Tee und wünschte Eric alles Gute für sein Rennen. Dann machte er sich auf ins Trainingsstadion, wo die Staffel zum letzten Mal vor dem morgigen Vorlauf miteinander trainierte.

****

»Ja, Jungs, so wird's gemacht«, ermutigte US-Sprintcoach Allison seine 400-Meter-Staffelläufer. Die Athleten präsentierten sich in guter Form und auch die Stabübergaben liefen mittlerweile wie am Schnürchen.

Wann immer er im Training auf der Laufbahn war, gelang es Jerry, seine negativen Gedanken auszublenden, in diesen Momenten fühlte er die Anspannung nicht. Doch sobald er seine Spikes auszog, war die Nervosität wieder da. Morgan merkte, dass irgendetwas mit seinem Schützling nicht stimmte – doch wann immer er Jerry nach seinem Befinden fragte, wich dieser aus. »Alles unter Kontrolle, Coach. Nur ein bisschen Lampenfieber, das ist ganz normal – schließlich ist man nicht jeden Tag bei einer Olympiade.«

»Ja, da hast du recht – noch dazu nicht in L.A.«, erwiderte Morgan. »Ich erinnere mich noch gut an die Spiele 1984 – was für eine tolle Atmosphäre. Damals hat mein Athlet McClair eine Goldene gewonnen. Atlanta 1996 muss auch ganz toll gewesen sein, haben mir Kollegen gesagt. Leider konnte ich dort nicht dabei sein – du weißt, im Vorfeld ist mein Joey gestorben.«

»Ja, ich erinnere mich«, sagte Jerry.

Morgan atmete tief durch. »Ich dachte nach Joeys Tod immer, dass ich in meinem Leben niemals mehr wirklich glücklich werden würde. Zumindest dachte ich das, bis dass wir zwei mit der Olympiavorbereitung begonnen haben. Jetzt fühle ich wieder so etwas wie Freude, die Leere ist weniger geworden. Danke für alles. Es ist toll mit dir zu arbeiten und mit dir hier zu sein, mein Junge.«

»Klar, keine Ursache«, sagte Jerry, leicht verwirrt. Er wusste nicht so recht, wie er Morgans Worte einordnen konnte.

»Jetzt lauf dich noch ein bisschen aus, und dann haust du dich in die Eistonne, okay? Und sieh zu, dass du dich gut ausschläfst, mein Junge«, wies Morgan seinen Schützling an, ehe er ihm väterlich einen Arm auf die Schultern legte. »Morgen geht es in die Vollen. Let the Games begin!«

»Ich kann kaum noch warten«, erwiderte Jerry. In Wirklichkeit wäre es ihm in dem Moment lieber gewesen, ganz weit weg zu sein – von der

Olympiade und der Leichtathletik an sich. Warum habe ich nur mit dieser Rennerei angefangen?, fragte er sich, dann müsste ich hier nicht antreten. In der nächsten Sekunde verwarf er den Gedanken schon wieder – natürlich war er froh hier zu sein und mit der Leichtathletik begonnen zu haben. Der Sport hatte ihm Identität gegeben, seinem Leben Sinn. Es musste ihm nur gelingen, seine Nerven im Zaum zu halten, und den Staffelwettbewerb erfolgreich zu bestreiten – von da an würde alles leichter gehen, da war er überzeugt.

****

Eric, Jerrys Mitbewohner im Dorf, hatte überraschend Gold über 110 Meter Hürden gewonnen. Die Feier begann unmittelbar nach dem Zieleinlauf und setzte sich danach in der Innenstadt von L.A. fort – zu dem Zeitpunkt, als Eric mit ein paar Freunden in seinem Zimmer im Dorf ankam, hatte die Feiertruppe schon ordentlich was intus. Eine weitere Sektflasche wurde geköpft und laute Musik aufgelegt – AC/DC.

Der Lärm aus dem Nebenzimmer weckte Jerry, es war 1:20 Uhr früh. Er kramte nach den Ohrstöpseln in seiner Reisetasche und stopfte sie in die Ohren. Vielleicht geht es jetzt, sagte er sich, als er wieder versuchte einzuschlafen – doch der Lärm drang auch so in seine Gehörgänge. Außerdem setzten seine Versagensängste wieder voll ein, an ein Schlafen war jetzt nicht mehr zu denken.

2 Uhr früh, der Lärm aus Erics Zimmer war eher noch lauter geworden. So eine Schweinerei, dachte sich Jerry, und schrie »Könnt ihr endlich Ruhe geben! Ich habe morgen ein Rennen« in die Nacht.

Einer der beiden anderen Mitbewohner schrie »Hallelujah« dazu und endlich wurde es leise. An ein Schlafen war für Jerry dennoch nicht zu denken – gerädert quälte er sich um 7:30 Uhr früh aus dem Bett und machte sich für den Tag bereit. Der Vorlauf über 4x400 Meter stand um 14 Uhr auf dem Programm.

****

Jerry frühstückte gemeinsam mit seinem Staffelkollegen O'Neal. Der 19-Jährige schien die Ruhe wegzuhaben, so als ob es in ein paar Stunden um eine Ortsmeisterschaft gehen würde. Jerry wusste, dass das der richtige Ansatz war, fast bewunderte er O'Neal für seine stoische Gelassenheit. »Bist du immer so ruhig vor einem Rennen?«

»Ja, eigentlich schon«, antwortete O'Neal.

»Woher hast du das?«, wollte Jerry weiter wissen.

»Keine Ahnung«, erwiderte O'Neal. »Vielleicht hat mir das instinktiv mein alter Herr mitgegeben. Er hat mir schon in der Middle School immer gesagt – egal wie es heute ausgeht, am Abend essen wir zuhause bei der Mama eine warme Suppe, dann ist alles wieder gut.«

»An eine warme Suppe denke ich heute nicht gerade«, grinste Jerry, »bei den Temperaturen.« Tatsächlich zeigte das Thermometer schon fast 30 Grad an, es würde also eine regelrechte Hitzeschlacht werden.

»Für den Sprint eigentlich kein Nachteil«, mischte sich Morgan ein, der sich gerade mit Max zu Jerry und O'Neal gesellt hatte. »Da sind die Muskeln schön gut aufgewärmt.«

»Zweckoptimismus ist dein zweiter Vorname«, schmunzelte Jerry.

»Na, irgendjemand muss hier ja optimistisch sein«, sagte Max. »Die Buchmacher sind es übrigens auch: Ihr seid 3:5-Favoriten auf den Sieg.«

»Na ja, dann wollen wir die Herren Buchmacher mal nicht enttäuschen«, sagte O'Neal. »Ich gehe noch ein bisschen zum Relaxen aufs Zimmer. Ich seh dich dann später.«

Jerry nickte. Er blickte auf die Uhr, es war jetzt 9:30 Uhr. »Ich glaube, ich schau schon mal rüber ins Stadion.« Er schulterte seine Sporttasche und ging mit Max und Morgan zum Shuttlebus, der sie zum Coliseum bringen würde. Dort angekommen, musste er sich von Manager und Coach verabschieden – nur Akkreditierte hatten Zutritt ins Innere des Stadions.

Max riet ihm freundschaftlich »Hau rein!«. Morgan lächelte und gab seinem Schützling ein High-Five, dann sagte er »Zeig ihnen, woraus du gemacht bist, Junge!«

Jerry nickte, ehe er schnell die Stufen zum Athleteneingang hinunterging. Morgan blickte ihm lange nach. Er wusste, dass Jerry hypernervös war, aber ebenso wusste er aus langer Erfahrung, dass es jetzt – unmittelbar vor einem großen Rennen – keinen Sinn machen würde, darauf einzugehen. Wenn er in dem Moment Jerrys Angespanntheit thematisiert hätte, dachte er sich, dann würde sein Schützling nur noch nervöser werden. Alles, was es jetzt brauchte, waren einfache, klare Instruktionen und positive Affirmationen – also rief er seinem Athleten noch »Mach's gut, mein Junge!« nach. Ob Jerry das noch gehört hatte, wusste er nicht.

****

Jerry war als Erster der Staffel in der Umkleidekabine, von den drei Kollegen und US-Coach Allison war noch nichts zu sehen. Er deponierte seine Sporttasche im Spind und ging raus ins Stadion, um sich ein paar der Events anzusehen. Er sah den Sieg des ukrainischen Hammerwerfers Oliynyk und jenen der 800-Meter-Läuferin Otieno aus Kenia, und wie die 10.000-Meter-Läufer ihre Runden drehten – doch er nahm all dies nur peripher war, seine Gedanken drehten sich ständig um seinen 4x400-Meter-Vorlauf. Hoffentlich würde alles gut gehen. Alle paar Minuten blickte er auf die Uhr. Ein TV-Reporter von OMG bat ihn um ein Interview, aber Jerry winkte ab – nach dem Rennen gerne, nicht jetzt.

11, 12, 13 Uhr. Eine Stunde vor dem Rennen, die Sonne brannte gnadenlos ins Stadionoval. Jerry erinnerte sich an Morgans Mantra, viel zu trinken, um nicht zu dehydrieren. Er schüttete sich eine Flasche seines Sponsors Jimorade hinein, dann ging er wieder in die Kabine, um sich für das Rennen umzuziehen. Coach Allison und die Kollegen Fisher und Schiffmann waren nun bereits eingetroffen. »Hoffentlich lässt uns der Kleine nicht im Stich«, sagte Schiffmann, halb im Scherz, und meinte Team-Benjamin O'Neal, der zu dem Zeitpunkt noch nicht in der Kabine war.

»Keine Sorge, ich kenne keinen, der seinen Olympiastart verpasst hat«, versuchte Fisher zu beruhigen.

»Doch, doch. Das gab es schon«, erklärte Coach Allison. »Aber ich glaube, das wollt ihr jetzt nicht hören, oder?«

Fisher sandte daraufhin eine Textmessage an O'Neal, der »On my way« zurückschrieb. Jerry hatte sich einstweilen sein Trikot angezogen und die Spikes. Er fühlte, wie seine Hände vor Aufregung feucht waren. Endlich kam O'Neal daher. »Sorry, ich habe noch schnell ein Interview gegeben.«

»O.K.«, antwortete Coach Allison etwas unwirsch. »Raus mit euch zum Aufwärmen!«

Während sie unter Sonnenschutz auf der Aufwärmbahn ein paar Stretchingübungen machten, versuchte Schiffmann, seine Kollegen mit ein paar Jokes zum Lachen zu bringen. Zumindest bei O'Neal erzielte er die erhoffte Wirkung – der 19-Jährige zerkugelte sich förmlich. Fisher hatte Kopfhörer auf und nicht hingehört, und Jerry war mittlerweile wie gelähmt vor Aufregung – er lächelte nur kurz formhalber und hoffte, Schiffmann würde endlich ruhig sein.

Jerry griff alle paar Minuten auf sein Trikot, um sicherzustellen, dass seine Startnummer noch genau da war, wo er sie hingeklebt hatte. »Zehn Minuten bis zum Start des ersten Vorlaufs über 4x400 Meter der Herren«, verkündete ein Offizieller. Bald würden die Athleten in den Startbereich geführt werden. Zuvor noch einmal die Schnürsenkel kontrollieren, dachte sich Jerry, damit sie ja nicht zu lange sind und der Knoten hält. Er machte stets einen doppelten Knoten, zuvor zurrte er die Schnürsenkel immer so fest er nur konnte zusammen – so auch an jenem Tag. »Zsk!«

»Verdammte Scheiße!«, fluchte Jerry. Einen Augenblick starrte er hilflos auf das abgerissene Band in seinen Händen, dann schrie er »Ich brauche einen Schnürsenkel – Jetzt!« – laut genug, dass es auch einer der zahlreichen Ordner hörte, der in Windeseile einen Schnürsenkel abtrat. Jerry bedankte sich schnell, dann versuchte er das Band in den Schuh zu geben, was ihm aber nicht gelang – seine Hände zitterten.

»Na, komm schon«, sagte Teamkollege Schiffmann, ehe er den Schnürsenkel in Jerrys Schuh fädelte.

Jetzt gab es keine Zeit mehr zu verlieren, die Ordner dirigierten das US-Team an den Start. Die vier Athleten gaben sich noch High-Fives, dann begab sich Startläufer Schiffmann zum Startblock auf Bahn drei. Neben ihm nahmen die Konkurrenten aus Griechenland, Japan, Honduras, Großbritannien, Schweden, Ghana und Kuwait ihre Positionen ein. Die USA waren der große Favorit.

»Pumm«, der Startschuss, die Athleten sprinteten los. Schiffmann ging von Beginn an in Führung, die Briten und Japaner folgten. Als die Läufer zum ersten Mal auf die Zielgerade bogen, tat sich zwischen Schiffmann und seinen Verfolgern schon eine Lücke von gut acht Metern auf. Nun übernahm Youngster O'Neal.

Jerry tänzelte in der Zwischenzeit auf der Stelle. Mit offenem Mund sah er zu, wie O'Neal den Vorsprung des US-Teams noch weiter ausbaute. Von den Rängen drangen deutlich hörbar die Chöre der amerikanischen Fans nach unten: »Rah-rah-rah! U-S-A! Rah-rah-rah! U-S-A!« Auch Fisher feuerte seinen jungen Teamkollegen lautstark an: »Komm schon, Mark!«

Nun war Fisher selbst an der Reihe. Der Routinier strahlte mutige Entschlossenheit aus, als er sich an der Start-Ziel-Linie aufstellte. Während O'Neal mit voller Fahrt die letzten Meter seines Turns abspulte, setzte in der Stabwechselzone hektische Betriebsamkeit ein – jeder der acht Konkurrenten versuchte in eine ideale Position für die Übergabe zu kommen. Fisher konnte sich auf der günstigen Innenbahn behaupten und übernahm den Stab reibungslos von O'Neal. Die US-Boys führten mittlerweile mit 20 Metern Vorsprung.

Die amerikanischen Schlachtenbummler waren jetzt noch deutlicher zu hören. Jerry fühlte die ganze Last des Augenblicks auf seinen Schultern. Ein Funktionär signalisierte ihm, dass es nun an der Zeit war, zur Startposition zu gehen. Er merkte, wie ihn der breitschultrige Schwede Persson, beim Versuch, sich ebenfalls in günstige Stellung zu bringen, leicht anrempelte. Jerry schüttelte irritiert den Kopf.

Fisher kam wie erwartet als Erster auf die Start-Ziel-Gerade zurück – hinter ihm kam lange nichts mehr, die zweitplatzierten Japaner lagen nunmehr bereits 30 Meter hinten, eine halbe Sprintewigkeit.

Versau es nicht, Jones!, sagte sich Jerry kurz bevor Fisher den Stab an ihn übergeben würde. Versau es nicht!

Jerry blickte dem heraneilenden Kollegen entgegen. 20 Meter noch, zehn, fünf ... – der heftige Anprall Fishers holte ihn von den Beinen. Der Stab flog auf die Nebenbahn. Fisher schrie »Scheiße«, und dann in Richtung Jerry: »Warum bist du nicht angelaufen, du Depp?«

Jerry sprang so schnell er nur konnte hoch und griff nach dem am Boden liegenden Stab. Genau in dem Moment kam der Brite Butcher daher, der dem Stab unabsichtlich einen Tritt versetzte. Gleichzeitig prallte der Schlussläufer aus Griechenland auf Jerry, der nun noch einmal zu Boden ging. Der Grieche fluchte lautstark und zeigte theatralisch den Schneidezahn, den er beim Zusammenstoß verloren hatte.

Jerry kam mit Nasenbluten und aufgeschundenen Knien davon, mit leerem Blick saß er am Rande der Laufbahn. Es fühlte sich alles surreal an für ihn, so als ob ein Film in Zeitlupe und mit verwischtem Ton ablaufen würde. Schön langsam dämmerte es ihm, dass er gerade die ruhmreiche 4x400-Meter-Staffel der USA um den Finaleinzug und damit um eine wahrscheinliche Goldmedaille gebracht hatte.

Das Rennen war mittlerweile zu Ende. Die Briten hatten vor Japan und Ghana gewonnen. Der nächste Event stand auf dem Programm. Jerry saß immer noch an der gleichen Stelle, seine drei Teamkollegen mussten ihm auf die Beine helfen. Sie sprachen ihm Mut zu und sagten ihm, er solle sich keine Sorgen machen, so etwas könne jedem passieren.

Jerry schüttelte immer und immer wieder den Kopf, als er langsam zurück zu den Katakomben des Stadions ging. Auf den Rängen war es jetzt ruhiger, zumindest von den US-amerikanischen Fans war nichts mehr zu hören.

Lichtlosigkeit

Wie in Trance zog Jerry sich um. Coach Alison sagte ihm, dass er es sich nicht zu Herzen nehmen solle, und dass er ja im Einzelrennen in ein paar Tagen noch zeigen könne, woraus er gemacht sei.

Das Einzelrennen? Jerry hatte keine Lust mehr, noch einmal da rauszugehen, in jenes Oval. Geistesabwesend packte er seine Spikes und Sportkleidung in die Tasche. Er nahm noch einen Schluck Wasser, dann verabschiedete er sich von Allison, der ihm nachrief: »Wenn du sprechen willst, dann ruf mich jederzeit an.«

Jerry war jetzt nicht zum Sprechen zumute – auch nicht mit Morgan und Max, die er vor dem Stadion traf. Morgan legte einen Arm auf Jerrys Schulter, er sagte nur: »Mach dir nichts draus, Junge.« Max war ganz still, das erste Mal seitdem Jerry ihn kennengelernt hatte, sagte er länger als fünf Minuten überhaupt nichts.

»Ich geh dann mal zurück ins Dorf«, brach Jerry das Schweigen.

»Wir begleiten dich«, sagte Morgan.

»Danke, aber das ist nicht nötig. Ich will jetzt alleine sein«, erwiderte Jerry, ehe er in Richtung olympisches Dorf ging.

****

Beim Eingang zum Dorf wollte ihm ein Reporter des *New York Globe* ein paar Sätze entlocken. Jerry sah bewusst auf die andere Seite und damit der Reporter es auch wirklich verstand, sagte er laut und deutlich »Nein«. Er wollte nun so schnell als möglich auf sein Zimmer und rannte die letzten paar Hundert Meter. Bob, einer der beiden Mittelstreckenläufer, mit denen er sich das Apartment im Dorf teilte, bereitete sich gerade sein Abendessen zu, als Jerry hereinkam. Bob blickte verlegen zu Boden. Er wusste augenscheinlich schon von Jerrys Missgeschick – was kein Wunder war, denn zu dem Zeitpunkt war die unfreiwillig komische, missglückte Stabübergabe der amerikanischen 4x400-Meter-Staffel schon gefühlte tausendmal im Fernsehen gezeigt worden und in Social-Media-Kanälen gepostet.

Jerry stellte sich vor, wie die Journalisten sich an der Story abarbeiteten und hämische Überschriften zum Besten gaben, à la »Peinliches Aus für Staffel: Jones landet auf dem Allerwertesten«. Er ließ sich auf sein Bett fallen und stieß einen lauten Seufzer aus. Sein Blick war zur Decke gerichtet. Er erinnerte sich an seine Zelle im *Detention Center*, wie er damals auch öfter einfach so auf seiner Pritsche gelegen war und nach oben gestarrt hatte. Was sollte er jetzt tun? Ich habe auf der ganzen Linie versagt, sagte er sich. Was nützt es mir, dass ich körperlich in Topform bin, wenn meine Nerven nicht halten? In fünf Tagen würde die Konkurrenz für das Einzelrennen beginnen. Würde er sich bis dahin wieder aufgebäumt haben? Und falls nicht: Wäre es nicht besser gar nicht mehr anzutreten und seinen Platz an einen Teamkollegen abzugeben? Er hatte den Druck schon vor dem Staffelwettbewerb nicht ausgehalten – warum sollte es jetzt vor dem Einzelrennen besser sein, noch dazu nach der erlittenen Staffelschlappe?

Seine Gedanken drehten sich im Kreis, wie auf einer Laufbahn kam er immer wieder an der Start-Ziel-Linie vorbei. Er fühlte, wie seine Erschöpfung sich mehr und mehr bemerkbar machte und seine Augenlider schwer wurden. Er weigerte sich, so lange er konnte, seine Augen zu schließen, er wollte wach bleiben – denn er wusste aus langer, schmerzlicher Erfahrung, dass die Verzweiflung nach dem Aufwachen immer am größten war.

Irgendwann verlangte der Körper sein Recht und er schlief ein.

****

Jerry schläft alleine auf seinem Zimmer, das Fenster ist offen. So wie er es im Hochsommer oft macht, hat er sich nicht zugedeckt, um die Hitze im ersten Stock des Hauses weniger zu spüren.

Pflegevater John Smith kommt in den Raum. Er ist wieder einmal besoffen, und hat Mühe geradeaus zu gehen. Er steuert zunächst das Fenster an, um es zu schließen. Dann setzt Smith sich auf Jerrys Bett. Er berührt den 13-Jährigen an den Schultern, was ihn sogleich weckt.

»Pscht«, sagt Smith und hält sich dabei einen Zeigefinger vor den Mund, um das Gesagte zu verdeutlichen. Mit der anderen Hand hält er Jerrys Mund zu. Der Junge riecht die Alkoholfahne des Pflegevaters, er fühlt, wie Übelkeit und Panik in ihm hochkommen. Er möchte schreien, aber er kann nicht.

Smith hat sich mittlerweile seiner Unterhose entledigt, sein erigiertes Glied drückt gegen Jerrys Körper. »Wenn du mir hilfst, ist es gleich vorbei.«

****

Jerry schreckte aus seinem Schlaf. Es war mitten in der Nacht, der Radiowecker am Nachtkästchen zeigte 1:47 Uhr. Er konnte sich an den Albtraum erinnern, den er gerade gehabt hatte, und wie es dann weitergegangen war. An die zuckenden Bewegungen und das Keuchen von Smith, und an die Tränen danach, an die Schwierigkeit, am nächsten Tag aus dem Bett zu steigen und in die Schule zu gehen. An die große Traurigkeit und an die Leere.

Er holte sich ein Glas Wasser aus der Gemeinschaftsküche und trank es auf einen Zug aus. Dann versuchte er wieder einzuschlafen, vergebens. Irgendwann gelang es ihm dann doch.

****

Es war bereits Mittag, als Jerry aufwachte. Obwohl er nun mehrere Stunden geschlafen hatte, fühlte er sich nach wie vor wie gerädert und verzweifelt. Er hatte Mühe, aus dem Bett zu kommen, und als er es dann doch schaffte, fühlte er sich schwindlig und wie ein alter Mann. Wie soll ich so 400-Meter-Rennen auf Weltklasseniveau bestreiten? Wieder kam ihm der Gedanke, das Ganze einfach sein zu lassen und sich sang- und klanglos zu verabschieden – aus dem olympischen Dorf und von der ganzen Leichtathletikkarriere.

Nachdem er ein Glas Orangensaft getrunken hatte, sah er auf das Display seines Handys. Acht Anrufe in Abwesenheit und vier Textnachrichten – von Morgan, Manager Max und US-Coach Allison. Alle fragten, wie es ihm ginge.

Er hatte keine Lust zu antworten. Stattdessen bereitete er sich Toast mit Avocadoaufstrich zu und legte sich wieder ins Bett. Wieder blickte er zur Decke. Als er kurz davor war einzuschlafen, klingelte das Telefon – es war Morgan.

Jerry überlegte zwei Klingeltöne lang, ob er ihn wegdrücken sollte, oder abheben. Er entschloss sich für Letzteres.

»Hallo, mein Junge. Wie geht es dir?«

»Ging mir schon einmal besser.«

»Ja, klar. Aber hör mal zu. Am Freitag ist der Vorlauf für das 400-Meter-Einzelrennen, da sind die Karten wieder neu gemischt«, versuchte ihm Morgan Mut zu machen.

»Jaja, sicher«, sagte Jerry beiläufig, so als ob Morgans Worte in ein Ohr rein und durch das andere raus gegangen wären.

»Wann können wir uns sehen? Wann kann ich vorbeikommen?«

»Heute nicht mehr. Morgen vielleicht, o.k.?«

»O.K., ich werde da sein.«

****

Jerry verbrachte den Rest des Tages mit im Bett liegen. Zwischendurch aß er eine Kleinigkeit und checkte sein Telefon nach neuen Nachrichten – ein paar Journalisten hatten irgendwo seine Nummer aufgetrieben und Messages hinterlassen, ebenso wieder Max und US-Coach Allison. Letzterer war zusehends verärgert über Jerrys Funkstille: »Das ist keine Art. Melde dich endlich«, textete er.

Jerry war nach wie vor am Überlegen, ob er im Einzelrennen überhaupt noch antreten sollte. Er hatte Riesenbammel, noch einmal im

Rampenlicht des Stadions und damit der Weltöffentlichkeit zu stehen. Was, wenn er wieder so versagen würde, wenn er seine Nerven wieder nicht in den Griff bekommen würde? Wäre es da nicht besser, eine Verletzung oder eine Magenverstimmung vorzutäuschen und sich heimlich, still und leise aus L.A. zu verabschieden?

Irgendwann schlief er ein. Mitten in der Nacht schreckte er wieder auf, schweißgebadet. Wenn diese Scheiß-Albträume doch endlich aufhören würden, sagte er sich. Was gäbe er nur darum, endlich und für immer im Kopf frei zu sein, und seine schlimmen Erfahrungen endlich ganz hinter sich lassen zu können – um endlich unbeschwert in die Zukunft blicken zu können.

****

Dienstag, 1. August 2028, 9:53 Uhr. Jerry wurde durch das Klopfen an seiner Zimmertür geweckt. Es war Morgan. »Aufstehen, mein Junge. Keine Müdigkeit vorschützen.«

»Komm rein, alter Mann«, begrüßte ihn Jerry.

Morgan setzte sich auf einen der beiden Stühle im karg eingerichteten Zimmer. Jerry nahm auf dem Bett Platz.

»Gemütlich hier«, sagte der Coach verlegen, um das Gespräch in Gang zu bringen.

»Ansichtssache, würde ich sagen.«

»Und wie geht es dir, Junge?«

»Na ja, es geht so.«

»Sieht aber nicht so aus«, bohrte Morgan weiter.

Die beiden saßen sich eine Weile still gegenüber. Jerry tat sich schwer, den Blickkontakt zu halten. Um von seiner Unsicherheit abzulenken, nickte er ein paarmal merkbar mit dem Kopf. »Um ehrlich zu sein, es geht mir beschissen«, sagte er endlich.

»Klar«, sagte Morgan. »Das habe ich mir schon gedacht.«

»Mhm«, nickte Jerry.

»Es ist vollkommen normal, sich nach so einer Niederlage niedergeschlagen zu fühlen«, holte Morgan aus. »Aber jetzt ist es an der Zeit, wieder aufzustehen, mein Junge. In drei Tagen ist das nächste Rennen. Da musst du wieder 100 Prozent abrufen.«

»Was ist, wenn ich nicht mehr 100 Prozent abrufen kann oder will?«

»Aber, Jerry, mein Junge – du bist doch in der Form deines Lebens. Du hast so viel in deine Karriere investiert, all die Schufterei. Jetzt kommt die Erntezeit«, ermutigte ihn Morgan.

»Ich glaube nicht, dass ich hier noch einmal antreten werde. Das heißt, eigentlich weiß ich es schon. Ich werde es Allison mitteilen, er soll meinen Platz einem anderen zur Verfügung stellen«, sagte Jerry.

»Machst du es dir da nicht zu leicht, mein Junge?«

»Nein, das glaube ich nicht«, erwiderte Jerry nach einer längeren Pause. Er wirkte nun bestimmt und ungehalten. »Außerdem, was ich dir schon lange einmal sagen wollte – es stört mich, dass du mich in jedem zweiten Satz ›Junge‹ oder ›mein Junge‹ nennst. Kannst du das künftig bitte bleiben lassen?«

»Aber, Jerry, mein Junge«, begann Morgan sich zu rechtfertigen, ehe er merkte, wieder »mein Junge« gesagt zu haben. »Ich will doch nur das Beste für dich.«

»Aha, das Beste für mich«, wiederholte Jerry sarkastisch. »Ich würde sagen, du willst das Beste für dich. Sind wir uns ehrlich: Du bist doch nur hier, weil du mich als ein Mittel zum Zweck siehst, um noch einmal Gold zu holen. Wie es mir dabei geht, ist dir doch scheißegal.«

»Sei jetzt bitte nicht ungerecht«, warf Morgan ein. Er war ob der Anschuldigungen wie gelähmt und musste sichtlich um Worte ringen. »Glaubst du, ich wäre hier, wenn du mir nichts bedeuten würdest? Nach Joeys Tod wollte ich nie wieder einen Athleten betreuen, geschweige denn bei einer Olympiade dabei sein. Erst die Zusammenarbeit mit dir hat mir die Freude am Sport und am Leben wieder zurückgegeben. Glaubst du, ich hätte es mit meinen 75 Jahren nötig, der Welt noch einmal zu beweisen, was für ein toller Trainer ich bin?«

Jerry saß mit gesenktem Kopf auf dem Bett. Morgan hockte sich vor ihn und versuchte ihm in die Augen zu blicken, dabei legte er ihm den rechten Arm auf die Schulter. »Ich bin hier, weil du wie ein Sohn für mich bist, mein Junge. So wie mein Joey es für mich war, verstehst du?«

Jerrys Blick war wie versteinert, kaum merklich bewegte er seinen Kopf seitlich hin und her. Dann stand er plötzlich ruckartig auf und ging zur Tür. Augenscheinlich wollte er aus dem Raum gehen. »Du bleibst jetzt da«, rief ihm Morgan hinterher. »Lauf jetzt bitte nicht weg.«

Jerry drehte sich um. Er blickte nun Morgan in die Augen.

»Es ist wirklich so, glaube mir doch«, sagte Morgan. »Ich liebe dich. Und das wird immer so sein – egal, wie du da draußen abschneidest. Hörst du?«

»Aber, was ist mit mir, wenn ich verliere? Dann war die ganze Scheiße, die ich durchgemacht habe, umsonst. Der Verlust der Eltern, die ausge-dämpften Zigaretten, die Schläge, die sexuelle Gewalt von Smith – war das nicht, um mich noch stärker zu machen, stark genug für den Olym-piasieg? Wenn das nicht für irgendetwas gut gewesen ist, dann wäre die ganze Scheiße nichts weiter als ein derber Scherz gewesen, nicht wahr? Das kann doch nicht sein, oder?« Jerry war nun stark aufgebracht, seine Stimme überschlug sich.

»Ich bin kein Psychologe, mein Junge«, sagte Morgan. »Ich bin tatsäch-lich weit weg davon, einer zu sein. Aber ich weiß eines: Was immer du durchmachen musstest, es ist jetzt vorbei. Du bist aus dieser Scheiße schon herausgekommen und mit jedem weiteren Schritt, den du gehst, entfernst du dich noch weiter von der Dunkelheit. Du drehst jetzt am Steuerrad und bestimmst, wohin du gehst, du triffst die Entscheidun-gen – und wenn deine Entscheidung ist, hier und jetzt mit dem Sport aufzuhören, dann ist das auch in Ordnung.«

Morgan nahm Jerry väterlich in die Arme. Tränen flossen über Jerrys Wangen, er schluchzte hemmungslos. »Danke«, stammelte er. Und nach langer Pause: »Ich werde antreten.«

Zurück auf der Bahn

»Ah, da schau her. Gibt es dich auch noch«, begrüßte US-Coach Allison Jerry, als er sich zu einer gemeinsamen Trainingseinheit mit seinen Kollegen Fisher und O'Neal einfand. Das Trio würde in zwei Tagen für die USA in die Vorläufe über 400 Meter starten. »Wirst du uns von nun an mit deiner Anwesenheit beglücken, oder hast du vor, wieder ein paar Tage auf Tauchstation zu gehen?«

»Keine Sorge«, antwortete Jerry. »Ich werde da sein.«

»Na dann, Schwamm drüber«, wischte Allison die Angelegenheit vom Tisch. »Also, wärmt euch auf. Und dann will ich ein paar flotte Steigerungsläufe von euch sehen.«

Jerry lief ganz langsam an. Er hörte in seinen Körper hinein. Hatte ihm die dreitägige körperliche Inaktivität, und mehr noch – hatte der seelische Stress der letzten Tage seiner Form geschadet? Er konnte nichts dergleichen feststellen. Im Gegenteil: Er fühlte sich locker und entspannt, als er neben seinen beiden Teamkollegen Aufwärmrunden drehte. Auch die Steigerungsläufe gingen ihm leicht von den Beinen. Erleichtert stellte er sich unter die Dusche, das kalte Wasser tat ihm gut – und Abkühlen war das Gebot der Stunde, schließlich hatte es bereits jetzt, um elf Uhr Vormittag, fast 30 Grad. Er stand eine gefühlte Ewigkeit unter der kalten Brause.

»Bitte ein bisschen auf den Wasserverbrauch achten«, belehrte ihn Kollege O'Neal. Der 19-Jährige studierte im zweiten Jahr Ökologie an der *University of Colorado*.

»Aye, aye, Sir«, antwortete Jerry. Auch wenn es sich so anhörte, als würde er O'Neal nicht ernst nehmen, wusste er, dass der junge Teamkollege recht hatte, und drehte dann schnurstracks den Wasserhahn ab.

Draußen vor der Trainingslaufbahn traf Jerry auf ein paar Journalisten, die sich nach seiner Form erkundigten. Er plauderte kurz mit ihnen und zeigte dann ein Thumbs-up in die Kamera. Er war bestens vorbereitet, es musste nun nur noch Freitag werden.

****

Freitag, 4. August 2028. Tag der Vorläufe über 400 Meter. Insgesamt 57 Athleten aus 37 Ländern traten an, um einen der 24 Semifinalplätze zu ergattern.

Jerry war in Heat vier, der um 16 Uhr über die Bühne gehen würde. Er schlief lange und gut an jenem Tag, zum späten Frühstück traf er sich mit Morgan und Max.

»Na, Jerry, alles roger?«, begrüßte ihn Max. »Ich will es ja nicht verschreien, aber ich arbeite da an einem Superwerbedeal – mit dem Mobiltelefonhersteller WeSpeak. Der Vertrag ist schon entworfen, du brauchst nur noch eine Medaille holen – dann machen wir Nägel mit Köpfen.«

Morgan schüttelte verständnislos den Kopf. »Lass den Buben doch in Ruhe seine Rennen bestreiten, dann kannst du ihm immer noch von den Werbemöglichkeiten erzählen.«

»Ist schon gut, Morgan«, lächelte Jerry. »So ist er halt, unser Herr Manager. Nicht wahr, Max?«

Max antwortete ebenfalls mit einem Lächeln, das nun auch Morgan ansteckte.

»Keine Angst, ich lasse mich nicht aus der Ruhe bringen«, fügte Jerry an. Er trank Orangensaft und aß Toastbrot mit Avocado. 90 Minuten vor seinem Rennen brach er ins Stadion auf. Max gab ihm zum Abschied ein High-Five, Morgan umarmte ihn und blickte ihm tief in die Augen: »Mach's gut, mein Junge. Und du weißt – was immer da draußen passiert, wir halten zusammen.«

Jerry nickte. Er schulterte seine Sporttasche und joggte locker zum Shuttlebus, der ihn direkt vor dem Athleteneingang des Stadions absetzte. Routinemäßig zeigte er dem Wachbediensteten am Eingang seinen Ausweis, obwohl das gar nicht nötig gewesen wäre – er wurde auch so erkannt. »Schönen guten Nachmittag, Mister Jones. Und alles Gute für Ihren Event.«

****

Jerry traf in der Umkleidekabine auf seine beiden Teamkollegen Fisher und O'Neal. Beide hörten Musik, außer »Hi, how are you?« wurde nichts gesagt. Jerry nahm seine Spikes aus der Tasche und vergewisserte sich, ob die Stollen auch gut angeschraubt waren. Auch die Stärke der Schuhbänder probierte er, um sicherzustellen, dass nicht noch einmal eines im entscheidenden Moment reißen würde.

US-Coach Allison streckte kurz den Kopf in den Raum. »Hallo Jungs, lasst es da draußen krachen, okay? Ich sehe euch dann in der Aufwärmzone.«

Jerry war als erster der US-Athleten an der Reihe. Während er seine Stretchingübungen machte, hatte er Gelegenheit, seine Vorlaufgegner zu studieren. Asienmeister Ito aus Japan und der finnische Routinier Ylianttila waren von den persönlichen Bestzeiten her nach ihm am stärksten einzuschätzen, auch Kalu aus Nigeria wurden Chancen auf einen Semifinalplatz eingeräumt. Die restlichen Teilnehmer – der Bolivianer Bravo, Heinemann aus Deutschland, der Marokkaner Banoun und Aydogdu aus der Türkei – hatten lediglich Außenseiterchancen.

Wie zu erwarten war es glühend heiß, und im Oval brodelte es auch so – das Stadion war bis auf den letzten Platz ausverkauft und die Fans in voller Fahrt. Die 31-jährige Lokalmatadorin Lloyd hatte sich gerade in einem Fotofinish zur Olympiasiegerin über 1.500 Meter gekrönt und drehte mit der US-Fahne in der Hand ihre Ehrenrunde.

Der Start der 400-Meter-Vorläufe verzögerte sich um etwa zehn Minuten, endlich ging es mit Heat eins los. Jerry hatte noch ein paar Minuten Zeit bis zu seinem Start. Er nahm das Geschehen nur am Rande war, er war tief konzentriert auf die bevorstehende Aufgabe und selbst überrascht über die Gelassenheit, die er spürte. Er dachte an Morgans Worte – egal was geschah, das Leben würde sich weiterdrehen. Und er wusste, dass es nur auf eines ankam – sein Bestes zu geben. Seine eigene Leistung, das war das Einzige, auf dass er Einfluss hatte. Dieses Wissen gab ihm eine unglaubliche Ruhe und um dieses Gefühl noch weiter zu zementieren, sagte er sich ein Mantra, dass ihm aus irgendeinem Grund in dem Moment einfiel: »Ich laufe locker, fokussiert und voll Vertrauen. Und ich gebe und erreiche mein Bestes.«

»Die Teilnehmer des vierten Vorlaufs bitte an den Start«, verkündete ein Funktionär emotionslos. Jerry hatte Bahn acht zugelost bekommen – nicht gerade ideal, denn das bedeutete, dass er erst auf der Zielgeraden sehen würde, wo seine Konkurrenten lagen. Aber, was soll's, dachte er sich – wenn ich Olympiasieger werden will, dann muss ich sowieso ohne Probleme ins Semifinale aufsteigen.

»U-S-A, U-S-A!« Die amerikanischen Fans waren auf der Tribüne in der Mehrheit. Jerry war gleichzeitig gelassen und bis in die letzte Faser seines Körpers gespannt, als er sich in Startposition brachte. Auf die Plätze, fertig, los!

Jerry kam ideal aus dem Startblock. Als die Läufer aus der ersten Kurve kamen, sah man, dass er sich schon einen Vorsprung auf Ito erarbeitet hatte. Kalu und der überraschend starke Bravo lagen auf den Plätzen drei und vier. Jerry widerstand der Versuchung, zur Seite zu blicken – mit nach vorne gerichtetem Kopf spulte er sein Programm ab. Er war hochkonzentriert und sowohl körperlich als auch mental in einem Hoch – fast in einem Flow-Zustand. Als es auf die Zielgerade ging, wurde der Abstand zu Ito noch deutlicher sichtbar – der Asienmeister hatte schon einen Rückstand von etwa fünf Metern aufgerissen. Dahinter war ein Dreikampf zwischen Kalu, Bravo und Ylianttila im Gange.

Jerry ließ nichts mehr anbrennen. In einer Zeit von 44,02 Sekunden ging er als Erster durchs Ziel. Ito und Kalu landeten auf den Plätzen.

»Super, Jerry«, beglückwünschte ihn Coach Allison. »Die Pflicht hast du schon einmal erledigt. Morgen dann noch das Semifinale, und dann am Sonntag das Finale als Kür – vielleicht sogar als Krönung.«

»Nun lassen Sie mal die Kirche im Dorf, Coach«, erwiderte Jerry. Er war darauf erpicht, nur ja keine Erwartungshaltung bei anderen aufkommen zu lassen. Tief in seinem Innersten träumte er aber vom Olympiasieg, jetzt noch mehr als je zuvor – der Titel war jetzt in Reichweite. Jetzt nur keine Flausen in den Kopf bekommen, sondern ruhig und konzentriert weiterarbeiten, sagte er sich, dann kann es klappen.

****

Auf dem Weg zurück ins Hotel traf Jerry auf Morgan, der Coach fiel ihm um den Hals. »Toll, wie du das gemacht hast, mein Junge.«

»Da muss ich dir ausnahmsweise recht geben«, lächelte Jerry.

Die beiden saßen in einem der Cafés im Dorf. Morgan bestellte Cappuccino und Erdbeertorte, Jerry begnügte sich mit Kamillentee und einem Müslisnack. »Jaja, die Entbehrungen eines Sportlers«, lachte er.

Ein paar Teamkollegen Jerrys kamen am Tisch vorbei, um ihm zum erfolgreichen Weiterkommen zu gratulieren. Er lächelte entspannt, was Morgan als weiteres Zeichen deutete, dass sein Schützling nun in der richtigen Verfassung war, um erfolgreich Rennen zu bestreiten. Vielleicht, so hoffte Morgan, hatte ihre Aussprache von neulich gar bewirkt, dass Jerry die Dämonen der Vergangenheit hatte abstreifen können. Auch er selbst fühlte sich so gut, wie schon lange nicht mehr – seit Joeys Tod hatte er seine Gefühle weitgehend unter Verschluss gehalten, jetzt waren seine Schleusen offen.

»Wie gern ich jetzt noch eine zweite Torte essen würde«, sagte Morgan. »Aber ich schätze, das kann ich dir nicht antun, dass ich sie neben dir esse – sonst gehen dir noch die Augen über.«

»Tu dir keinen Zwang an. Ich habe einen eisernen Willen, außerdem bin ich mit dem hier ganz happy«, sagte Jerry und deutete auf das letzte Viertel seines Müsliriegels, das noch übrig war.

Morgan bestellte sich dennoch keine Torte mehr. Er trank seinen Kaffee aus, und bevor er sich verabschiedete, gab er Jerry noch einen Tipp für das Semifinale am nächsten Tag: »Ganz einfach – mach es wieder genauso gut wie heute.« Dann umarmte er seinen Schützling, so wie er es nun fast immer tat, wenn sie sich verabschiedeten.

****

Jerry bereitete sich fast punktgenau so vor, wie er das schon vor dem Vorlauf getan hatte – er schlief lange und frühstückte spät. Nachdem er sich im Fernsehen auf seinem Zimmer ein bisschen durchs olympische Programm gezappt hatte, und dabei unter anderem das Tischtennisfinale der Frauen sah, aß er eine Kleinigkeit zu Mittag, ehe er wieder so spät wie möglich ins Stadion fuhr. Es war ihm fast schon unheimlich, wie wenig nervös er war.

Seine stärksten Gegner im Semifinale waren der Brasilianer Cruz und Afrikameister Akello aus Uganda, von den anderen Startern ging kaum Gefahr aus. Er musste zumindest Zweiter werden, dann würde er sicher ins Finale aufsteigen. Auch die beiden zeitschnellsten Dritten aus den insgesamt drei Semifinalläufen würden sich qualifizieren, aber das waren alles Rechenspielereien, darauf wollte Jerry sich nicht einlassen.

»Locker, fokussiert und voll Vertrauen. Und ich gebe und erreiche mein Bestes«, sagte er sich sein Mantra nochmals, als er sich in Startposition begab. Er schoss mit dem Startschuss weg und übernahm bald die Führung, die er dann ungefährdet bis ins Ziel brachte. Hinter ihm löste Akello in neuer Afrikarekordzeit das zweite Finalticket. Cruz musste noch auf die Ergebnisse der beiden anderen Semifinalläufe warten, um zu wissen, ob er es auch in den Endlauf geschafft hatte.

Jerrys Teamkollege Fisher sicherte sich souverän den Sieg im zweiten Semifinale, Europarekordler Bielinski setzte sich im dritten durch. US-Coach Allison konnte also Jerry und Fisher zum Weiterkommen gratulieren, der junge O'Neal war als Vierter in seinem Lauf ausgeschieden. »Macht nix, in vier Jahren ist wieder Olympia«, nahm es der 19-Jährige locker.

Jerry parlierte noch mit ein paar Journalisten, die vergeblich versuchten, das morgige Finale zu einem Showdown zwischen ihm und Fisher hochzustilisieren. »Wir sind gute Freunde. Der Beste soll gewinnen«, sagte er. Auch Fisher lachte relaxed in die Kameras. Dann zogen beide von dannen.

Das Finale

Sonntag, 6. August 2028. Tag des Finales über 400 Meter, und gleichzeitig der letzte Tag der 31. Olympischen Sommerspiele.

Jerry war etwas früher wach als an den vergangenen Tagen. Er überbrückte die Zeit bis zum Frühstück mit Checken seiner Mails, und er konnte der Versuchung nicht widerstehen und las die Sportnachrichten. Er galt als der große Favorit für das 400-Meter-Rennen – die Buchmacher hatten auf seinen Sieg eine Quote von 2:5 gesetzt, dahinter kamen Europarekordler Bielinski mit 1:4 und Fisher mit 1:5. Er nahm das Ganze gelassen zur Kenntnis und fühlte keinen Erwartungsdruck aufkommen – wenn am Nachmittag alles nach Plan liefe, so war er überzeugt, dann würde er die Goldmedaille gewinnen. Er überlegte sogar, noch schnell eine Wette auf sich selbst abzuschließen – immerhin würden ihm 5.000 Dollar Einsatz 12.500 einbringen, wie er als guter Mathematiker schnell im Kopf ausgerechnet hatte. Er entschloss sich dann aber dazu, es doch nicht zu tun – bei aller Zuversicht hatte er immer noch eine gewisse abergläubische Ader.

Er zog sich seine Laufshorts und das Trikot mit der Nummer 243 an, dann packte er gewissenhaft seine Sporttasche. Seine Spikes hatten schon etliche Rennmeilen auf dem Buckel – er hatte seit seinem Wechsel auf die 400 Meter auf sie vertraut. Nun zeigten sich die Abnutzungserscheinungen schon recht deutlich, fast wirkten sie ausgelatscht. Aber er fühlte sich wohl in diesen Schuhen, sie fühlten sich wie eine zweite Haut an – daher stand es für ihn außer Frage, sie jetzt auszusortieren; er würde auch im Endlauf mit ihnen antreten.

Als er aus seinem Zimmer in Richtung Frühstückscafé ging, traf er auf die beiden Mittelstreckenläufer Bob und Roger, die gerade in der Gemeinschaftsküche tratschten. Sie hatten ihre Wettbewerbe schon abgeschlossen und machten sich bis zur Abschlussfeier am Abend einen gemütlichen Tag. »Wir werden natürlich im Stadion sein und dir die

Daumen drücken«, sagte einer der beiden. Der andere zeigte ihm ein Thumbs-up.

Jerry nickte und winkte zurück. Im Frühstückscafé war weniger los als sonst – viele der Athleten waren nach Abschluss ihrer Wettbewerbe schon nach Hause geflogen und die meisten noch Verbliebenen waren wohl schon im Stadion, um den letzten Wettkampftag der 31. Olympiade in Gänze mitzuverfolgen.

Er trank Tee und aß wie gewohnt Toastbrot mit Avocadoaufstrich. Dazu holte er sich Rührei vom Buffet, denn an jenem Tag würde er keine Zeit zum Mittagessen haben – das Finale war auf 14 Uhr angesetzt.

Morgan leistete ihm Gesellschaft. Sie sprachen kaum miteinander an jenem Vormittag, es musste nichts gesagt werden. Jerry kannte seine Rennstrategie, die simpel war – vom ersten bis zum letzten Meter Vollgas geben und den Blick immer schön nach vorne gerichtet. Er ruhte in sich, er wusste, was immer da draußen, in diesem vermeintlichen Hexenkessel, passieren würde – das Leben würde weitergehen und Morgan würde da sein. Es tat gut, jemanden zu haben, dem man voll und ganz vertrauen konnte, auf den man sich verlassen konnte. Und, er konnte sich auch auf sich selbst verlassen – er hatte hart und gewissenhaft trainiert, er war körperlich und mental topfit. Jetzt brauchte er nur noch sein Bestes geben, und mit ein bisschen Glück würde er das Ding gewinnen.

90 Minuten vor dem Start brach er ins Stadion auf. Morgan fuhr mit ihm bis zum Athleteneingang. Zum Abschied umarmten sich die beiden. »Also, mein Junge, geh da raus und hab Spaß«, sagte Morgan.

»Das werde ich«, nickte Jerry.

****

»Da bist du ja endlich«, empfing ihn der sichtlich nervöse US-Coach Allison in der Kabine. Jerry und Teamkollege Fisher begrüßten sich mit einem High-Five. Fisher war schon in Wettkampfmontur, Jerry ließ sich nicht aus der Ruhe bringen: »Ihr braucht nicht auf mich zu warten. Ich sehe euch dann draußen auf der Aufwärmbahn.«

»Der hat die Ruhe weg«, sagte Allison, halb beeindruckt, halb verwirrt. Dann stapfte er aus der Kabine, mit Fisher im Schlepptau. Jerry ließ sich Zeit, wieder prüfte er die Stollen seiner Spikes und die Schuhbänder gewissenhaft. Als er seine Sporttasche im Spind verstaute, fiel ihm der kleine Spiegel an der inneren Seite der Spindtür auf. Er sah sich sein Spiegelbild bewusst an, seine großen braunen Augen – was hatten die schon alles gesehen. Er fragte sich, ob er dem verzweifelten Jungen treu geblieben war – jenem Youngster, der vor mehr als fünf Jahren den Sport als seinen Weg aus der Misere gefunden hatte. Er lächelte und zwinkerte sich selbst zu.

Er war mit sich im Reinen, als er die Spindtür zusperrte – die Nummer seines Schlosses war 1243, bewusst hatte er die drei Zahlen seiner Startnummer beziehungsweise seiner Zellennummer aus dem Knast eingebaut. Die Nummer 243 hatte ihm letztes Endes auch hier bei der Olympiade Glück gebracht – er hatte sich nach all dem seelischen Leid aufgerafft und es bis ins Finale geschafft – und das sollte auch so bleiben.

Er kam als letzter der acht Finalisten auf die Aufwärmbahn. Allison rollte die Augen nach oben, dann schmatzte er hörbar und schüttelte den Kopf: »Besser spät als nie.«

Jerry lächelte entspannt. Es waren noch 15 Minuten bis zum Start des Rennens – Zeit genug, um sich aufzuwärmen, wie er fand. Das Thermometer erleichterte die Aufgabe, 33 Grad im Schatten wurden angezeigt.

Im Stadion ertönte die Marseillaise für den Franzosen Amiez, der gerade den Sperrwurf gewonnen hatte. Das Publikum feierte auch die frischgebackene 100-Meter-Hürden-Olympiasiegerin Umaras aus Litauen.

»Als Nächstes folgt das 400-Meter-Finale der Männer«, verkündete der Stadionsprecher. Als das Starterfeld angezeigt wurde, ging der Lärmpegel gleich noch einmal in die Höhe – mit Jerry und Fisher waren schließlich zwei US-Amerikaner im Feld. Dazu hatten sich wie gesagt

Europarekordler Bielinski, Akello aus Uganda, Cruz aus Brasilien, Ito aus Japan, O'Donnell aus Großbritannien und der Niederländer de Jong qualifiziert.

Jerry hatte mit Bahn vier seine Lieblingsbahn zugelost bekommen. Neben ihm würden Bieliniski auf drei und Teamkollege Fisher auf fünf laufen. Als die Läufer nacheinander vorgestellt und auf der Großleinwand gezeigt wurden, wurde es noch einmal lauter – und dann plötzlich ganz still: Starter Vrbensky aus Tschechien bat die Athleten ihre Positionen einzunehmen.

Jerry schüttelte noch einmal Arme und Beine durch, dann begab er sich in Startposition. »Locker, fokussiert und voll Vertrauen. Ich gebe und erreiche mein Bestes«, sagte er sich. Auf die Plätze, fertig, bumm – die acht Athleten kamen ideal, fast synchron, weg.

Jerry hatte den muskulösen Rücken von Fisher vor sich. Kurz checkte er, ob sich der Abstand veränderte, dann besann er sich wieder darauf, sein eigenes Rennen zu laufen. Es gab ohnehin kein Taktieren – wer hier gewinnen wollte, musste die gesamte Viertelmeile volle Pulle geben.

Als das Feld aus der ersten Kurve kam, schien es, als ob Cruz, auf Bahn sechs, vorne lag. Die restlichen Läufer lagen, wie eine Perlenkette aneinandergereiht, fast gleichauf. Auf der Gegengerade übernahm Bielinski das Kommando – Jerry konnte hören, wie ihm der Pole näher kam. Es gelang ihm aber, das auszublenden, er blieb locker, fokussiert und voll Vertrauen.

Jerry lief die letzte Kurve ideal, und als die Athleten auf die Zielgerade bogen, sahen die 80.000 Zuschauer im Stadion und die knappe Milliarde vor den Fernsehschirmen schwarz auf weiß, dass er vorne lag – gut fünf Meter betrug der Abstand zu Bielinski, dahinter hielt sich der junge de Jong auf dem dritten Platz. Nun brach wieder frenetischer Jubel aus – »U-S-A, U-S-A«, tönte es lautstark aus tausenden Kehlen. Aber Bielinski hatte noch nicht aufgegeben, mit letzter Kraft versuchte der Europarekordler die Lücke zu Jerry zu schließen.

Jerry ließ sich nicht irritieren. Seinen Blick nach vorne gerichtet, und in perfekt ökonomischem Laufstil, spurtete er der Ziellinie entgegen. 15,

10,5 Meter – es ist geschafft! »Olympiasieger, Jerry Jones, USA«, plärrte der Stadionsprecher in das Mikro.

****

Jerry wusste nicht, wie ihm geschah. Ungläubig blickte er um sich, es fühlte sich wie in einem Traum an. Für einen Augenblick hatte er das Gefühl, dass alles stillstand und alles ganz still war – trotz des ohrenbetäubenden Lärms im Stadion. Kollege Fisher war der Erste, der sich zum Gratulieren einstellte – mit einem freundschaftlichen, aber etwas zu kräftig ausgefallenen Schlag auf die Schulter, holte er Jerry aus seiner Trance.

US-Coach Allison strahlte übers ganze Gesicht, er hielt Jerry eine Stoppuhr entgegen – 43,12 stand da drauf, in dieser Zeit war sein Athlet zum Olympiasieg gelaufen. »Das hast du richtig gut gemacht!«, sagte, ja schrie er Jerry ins Ohr.

Reporter hielten ihm Mikrophone unter die Nase, sie überschlugen sich in Superlativen. In kürzester Zeit wurde er »Jerry, The Great« getauft und insbesondere wegen seiner starken Nerven gepriesen. »Unglaublich, wie du dem Druck standgehalten hast«, sagte ihm auch der junge O'Neal, der das Rennen von der Tribüne aus mitverfolgt hatte.

Manager Max war völlig außer sich. »Von dem Deal, den ich gerade an Land gezogen habe, werden deine Enkelkinder noch leben. Ich sage nur so viel: Es ist ein Sponsor aus der nachhaltigen Energiewirtschaft.«

»Was täte ich bloß ohne dich«, schmunzelte Jerry.

Endlich kam Morgan. Er hatte ein Lächeln im Gesicht, seine Augen leuchteten – man merkte ihm an, wie sehr er sich für seinen Schützling freute. Die beiden umarmten sich – so standen sie eine ganze Weile da, ehe ein Olympiaoffizieller Jerry an die Siegerehrung erinnerte. »In fünf Minuten geht's los. Wie Sie wissen: Bitte die Trainingsjacke Ihres nationalen Verbandes über dem Trikot anziehen. So wollen es die Vorschriften.«

»Jaja, die Vorschriften«, lächelte Jerry. »Wie hätte ich die nur vergessen können?«

Eine IOC-Mitarbeiterin zeigte den drei Medaillengewinnern – Jerry, Bielinski und de Jong – den Weg zum Podium. Isabelle Battiston, die Präsidentin des Leichtathletikweltverbandes, nahm die Siegerehrung vor – »Well done«, sagte sie zu Jerry, als sie ihm die Goldmedaille um den Hals hängte. Der *Star-Spangled Banner* wurde hochgezogen, die US-Hymne erklang. Es folgten Handshakes und unzählige Bitten, freundlich in die Kamera zu lächeln.

Jerry war jetzt Olympiasieger.

****

Montag, 7. August 2028. Die 31. Olympischen Sommerspiele sind Geschichte. Die Athleten, Betreuer und Funktionäre der Welt brechen ihre Zelte in Los Angeles ab. In vier Jahren wird man sich wieder treffen zum globalen Multisportfest – dann in Indien.

»Ich schätze, da werde ich nicht mehr dabei sein«, sagte Jerry, der zusammen mit Morgan auf der leeren Tribüne im Olympiastadion saß. Neben ihnen hatten Putztrupps mit dem großen Reinemachen begonnen. »Ich auch nicht«, ergänzte Morgan. »Bei mir ist es eher schon die Frage, ob ich dann noch am Leben bin.«

»Ach, Morgan – du bist doch fit wie ein Turnschuh«, wischte Jerry Morgans Anflug von Sentimentalität weg. »Du bist ein zäher Hund, du wirst uns alle überleben. Irgendwann werden sie dich fragen, ob du den alten Jerry Jones noch gekannt hast.«

»Und, was kann ich ihnen dann sagen? Hab ich ihn gekannt, den alten Jerry Jones?«

Jerry überlegte eine Weile. »Das kann ich dir nicht sagen. Ich glaube, ich muss mich erstmal selbst kennenlernen.«

Morgan nickte zustimmend. »Müssen wir das nicht alle?«

****

Portland, Oregon, zur gleichen Zeit. Das Wartezimmer der John-Miller-Community-Ärztepraxis ist gerammelt voll, die Sommergrippe hat Hochsaison. Im Hintergrund läuft der Fernseher, die Highlights der gerade zu Ende gegangenen Olympiade werden gezeigt.

Dr. Jennifer Mondragon öffnet die Tür ins Wartezimmer, ihre Augen sind auf ihr Tablet gerichtet, in dem die Patientennamen in der Reihenfolge ihres Eintreffens vermerkt sind. Bevor sie den nächsten Schniefenden in das Behandlungszimmer bittet, blickt sie kurz auf. Im Fernsehen wird die Siegerehrung des 400-Meter-Laufes der Männer gezeigt – Close-up auf den Olympiasieger Jerry Jones. Er weint, als sie ihm die Goldmedaille umhängen.

Die junge Ärztin hält inne. Fast eine halbe Minute lang wird der weinende Olympiasieger gezeigt, dann kommt der nächste Werbeblock.

»Frau Doktor, ist alles in Ordnung?«, fragt Krankenschwester Eve.

»Ja, natürlich«, antwortet Dr. Mondragon, die wirkt wie jemand, der gerade aus einer anderen Welt zurückgekommen ist. Der nächste Patient soll behandelt werden. »Herr Milholland, bitte.«

THE END